Hubert Wippermann

Beethovens letzter Wille

agenda

Hubert Wippermann

Beethovens letzter Wille

agenda Verlag
Münster
2018

Bibliografische Information der Deutschen Nationalbibliothek
Die Deutsche Nationalbibliothek verzeichnet diese Publikation in der Deutschen Nationalbibliografie; detaillierte bibliografische Daten sind im Internet über http://dnb.d-nb.de abrufbar

Drubbel 4, D-48143 Münster
Tel. +49-(0)251-799610, Fax +49-(0)251-799519
info@agenda.de, www.agenda.de

Druck und Bindung: TOTEM, Inowroclaw, Polen

ISBN 978-3-89688-615-6

“Gather ye rosebuds while ye may,
Old Time is still a-flying;
And this same flower that smiles today,
Tomorrow will be dying.”

„Pflücke Rosenknospen, solange du kannst,
die Zeit, sie flieget geschwind,
und dieselbe Blume, die heute noch lachend du fandst,
wird morgen vergehen im Wind.“

(Robert Herrik, „To the Virgins, to Make Much of Time“, 17. Jh.)

„Requiem aeternam dona eis, Domine“

Herr, gib ihnen die ewige Ruhe.

Kapitel I

Auf dem Schreibtisch befand sich zur Rechten ein menschlicher Totenschädel, daneben ein umgekipptes Glas, eine geöffnete Walnuss, am linken Rand lag eine Taschenuhr und im hinteren Bereich stand eine abgebrannte Kerze. Aber die Geige, die sich liegend im Zentrum befand, dominierte das Bild. Das Ganze spiegelte sich kunstvoll in einer Glaskugel, in der sich auch der Maler verewigt hatte.

Er sah sich das Bild, obwohl er es schon zigmal betrachtet hatte, noch einmal sorgfältig an. „*Pieter Claesz Memento Mori 1628*“ war auf einem goldenen Schild am unteren Bildrahmen eingraviert. Es handelte sich um ein Stillleben aus der Zeit des Barock. Seine liebsten Motive waren es in der Malerei nicht, aber dieses hatte ihn stets berührt. „*Gedenke des Todes!*“, war die Konzeption, die das Bild durchzog. Alle Gegenstände verwiesen auf die Endlichkeit und Vergänglichkeit sämtlicher Dinge und letztlich auch des Menschen: der Totenkopf, die Uhr, die abgebrannte Kerze und der vergossene Wein neben der zerbrochenen Nussschale. Das Motiv des „*Memento Mori*“ war eines der prägendsten in der barocken Kunst. Was Wunder, wenn der frühzeitige Tod in dieser Epoche doch wie das Atmen zum Alltag der Menschen gehörte.

Karl hatte erst vor wenigen Wochen ein Buch über die Schrecken des Dreißigjährigen Krieges gelesen, der zu den opferreichsten der Geschichte gehört. Die vagabundierenden Heere der Deutschen und Schweden hinterließen auf ihrem Zug durch die europäischen Länder ein Bild des Schreckens. Die Bauern wurden gefoltert, aufgeknüpft oder ihrem aussichtslosen Dasein in einer völlig verheerten Landschaft überlassen. Die Bürger der Städte, die den Belagerungen nicht standhalten konnten, ereilte ein ähnlich schlimmes Schicksal. Wer nicht dem Krieg zum Opfer fiel, musste fürchten an Hunger oder Krankheit dahinzusiechen. Allein die Pest rottete zeitweise ganze Landstriche in Europa aus. Der Gedanke an den Tod war zu jeder Zeit allgegenwärtig.

Um die Kunst des Barock sollte es heute in der Einführungsvorlesung gehen. Karl hatte Gefallen an der Lehre in den unteren Semestern gefunden. Er verachtete die Kollegen, die sich zu schade waren, sich mit den unerfahrenen Studenten in einem Proseminar abzugeben. Sie bevorzugten die fortgeschrittenen Oberseminare und Doktorandenkolloquien, in die sie ihre hochspezialisierten Forschungen einfließen und so in ihrem Elfenbeinturm verweilen konnten. Die Lehre war für einige Kollegen nur ein notwendiges Übel, das sie von den eigentlich lukrativen Geschäften abhielt.

Karl war mit seinen 45 Jahren alt genug, um als Professor nicht mehr an seiner wissenschaftlichen Reputation arbeiten zu müssen. Aber jung genug, um nicht der Gefahr zu erliegen, auf festgefahrenen Bahnen zu verharren. Er verspürte nach wie vor große Lust, Wissen zu vermitteln und dies an junge Studierende weiterzugeben. Er legte das Bild zur Seite, das als Einstieg in die heutige Vorlesung gedacht war. Konnte er doch nicht ahnen, dass er noch heute mit dem Tod, der in unserer Zeit gemeinhin heimlich und still geschieht, in schockierender Weise konfrontiert werden würde.

Karl begann seine Tasche zu packen. Ein Teil seiner beruflichen Grundausstattung war, neben einem Kollegblock mit handschriftlichen Notizen, seinem braunen Lederetui und einem Ordner, ein Laptop samt USB-Stick. Die Zeit reichte nicht mehr für ein ausgiebiges Frühstück, deshalb warf er sich den Riemen der Tasche über die Schulter und verließ seine Wohnung. Er schätzte die Lage des schönen Altbaus, der an den hohen Decken mit aufwändigem Stuck verziert war. Die Wohnung befand sich in einer bevorzugten, wenn nicht der beliebtesten Lage, der Bonner Südstadt. Es war in architektonischer Hinsicht sicherlich einer der schönsten Stadtteile, da der Krieg einen Großteil der herrschaftlichen Gründerzeithäuser glücklicherweise verschont hatte. Allerdings hatte die exquisite Lage auch ihren Preis. Entweder man erbte eine der stattlichen Villen oder ein Schild verriet, dass sich in den repräsentativen Häusern ein Arzt oder Rechtsanwalt niedergelassen hatte. Im Rahmen eines Professorengehaltes war zumindest eine mittelgroße Wohnung zur Miete erschwinglich. Karl genoss die Vielfalt an Bars und Cafés, die hier an jeder Ecke zu finden waren. Ein weiterer, eher zeitlicher Luxus, bestand darin, dass seine Arbeitsstätte, die Bonner Universität, fußläufig zu erreichen war. Der Weg dorthin führte durch Straßen, deren Kirschbäume jetzt in voller Blüte standen, vorbei an Häusern mit kleinen englisch anmutenden Gärten mit schmiedeeisernen, grün gestrichenen Zäunen. Die Fassaden waren mit verspielten Erkern, Säulen und kunstvollen Verzierungen besonders hübsch anzuschauen. Was könnte das Herz eines Kunsthistorikers mehr erwärmen? Nach etwa zehn Minuten hatte er die Südstadt bereits hinter sich gelassen und ging durch die Bahnunterführung Richtung Innenstadt, in der sich die Universität befand. Zuletzt überquerte er den Kaiserplatz, der an heißen Tagen mit seinem dichten Baumbestand ein schattiges Plätzchen und mit seinem Springbrunnen eine kühle Erfrischung bot. Auf der anderen Straßenseite war schon der gelbe Universitätsbau zu sehen, wobei es sich zunächst nur um die weniger beeindruckende Seitenfassade handelte. Um den Haupteingang der Vorderfront zu erreichen, musste Karl erneut um die Ecke biegen. Wenn man an der vorderen Fassade entlangging, konnte man lediglich erahnen, wie schön das alte Gebäude war. Man musste schon einige Schritte in Richtung Innenstadt gehen, um einen Gesamteindruck des Bauwerks zu bekommen. Der mächtige Kurfürst Clemens August von Köln residierte einst in diesem Schloss, das ursprünglich im 18. Jahrhundert erbaut wurde. 1815 wurde es dann der Sitz der von Friedrich Wilhelm III. neugegründeten gleichnamigen Friedrich-Wilhelms–Universität. Karl empfand es als Privileg, an einer solch ehrwürdigen Stätte mit langer Tradition arbeiten zu dürfen. Zu gut kannte er die kalten, menschenfeindlichen Betonsilos der Universitäten, die in den 70er und 80er Jahren entstanden waren und den Charme eines Atombunkers versprühten.

Als er um die Ecke bog, ergriff ihn sofort ein ungutes Gefühl. Denn trotz Semesterbeginns war vor dem Hauptgebäude eine ungewöhnlich große Menschenmasse versammelt. Schon bald konnte er ein Polizeifahrzeug ausmachen, das mitten auf der Fahrbahn geparkt hatte – unmittelbar vor dem Haupteingang. Busse standen in einer Schlange wartend dahinter. Als er sich mit geschickten Körperdrehungen und ein wenig Rangelei durch die Menschenmassen lavierte, das Tor passierte und den Innenhof der Universität betrat, sah er ein Absperrband, das eine größere Fläche umspannte. Er hielt Abstand und beobachtete von der Säulenhalle aus, die den quadratisch angelegten Hof umgab, ein Fenster im zweiten Obergeschoss, dessen Flügel weit aufstanden und aus dem zwei Polizeibeamte ihre Blicke forschend auf den abgesperrten Bereich richteten. Das Geschehen im Blick, ging er langsam weiter, um zum Eingang seines Fachbereichs zu gelangen. Vielleicht würde er einem Kollegen begegnen, der wusste, was geschehen war. Noch im Flur kam ihm bereits seine Sekretärin entgegen, die ihn mit ernster Miene begrüßte und aufgelöst berichtete: „Guten Morgen, Herr Jung. Es ist etwas Schreckliches passiert. Professor Rosenberg ist tot. Er ist heute Morgen aus dem Fenster gesprungen. Ist das nicht schrecklich? Es kann noch nicht lange her sein.“ Sie war ganz außer Atem vor Aufregung. Die Situation überforderte Karl und er hoffte, dass es sich um einen bösen Albtraum handelte, aus dem er bald erwachen würde. Vor dem Semesterbeginn hatte er, vielleicht wegen einer gewissen Anspannung, oft solche Albträume. Aber die Realität blieb hartnäckig. So, als bräuchte er Gewissheit, ging er noch einmal nach draußen und es bot sich ihm derselbe Anblick, dieses Mal nur mit dem beunruhigenden Wissen, das tatsächlich etwas Furchtbares geschehen war. Dann erblickte er neben einigen Polizisten in Uniform und Zivil, seine Kollegin Paula, die anscheinend gerade von einem Polizeibeamten befragt wurde. Er konnte sich die Gründe bereits denken – sie war eine dem Toten nahestehende Mitarbeiterin in der musikwissenschaftlichen Fakultät. Hoffentlich war sie es nicht gewesen, die ihn dort zuerst entdeckt hatte, überlegte Karl. Seine eigene Erregung wurde überlagert von dem Mitgefühl für Paula, die für ihn nicht nur eine geschätzte Kollegin aus dem benachbarten Seminar war, sondern mit der ihn auch eine innige Freundschaft verband. Sie war außergewöhnlich hübsch mit ihrem dunklen, lockigen Haar. Außerdem war sie intelligent und humorvoll. Ihr leicht getönter Teint und ihre braunen Augen verrieten ihre südländischen Wurzeln. Sie war halb Italienerin, halb Deutsche. Ihr Vater kam aus Neapel, wo sie bis zu ihrem 19. Lebensjahr gelebt hatte. Ihm hatte sie auch ihren italienischen Namen *Lanzini* zu verdanken. Sie war für Karl der perfekte Typ Frau, zu der er sich von Anfang an hingezogen gefühlt hatte. Die Sache besaß nur einen winzigen Haken – sie war verheiratet. Oft hatte Karl ihren Mann, einen erfolgreichen Architekten, verflucht, da dieser ihm in Sachen Paula zuvorgekommen war. So blieb für ihn nur eine vertraute Freundschaft.

Trotz der außerordentlichen Situation musste er an seine Vorlesung denken, die in einer Stunde beginnen würde. Der Rektor der Universität würde vermutlich bald bekanntgeben, ob die Seminare an diesem Unglückstag überhaupt stattfänden. Es war ihm jedoch ein großes Anliegen zu warten, bis der Polizeibeamte Paula entlassen würde, um sie dann abzupassen. Sie konnte jetzt sicherlich Trost gebrauchen. Nach wenigen Minuten drehte sie sich endlich um und ging auf das Absperrband zu, unter dem sie, ihre Augen ins Leere gerichtet, leicht gebückt hindurchschlüpfte. Er wedelte mit der rechten Hand, um auf sich aufmerksam zu machen und für einen kurzen Moment zeichnete sich ein zaghaftes Lächeln auf ihrem Gesicht ab, das aber sofort in sich zusammenfiel. „Schön dich zu sehen.“, er nahm sie in den Arm und drückte sie fest an sich, ohne ein weiteres Wort zu sagen.

Kapitel II

„Dieses Bild macht die besondere Haltung des Barock zum Tod deutlich. *Bedenke, dass du sterblich bist!* Damit zusammen hängt der Vanitas-Gedanke, der alles vom Menschen Geschaffene in Anbetracht der Endlichkeit als unbedeutend und nichtig ansieht. Welche Schlüsse der Mensch im Zeitalter des Barock daraus zog, ist allerdings das eigentlich Faszinierende an dieser Epoche." Karl musste kurz innehalten. Er merkte, dass seine Gedanken abschweiften. Er dachte an seinen toten Kollegen und die völlig aufgelöste Paula, die er, so gut es ging, getröstet hatte. Der Rektor hatte es den Dozenten freigestellt, die Veranstaltungen stattfinden oder ausfallen zu lassen. Karl hatte sich in Absprache mit Paula dafür entschieden, dass sie zunächst ihren beruflichen Verpflichtungen nachgingen, um sich abzulenken und ein Stück weit Normalität walten zu lassen. Er fuhr letztlich mit seinen Ausführungen in der Absicht fort, den Vortrag heute etwas früher zu beenden und Paula nicht zu lange allein zu lassen. „Während die einen in christlicher Manier sich ganz auf das Jenseits richteten und sich auf das eigentliche Leben der unsterblichen Seele nach dem Tod vorbereiteten, sahen die anderen in der Kürze des Lebens gerade die Notwendigkeit, dieses in hedonistischer Weise und in vollen Zügen zu genießen – *Carpe diem! Ergreife den Tag!* war ihr Lebensmotto. Ich glaube, dies ist heute, insbesondere in Ihrer Generation, wieder stark in Mode gekommen. Während die einen ein rechtschaffenes Leben, frei von Sünde und in Demut, führen wollten, riefen die anderen zu ausschweifendem Leben mit Wein, Weib und Gesang auf. Diese Dichotomien, diese sich widersprechenden Lebensauffassungen, sind das, was den Reiz des Barock ausmacht. Es sind ironischerweise dieselben Künstler, die in einem Gedicht zum Laster aufrufen und in einem anderen an einen gottgefälligen Lebenswandel gemahnen. Beiden Ausrichtungen werden wir uns in den nächsten Wochen am Beispiel exemplarischer Bilder und Texte widmen. Nehmen Sie sich bitte beim Herausgehen das von mir erstellte Skript mit und studieren Sie es als Vorbereitung bis zur nächsten Vorlesung. Ich danke Ihnen." Er atmete tief durch und war froh, dass er trotz der bedrückenden Umstände die Veranstaltung überstanden hatte. Vermutlich hatten die Studenten noch nicht einmal etwas bemerkt. Er wartete bis auch der Letzte den Hörsaal verlassen hatte, packte geistesabwesend seine Tasche und ging zielstrebig zum Ausgang. Als er den Flur durchquert hatte und heraustrat, warf er noch einmal einen Blick auf den Innenhof, wo inzwischen nur noch wenige Zuschauer beobachteten, wie die Spurensicherung den Ort des Unglücks untersuchte.

Jetzt erst wurde ihm bewusst, dass es sich vielleicht nicht nur um einen Unfall oder Suizid handelte, denn die Anwesenheit der Polizei implizierte immer auch die Möglichkeit eines Gewaltverbrechens. Gedankenverloren wandte er sich ab und verließ das Gebäude in Richtung Fußgängerzone. Statt sich mit Paula in dem der Universität gegenüberliegenden Café zu treffen, hatte er sich mit ihr in der Bar „Il Gusto“ verabredet, die gut zehn Gehminuten entfernt war. Zum einen wollte Paula einen gewissen Abstand zum Ort des Geschehens, zum anderen war es ihre und inzwischen auch Karls Stammbar geworden, in der sie sich häufig trafen. Für eine Halbitalienerin gab es hier den einzigen „caffè“ in der Stadt, der diesen Namen nach süditalienischen Maßstäben überhaupt verdiente. Paula hatte Karl einmal belehrt, dass der Name der Bar im Italienischen sowohl mit „Genuss“ als auch mit „Stil“ übersetzt werden konnte. Beides würde in diesem Falle wohl zweifelsfrei zutreffen. Selbst wenn er anderer Meinung gewesen wäre, hätte Karl niemals gewagt, ihr zu widersprechen. Die Inneneinrichtung mit ihrem gigantischen Kaffeeautomaten und der schlichten, leicht geschwungenen Theke erinnerte an die typischen italienischen Bars. Er liebte nicht nur diese, sondern auch die lebendige Mentalität der Italiener, für die solche Bars ein zweites Zuhause darstellten. Als er links in die Friedrichstraße einbog, deren Baumreihen in sattem Grün strahlten, sah er von weitem die beiden Bänke und die roten Sonnenschirme, die vor der Bar aufgestellt waren, umringt von einigen Palmen, die das südländische Flair unterstrichen. Es war, gerade an einem sonnigen Tag wie diesem, ein wunderschöner Ort, um abzuschalten. Dann sah er auch schon Paula, leicht in sich zusammengesunken und scheinbar abwesend eine Tasse Espresso in der Hand haltend, auf einer der Bänke sitzen. Er begrüßte sie kurz, holte sich einen Cappuccino und zwei Gläser Wasser und setzte sich zu ihr. Niedergeschlagen neigte sie ihren Kopf herüber und legte ihn auf Karls Schulter ab – er legte einen Arm um sie und unterbrach die Stille: „Ich habe mich vor zwei Tagen noch mit Rosenberg in der Mensa angeregt unterhalten. Er machte keinen deprimierten Eindruck auf mich. Wir unterhielten uns, wie so oft, über Musik, über die besten Interpretationen, gute und schlechte Dirigenten, klassische Neueinspielungen. Eigentlich schien mir alles ganz normal.“ Es entstand eine kurze Pause, bis Paula sich in der Lage sah, ihm von den Geschehnissen des Morgens zu berichten. „Wir waren für heute früh verabredet. Er wollte etwas mit mir besprechen. Ich dachte, dass er zu Beginn des Semesters Organisatorisches klären wollte. Als ich dann gegen Acht das Gebäude betrat, sah ich jemanden mit dem Kopf nach unten auf dem Pflaster des Innenhofes liegen. Ich konnte ja nicht wissen, dass er es war. Ich rief sofort den Notarzt und wartete dort. Mir fiel nach und nach die Kleidung auf – eine braune Hose und das passende Sakko, das ich nur zu gut kannte.“ Sie hielt kurz inne. Karl war klar, dass es ihr schwerfallen musste, die schrecklichen Ereignisse Revue passieren zu lassen. Sie strich sich fahrig eine Strähne hinter das Ohr und fuhr fort: „Dann überstürzten sich die Ereignisse. Plötzlich war der Innenhof voll von Ärzten und Polizisten und bald auch von Schaulustigen. Ich wurde nach den Umständen gefragt, wann und wie ich an die Unfallstelle gekommen sei, wie gut ich ihn kenne und ob ich sonst Sachdienliches beitragen könne. In meinem Zustand fiel mir nicht allzu viel ein. Ich wurde für morgen auf das Revier bestellt, um als Zeugin auszusagen.“ Sie nippte an ihrem Espresso. „Er hat sich wohl aus dem Fenster in der zweiten Etage gestürzt, es war das einzige, das offenstand. Seitdem schwirrt mein Kopf vor lauter Fragen: Warum ist er aus dem Fenster gestürzt? Was hat dazu geführt? Warum war mir vorher nicht irgendetwas an ihm aufgefallen? Hätte man es verhindern können?“, sie stockte.

„Und? Ist dir irgendetwas an ihm aufgefallen?“, fragte Karl.

„Wir haben uns wegen der Sommerferien nur wenige Male gesehen. Er wirkte auf mich relativ normal, vielleicht etwas aufgedrehter als sonst.“

„Hat er dir von privaten Problemen erzählt?“

„Er hat nur ganz nebenbei gesagt, dass es zuhause gerade etwas angespannt sei, aber das ist nichts Neues. Du kennst seine lockere Einstellung zur Monogamie. Er hatte immer wieder Affären mit deutlich jüngeren Kolleginnen oder auch Studentinnen. Davon wusste seine Frau aber schon länger. Ich glaube, sie hatte sich damit arrangiert.“

„Woran hat er denn gerade gearbeitet?“

„Er erzählte mir, dass man ihn gebeten habe, neues Material über Beethoven zu sichten, um es zu katalogisieren und auszuwerten. Das Archiv im Beethovenhaus hat wohl eine ganze Kiste mit Notenskizzen, Briefen und Dokumenten aus Wien erhalten. Dort war man auf das noch unbekannte Material gestoßen. Es hat auf mich aber den Eindruck gemacht, als würde er sich geradezu darauf freuen, es zu durchforsten und vielleicht ungeahnte Entdeckungen dabei zu machen. Wann bekommt man als Musikwissenschaftler schon einmal die Möglichkeit, Quellen aufzuarbeiten, die noch nicht veröffentlicht worden sind?“

„Das klingt allerdings nicht nach einer deprimierenden oder gefährlichen Arbeit. Vielleicht wartest du erst einmal deine Vorladung auf das Präsidium ab, vielleicht erfährst du ja, wie der vorläufige Stand der Ermittlung ist.“

„Ich kann mir kaum vorstellen, dass sie das Geschehene so schnell einordnen können, aber du hast recht, im Moment können wir ohnehin nur spekulieren.“

Karl sah ihr mit ernstem Blick in die Augen und drückte tröstend ihren Arm.

Kapitel III

Paula kam ihm auf dem Flur des kunsthistorischen Seminars entgegen, wahrscheinlich hatte sie ihn schon gesucht.

„Hallo, ich war schon bei deinem Büro, aber da stand ich vor verschlossenen Türen."

„Guck mich nicht so vorwurfsvoll an, ich komme nicht aus dem Bett, wie du vielleicht gerade denkst. Ich habe eine recht langwierige, um nicht zu sagen langweilige Sitzung mit meinen verehrten Kollegen hinter mir. Da glaubt jeder, er müsse seinen Senf zu allem dazu geben und die Tagesordnung um einige Tagesordnungspunkte erweitern. Grauenhaft. Lass uns doch auf den Campus gehen und uns auf eine Bank setzen, da ist es nicht so dunkel und verstaubt wie in meinem Büro."

Sie liefen unter dem Säulengang am Innenhof vorbei und bemühten sich beide, nicht dahin zu schauen, wo das tragische Ereignis stattgefunden hatte. Dann verließen sie das Gebäude durch den Hintereingang, wo sich der großflächige, begrünte Campus eröffnete. Sie setzten sich auf die erste freie Bank und schauten auf die Wiese, die von vielen Studenten bevölkert war, die das wunderschöne Wetter genossen. Es wirkte alles so friedlich. Das Leben geht weiter, dachte Karl, komme, was wolle. Karl sah Paula an und bemerkte ihren ernsten Gesichtsausdruck. „Wie war es bei deiner Zeugenbefragung?"

„Es ist schon ein komisches Gefühl, wenn man sich plötzlich in einer Ausnahmesituation befindet, wie man sie sonst nur aus Filmen kennt."

„Ich kenne das aus anderer Perspektive ganz gut. Meine Exfrau arbeitet, wie du weißt, bei der Kripo."

„Der Beamte, der sich mit mir unterhalten hat, war sehr angenehm, er wirkte nicht so abgebrüht wie die zynischen Kommissare in den Filmen. Ich habe allerdings das Gefühl, dass ich der Polizei nicht sehr viel weiterhelfen konnte. Ich habe ihnen erzählt, wie ich ihn gefunden habe und woran er derzeit gearbeitet hat. Unangenehm wurde es nur, als sie mich gefragt haben, ob ich etwas über Rosenbergs Beziehungen zu anderen Frauen wüsste. Ich konnte ja schlecht lügen und sagte, dass es in der Uni ein offenes Geheimnis ist, dass er in Bezug auf Frauen nichts anbrennen ließ." Sie sah Karl an, er nickte zustimmend. „Der Beamte hat mir einige Fragen gestellt und alles stoisch notiert. Ich konnte aber nicht erkennen, ob ihm irgendeine Information hilfreich erschien. Als wir damit fertig waren, habe ich ihn gefragt, ob sie schon etwas über die Todesursache sagen könnten. Er hat etwas gezögert, weil er wahrscheinlich nicht sicher war, ob er mir etwas darüber sagen durfte. Dann hat er nur kurz angedeutet, dass sie von einem Suizid ausgingen und die Ermittlungen voraussichtlich bald eingestellt würden, wenn sich nicht noch Fakten auftäten, die eine andere Annahme nahelegen würden. Den Grund für einen Selbstmord herauszufinden, sei dann nicht mehr die Aufgabe der Justiz. Ich war völlig überrascht, wie schnell die Polizei beabsichtigt, den Fall ad acta zu legen."

„Warum sollten sie weiter ermitteln, wenn der Suizid so offensichtlich ist."

„Ja, das kann ich ja auch verstehen. Aber ich konnte jedenfalls die ganze Nacht nicht schlafen. Immer wieder gingen mir die gestrigen Fragen durch den Kopf. Warum ist es gerade ihm zugestoßen? Warum ist mir nichts an ihm aufgefallen? Wenn ich dann kurz eingeschlafen war, überfielen mich unschöne Träume. Ich würde gerne herausfinden, was da los war. Diese Ungewissheit macht mich wahnsinnig."

Karl sah sie mit einem mitleidigen Blick an. Er war ebenfalls schockiert über den Tod seines Kollegen, aber ihr war die Sache noch deutlich näher gegangen. Sie hatte schließlich eine engere Beziehung zu ihm gepflegt. Paula sah nachdenklich in Richtung Campus, drehte ihren Kopf zur Seite und schaute Karl mit ihren traurigen, dunkelbraunen Augen durchdringend an.

„Kannst du mir dabei helfen, herauszufinden, was passiert ist?"

„Selbstverständlich. Was hältst du davon, wenn wir uns erst einmal sein Büro näher anschauen? Vielleicht finden sich ja Notizen, Mails oder ähnliches, das mit dem Selbstmord oder vielleicht sogar...", er zögerte, es auszusprechen, „... Mord zu tun haben könnte."

„Er hatte immer ein kleines schwarzes Notizbuch, in dem er ständig Notizen machte. Ich nehme an, dass er dem Computer misstraute und lieber dort Termine, Ideen und Gedanken festhielt. Wenn er es nicht bei sich hatte, dann war es gewöhnlich in der Schublade seines Schreibtisches."

„Dann sollten wir unbedingt in seinem Büro danach suchen."

„Ich weiß nicht, ob das eine so gute Idee ist. Denkst du nicht, dass der Tatort noch versiegelt ist?"

„Du hast recht, dann sollten wir morgen erstmal seiner Frau einen Besuch abstatten, vielleicht erfahren wir von ihr, was ihn in letzter Zeit beschäftigt hat."

Kapitel IV

„Es ist mir schon etwas peinlich, dass ich gestern auf dem Präsidium von Rosenbergs Affären gesprochen habe und wir jetzt zu seiner Frau fahren“, stellte Paula resigniert fest.

Karl drosselte die Geschwindigkeit des Wagens, schaute konzentriert auf die vorbeiziehenden Hausnummern und hielt den Wagen an. Sie stiegen aus. Das Haus lag auf dem Venusberg, einem höher gelegenen Wohngebiet, in dem weitestgehend gut betuchte Bonner lebten. Sie standen vor einem etwas altmodischen Bungalow mit einem großzügigen Vorgarten. Karl fand die Architektur scheußlich, er war ohnehin der Meinung, dass man die gesamten architektonischen Bauwerke dieser Zeit einstampfen sollte. Sie gingen den Gartenweg entlang und klingelten an der Tür. Statt des üblichen Läutens erklang das Glockenspiel des Big Ben. Eine gut gekleidete, ältere Frau öffnete die Tür. Sie wirkte weniger niedergeschlagen, als eher reserviert. Karl hatte sie nur wenige Male gesehen, allenfalls, wenn an der Universität eine Feier stattfand, zu der sie ihren Mann begleitete. Sie sah jetzt mit ihren grauen Haaren und den Altersflecken älter aus, als er sie in Erinnerung hatte.

„Guten Tag Frau Rosenberg, wir möchten Ihnen als Kollegen Ihres Mannes unser herzliches Beileid aussprechen. Wenn wir Ihnen helfen können, lassen Sie es uns wissen.“ Das klang sehr offiziell und förmlich, dachte Paula und sah die Frau erwartungsvoll an. Als sich ihre Blicke trafen, hatte Paula das Gefühl, dass sich der zunächst freundliche Blick, den sie Karl entgegengebracht hatte, ihr gegenüber in etwas verwandelte, das Reserviertheit, wenn nicht sogar Ablehnung auszudrücken schien. Mit einer Stimme, die nicht zum Inhalt ihrer Worte passen wollte, erwiderte sie: „Danke, das ist nett von Ihnen, aber ich komme ganz gut alleine zurecht.“ Karl war irritiert und überlegte, wie er verhindern konnte, dass sie ihnen die Tür vor der Nase zuschlug. „Wir können nur allzu gut verstehen, dass Sie Ihre Ruhe haben wollen, aber wir würden gerne mit Ihnen reden, da wir selbst betrübt und ratlos über den plötzlichen Tod Ihres Mannes sind. Er war immerhin ein nahestehender Kollege.“ Karl hatte bei der Aussage ein schlechtes Gewissen, hatte er selbst doch kaum etwas mit Rosenberg zu tun gehabt. Aber irgendwie musste er das Vertrauen dieser Frau gewinnen. „Frau Lanzini hat ja besonders eng mit ihm zusammengearbeitet.“ Die Witwe sah Paula abermals mit einem strengen, prüfenden Blick an. Jetzt wurde Paula klar, was es mit ihrem Misstrauen auf sich hatte. „Eng zusammenarbeiten“ schien hier eine Umschreibung eines Verhältnisses zu sein – die Witwe unterstellte ihr, dass sie eine Affäre mit ihrem Mann gehabt hätte. Wenn sie ihnen dennoch den Zutritt zum Haus gewähren würde, musste sie als Erstes versuchen, eine solche Annahme zu entkräften. Sonst würde sie sich ihnen keinesfalls öffnen und ihr Besuch wäre umsonst gewesen. In ihre Gedanken vertieft überhörte Paula fast die überraschende Einwilligung der Witwe: „Na gut, dann kommen Sie herein." Wortlos drehte sie sich um und Paula und Karl folgten ihr ins Wohnzimmer. Sie bereitete drei Tassen Tee, bat die beiden Platz zu nehmen und setzte sich selbst in einen Sessel. Paula war unbehaglich zumute. Wenn sie Frau Rosenbergs Misstrauen entkräften wollten, mussten sie Tacheles reden. Doch das war leichter von Frau zu Frau zu regeln. Möglichst unauffällig bedeutete sie Karl, das Zimmer zu verlassen. Er sah sie zunächst verdutzt an. Hatten sie irgendeine Taktik abgesprochen, er konnte sich nicht erinnern. Ihr Kopfnicken verriet aber, dass er die beiden allein lassen sollte. „Dürfte ich bitte einmal Ihre Toilette benutzen?" Oh Gott, das klang ja wie in einem billigen Abendkrimi. Außerdem war die Frage direkt zu Beginn des Gesprächs äußerst peinlich, als könne er sich nicht für eine halbe Stunde zusammenreißen. Sei's drum, sie hatte jetzt bestimmt andere Sorgen, als sich darüber Gedanken zu machen. Automatisch sagte sie: „Natürlich, am Ende des Flurs links." Doch im nächsten Moment verfinsterte sich ihr Gesicht. Paula war klar, dass es auch für sie eine unangenehme Situation sein musste. Als Karl das Zimmer verlassen hatte, kam Paula ohne Umschweife auf den Punkt. „Frau Rosenberg, ich habe das Gefühl, dass sie mir unterstellen, dass ich …", ihr fiel es schwer, den Satz zu Ende zu bringen. Die Witwe sah sie missmutig, aber erwartungsvoll an. „…dass ich ein Verhältnis mit Ihrem Mann hatte." Das mürrische Schweigen der Witwe verriet Paula, dass sie ins Schwarze getroffen hatte. „Sie müssen mir glauben, dass ich Ihren Mann als meinen Chef und als Koryphäe auf seinem Gebiet sehr geschätzt habe, aber ich kann Ihnen versichern, dass wir ein rein berufliches Verhältnis hatten." Frau Rosenberg sah Paula prüfend an und schien abzuwägen, ob sie ihr glauben sollte. „Am Tag seines Todes wollte er noch etwas mit mir besprechen und es lässt mir keine Ruhe, ob er mir vielleicht etwas Wichtiges mitteilen wollte, das mit seinem Tod zu tun hatte. Ich kann verstehen, dass sie …" Paula hielt inne. Sie sollte besser nicht auf die vielen Affären verweisen, die er mit seinen Studentinnen hatte. Das wäre pietätlos und würde möglicherweise eine harsche Reaktion hervorrufen. Paula schaute immer wieder zur Tür und hoffte, dass Karl ihr noch etwas Zeit gab. „Bitte, glauben Sie mir." Paula wusste nicht, was sie noch ins Feld führen konnte, als das Misstrauen allmählich aus dem Blick ihres Gegenübers wich. „Wissen Sie was? Ich weiß selber nicht warum, aber ich glaube Ihnen." Karl hatte anscheinend bereits an der Tür gelauscht und kam passend wieder ins Wohnzimmer. Es entstand eine kurze, etwas peinliche Pause, die ausgerechnet die Witwe unvermittelt unterbrach.

„Sie denken wahrscheinlich, dass ich über den Tod meines Mannes schockiert oder gar erschüttert bin. Die Art und Weise, wie es geschehen ist, ist auch wirklich tragisch und es ist schwer, sich an den Gedanken zu gewöhnen, dass sich das Leben von einem auf den nächsten Moment plötzlich ganz und gar verändert. Aber sie sehen mich gefasst." Paula und Karl sahen sie gespannt an. „Mit unserer Ehe war es nicht sehr gut bestellt. Von Zuneigung oder gar Liebe konnte schon lange keine Rede mehr sein. Es waren eher die Gewohnheit und das Gefühl der Sicherheit, die uns von einer Scheidung abhielten." Sie machte eine Pause und sah mit starrem Blick ins Nichts, so, als würde sie darüber nachdenken, was sie zu erzählen beabsichtigte und was nicht. Paula war von der schonungslosen Offenheit der Frau ein wenig schockiert und vermied den Blickkontakt, indem sie auf den Boden schaute. Dann fuhr die Witwe fort: „'*Sachliche Romanze*', Sie kennen vielleicht das Gedicht von Erich Kästner." Paula und Karl nickten zustimmend. „'Die Liebe ist plötzlich abhandengekommen, wie andern ein Stock oder Hut.' So ähnlich habe ich es empfunden. Die Liebe scheint plötzlich verschwunden zu sein, aber dann wird einem langsam klar, dass man sie in einem schleichenden Prozess verloren hat. Und man merkt, dass man dabei zugeguckt hat, ohne etwas zu unternehmen. Wie der Frosch, der im Wasser sitzt, das immer heißer wird, bis er schließlich elendig verendet." Das klang sehr resigniert. Paula hatte selten solch eine Offenheit bei einer ihr fremden Person erlebt. Sie strich sich die Haare aus dem Gesicht und bemühte sich, ihr in die Augen zu sehen: „Aber wie haben Sie sich mit dieser Situation arrangiert?" „Am Ende lebt man nebeneinander her, führt oberflächliche Gespräche und ganz zuletzt schweigt man einfach nur. Sie wissen auch von den Eskapaden meines Mannes. Er hat sein Glück seit einigen Jahren bei jüngeren Frauen gesucht. Am Anfang tat es sehr weh, aufs Abstellgleis geschoben zu werden. Eine besonders schlimme Demütigung für mich war zudem, dass jeder, der uns kannte, vermutlich auch jeder Kollege in der Universität, davon wusste." Sie sah die beiden fragend an, als würde sie davon ausgehen, dass auch sie darüber Bescheid wussten. Paula hoffte, dass man es ihnen nicht ansehen konnte und unterdrückte jede gestische Form von Zustimmung. „Ich habe mich deshalb dort lange nicht mehr blicken lassen. Das Mitleid, das der gehörnten Ehefrau entgegengebracht wird, konnte ich einfach nicht mehr ertragen." Sie hielt kurz inne und Paula ergriff die Initiative: „Haben Sie denn nie eine Scheidung in Betracht gezogen?" „Daran gedacht habe ich schon des Öfteren, aber ich hatte nicht den

Mut zu diesem folgenschweren Schritt. Auch jetzt habe ich Angst vor der Zukunft, vor der Veränderung, aber vielleicht wird es auch eine Befreiung für mich sein. Trotz alldem werde *ich* an seinem Grab stehen und nicht eine der vielen Liebschaften, die er hatte. Ich werde ihm die letzte Ehre erweisen und dann ein neues Leben beginnen." Sie schwieg für eine Weile.

Karl wusste nicht so recht, wie sie nun die Kurve kriegen sollten. Er wollte schon wissen, ob Rosenberg sich in letzter Zeit verändert hatte.

„Das kann ich alles sehr gut verstehen. Darf ich Ihnen denn noch eine Frage stellen?"

„Nur zu."

„Hat sich Ihr Mann in den vergangenen Wochen anders verhalten als sonst?"

„Wir haben eigentlich nur noch wenig am Seelenzustand des anderen teilgenommen, aber, wenn ich überlege, vor etwa zwei Wochen war er sehr aufgewühlt und euphorisch, es hatte irgendetwas mit seinen Forschungen zu tun. In den letzten Tagen änderte sich das schlagartig, er war sehr nachdenklich und bedrückt. Warum, das habe ich ihn nicht gefragt, es hat mich auch, ehrlich gesagt, nicht interessiert. Er hat in dieser Zeit mehrere geschäftliche Telefonate von zuhause geführt, was sonst eher selten der Fall war." Karl speicherte die Information ab, um später die entsprechenden Schlüsse daraus ziehen zu können. „Da die Arbeit, noch vor seinen Affären, die größte Priorität in seinem Leben hatte, stand und fiel seine Befindlichkeit mit dem Erfolg oder Misserfolg seiner wissenschaftlichen Forschungen. Er war allerdings auch schlecht gelaunt, wenn er mal wieder von einer seiner Studentinnen eine Abfuhr erhalten hatte, die feststellen mussten, dass ihr Professor, den sie angebetet hatten, eigentlich ein alter Mann war." Der verbitterte, sarkastische Ton der Frau zeigte, dass sie sich innerlich noch nicht ganz mit der Untreue ihres Mannes abgefunden hatte.

Paula fand das Gespräch mit dieser vom Leben enttäuschten Frau äußerst unangenehm. Sie fragte sich, ob ihr so etwas auch passieren könnte. Stand nicht auch bei ihrem Mann die Arbeit oft an erster Stelle? Wusste sie, was er so trieb, wenn er sich die Woche über im Ausland aufhielt? Sie wollte lieber nicht weiter darüber nachdenken. Sie wollte auch nicht, dass es so wirkte, als sollte das ein Verhör sein, und sie versuchte das Gespräch auf höfliche Weise zu beenden: „Vielen Dank, Frau Rosenberg, wie gesagt, wenn sie Unterstützung benötigen, dann sagen Sie es." „Danke auch für den Tee und nochmals herzliches Beileid", ergänzte Karl.

Als sie hinausgingen und ins Auto stiegen, sahen sie sich an und dachten vermutlich dasselbe. Diese Frau konnte einem nur leidtun. Paula unterbrach die Sille.

„Ist das nicht bitter, wenn du zusehen musst, wie deine Liebe und dein Leben den Bach heruntergehen? Für sie ist der Tod ihres Mannes kein großer Verlust und trotzdem scheint sie sich mit seinen Seitensprüngen noch nicht richtig abgefunden zu haben. Ich habe aber nicht das Gefühl, dass sie jemand ist, der eine solch“, sie dachte kurz über einen passenden Ausdruck nach, „drastische Lösung suchen würde. Sie hatte sich längst in ihrer deprimierenden Welt eingerichtet, warum sollte sie sich gerade jetzt dazu entschlossen haben, sich auf diese Weise von ihrem Mann zu trennen.“

„Das denke ich auch. Dafür spricht auch ihre schonungslose Offenheit. Diese Frau ist verbittert, sie hat aber nichts mehr zu verheimlichen.“

„Ich fand es sehr interessant, dass sie in den letzten Tagen eine gewisse Unruhe bei ihm bemerkt hat, vielleicht hat ihn ja wirklich etwas so sehr belastet, dass er keinen anderen Ausweg mehr sah.“

„Dann wäre die Frage, was es war, das ihn so sehr beunruhigt hat.“

Schweigend, immer noch befangen von der deprimierenden Stimmung, fuhren sie zu Paulas Haus.

Sie verabschiedete sich und stieg aus dem Auto. Bevor sie die Tür zuwarf, blickte sie noch einmal kurz zu ihm in den Wagen: „Was hast du eigentlich gemacht, als du…“, sie machte mit ihren Fingern zwei Gänsefüßchen, „… auf der Toilette warst? Hast du uns die ganze Zeit zugehört?“ „Ach ja, das habe ich ganz vergessen. Ich habe es wie in diesen Filmen gemacht, habe mich im Arbeitszimmer von Rosenberg etwas umgesehen und das hier gefunden.“ Er zog ein Blatt aus der Innentasche seines Jackets hervor. „Ich habe ein paar Notizen in der Schublade seines Schreibtisches entdeckt: eine Art To-do-Liste und einen kleinen Zettel mit Wörtern und Zahlen, die mich irgendwie an Codewörter erinnert haben. Vielleicht ist ja auch der Zugangscode für seinen Arbeitscomputer dabei.“ „In fremden Zimmern rumzuschnüffeln ist aber nicht die feine englische Art. Aber sei’s drum, vielleicht können wir deine kriminell erworbenen Hinweise noch gebrauchen. Ich wollte mich morgen sowieso gerne mal in Rosenbergs Büro umsehen. Es wird schließlich nicht ewig als Tatort versiegelt werden. Immerhin gehen sie nicht von einem Gewaltverbrechen aus.“ „Ja, ich bin dabei. Wir können nur hoffen, dass die Spurensicherung noch etwas, vor allem aber den Computer, stehen gelassen hat. Dann sehen wir uns morgen.“

Kapitel V

Als sie vor der Tür zu Rosenbergs Büro standen, waren sie sichtlich erleichtert. Die Absperrung war entfernt worden, offensichtlich hatte die Spurensicherung ihre Arbeit getan. Die Tür war verschlossen, aber Paula hatte aufgrund ihrer engen Zusammenarbeit mit Rosenberg einen eigenen Schlüssel. Als Erstes fiel ihr Blick auf die ihnen gegenüberliegende Fensterseite des Zimmers. „Ich glaube, es war das Fenster in der Mitte, das am Tag seines Todes offen stand“, bemerkte Karl mit großem Unbehagen. Er stellte sich kurz vor, was hier vorgefallen sein könnte, wie Rosenberg aus dem Fenster stürzte und unten, zwei Etagen tiefer, auf dem Pflaster aufschlug. Dann schüttelte er sich und versuchte die Gedanken an diesen Unglücksfall zu verdrängen. Auch Paula war noch sichtlich angeschlagen. Das Büro ähnelte auf den ersten Blick eher einer Bibliothek. Die Regale waren vollgestellt mit Büchern, Zeitschriften, alten Schallplatten und CDs. Die wenigen freien Flächen waren mit Porträts von Bach, Mozart und Beethoven geschmückt. Vor dem Fenster stand ein antiker Schreibtisch aus Nussbaumholz. Darauf befanden sich Stapel von Papier, verschiedenste Bücher, ein tragbarer CD-Player mit einem großen Kopfhörer, der auf einer kleinen Beethovenbüste aus Marmor ruhte, und ein Computerbildschirm samt Tastatur und Scanner. Karl sah sich eingehend um, er hatte das Büro merkwürdigerweise noch nie betreten. Wenn er Rosenberg begegnet war, dann in der Mensa, im Flur oder in der Bibliothek. Nachdem er einen Überblick gewonnen hatte, hielt er Paula dazu an, nach dem Notizbuch Ausschau zu halten und widmete sich Rosenbergs Computer. Er schaltete ihn ein und suchte, während dieser hochfuhr, nach dem Zettel, auf dem die Notizen standen, die er aus Rosenbergs Arbeitszimmer entwendet hatte. Er legte sie neben den Computer und wartete, bis ein Feld erschien, in das der Zugangscode eingegeben werden musste. Er fragte sich, wie oft man ein falsches Passwort eingeben durfte. Würde der Computer sich abschalten oder einen Warnton von sich geben? Auf dem Zettel standen vier Buchstaben und Zahlenfolgen, die infrage kamen. Er entschied sich, es auszuprobieren. Wenn etwas schief liefe, würde sein Doktorand das schon wieder richten. Er gab als Erstes den untersten Code ein. Fehlanzeige. Der Bildschirm bat ihn erneut ein Passwort einzugeben. Auch die nächste Buchstaben-Zahlenkombination führte ins Leere. Zwei Alternativen blieben. Er sollte die Verantwortung dringend einem anderen übertragen. Paula war bestimmt eine Glücksfee. „Paula?“

„Ja, was gibt’s, hast du was gefunden?“

„Nicht direkt. Kannst du mir bitte eine Zahl zwischen eins und zwei sagen?“ Paula sah ihn ungläubig an.

„Soll das ein Witz sein?“

„Also, eins oder zwei?“

„Na dann sage ich eins.“

„Danke.“

Wenn jetzt etwas schieflief, ein Alarmton ertönte oder der Computer gesperrt wurde, dann war er wenigstens nicht allein schuld. Aber nichts dergleichen passierte. Der Computer gab ein leises Surren von sich, der Bildschirm wurde erst schwarz und dann blau und nach und nach baute sich der Desktop auf. Er sah zu Paula herüber, die die Unterlagen auf und im Schreibtisch untersuchte. Dann klickte er das Outlook-Icon an und sichtete Rosenbergs Mailverkehr. Das Postfach enthielt zahlreiche Mails. Die Frage war, welche für sie von Interesse sein könnten. Nachdem er zunächst planlos die Mails durchsuchte, hielt er kurz inne. Sein Blick fiel auf den Zettel. Er las die Wörter, die er für eine To-do-Liste gehalten hatte. Auch Karl machte sich gelegentlich eine Liste mit all den Dingen, die er am folgenden Tag oder in der nächsten Woche zu erledigen hatte. Er las die Stichworte wie jemand, der mit sich selbst redete, sodass Paula irritiert zu ihm sah. Karl fand, dass es eine interessante Mischung war, die Rosenberg notiert hatte: „Wäscherei, Beethovenhaus, Verlag, Konferenz, Köln, Buchhandlung.“ Dass eine Wäscherei etwas mit Rosenbergs Tod zu tun haben könnte, schloss er aus. Wegen eines schlecht gewaschenen Hemdes bringt man sich nicht gleich um. Aber hatte er nicht eben beim Überfliegen der Mails ganz am Anfang eine mit dem Absender „Archiv des Beethovenhauses“ gesehen. Er hatte sich nicht geirrt. Er öffnete die Nachricht.

Wie Paula berichtet hatte, gab es eine Anfrage an Rosenberg Material zu sichten, das von Beethoven stammen sollte. Er las, dass das Beethovenhaus es sich zur Aufgabe gemacht hatte, alle wesentlichen Urkunden als Original oder doch wenigstens als Reproduktion zu archivieren. Um den Stellenwert der Dokumente einschätzen zu können, bat man um die Hilfe eines Beethovenspezialisten. Rosenberg galt als Koryphäe auf diesem Gebiet, sodass das Angebot der Sichtung solch unerforschter Dokumente den Höhepunkt in seiner Karriere dargestellt hätte. Im Folgenden scrollte Karl über verschiedene unwichtige Mails hinweg, bis ihm eine Nachricht ins Auge sprang, deren Adressat ein Auktionshaus in Köln war. Hatte Rosenberg nicht unter anderem auch Köln als Stichwort notiert. In der Betreffzeile stand nur das Wort „Gutachten“. Karl begann die Mail zu lesen.

Das Auktionshaus hatte sich anscheinend auf die Versteigerung von Objekten spezialisiert, die irgendetwas mit klassischer Musik zu tun hatten.

Rosenberg bat darum, einen Brief auf seine Echtheit hin zu prüfen. Seiner Ansicht nach handele es sich um die Schrift Beethovens, er benötige aber eine genaue Untersuchung des Papiers und eine zuverlässige graphologische Analyse, um eine Fälschung sicher ausschließen zu können. Dieser vor einer Woche geschriebenen Mail folgte allerdings keine Antwort mehr. Das Auktionshaus hatte sich nicht, zumindest nicht per Mail, zurückgemeldet, was immer das auch bedeutete. Entweder hatte man die Mail übersehen, oder man nahm sich sehr viel Zeit mit der Antwort, schlussfolgerte Karl. Er wurde jäh in seinen Gedanken unterbrochen, als Paula mit einem kleinen schwarzen Buch vor seinem Gesicht herumwedelte. „Das ist das Notizbuch, von dem ich gesprochen habe.“ Karl nahm ihr das Buch aus der Hand und blätterte vorsichtig darin herum, als handele es sich um einen alten, wertvollen Folianten. Er konnte allerdings nicht viel damit anfangen, da die Schrift nicht zu entziffern war. Er gab es Paula behutsam zurück, die direkt bis zu den Seiten blätterte, auf denen die letzten Notizen gemacht worden waren. „Schwer zu lesen, oder? Ich bin seine Schrift zum Glück gewöhnt.“ Sie begann die letzten Seiten zu studieren, während Karl ungeduldig wartete und sich dabei in dem bequemen Bürostuhl unruhig hin und her drehte. Er konnte beobachten, wie ihre Miene zunächst nachdenklich und dann immer ernster wurde. Dann endlich blickte sie auf. „Na, hast du etwas gefunden, das uns weiterhelfen könnte?“ „Ja, ich denke schon. Hier ist ein Eintrag, in dem er über seine Nachforschungen im Archiv berichtet. Er schreibt, dass es sich um interessantes Material, insbesondere um Briefe Beethovens handelt, die anscheinend Lücken im Lebenslauf des Genies füllen könnten. Einer der letzten Einträge ist allerdings besonders auffällig. Er ist unterstrichen und endet mit einem riesigen Ausrufezeichen. Er schreibt: „Ich bin auf etwas gestoßen, das, wenn es sich um keine Fälschung handelt, etwas Großartiges, Sensationelles für die Musikwissenschaft bedeuten würde. Einerseits sollte ich mit professioneller Skepsis darangehen, andererseits elektrisiert mich der Gedanke, dass es wirklich geben sollte, was in dem Schreiben erwähnt wird. Ich muss herausfinden, ob es sich tatsächlich um ein originales Schriftstück aus Beethovens Feder handelt.“ Paula und Karl sahen sich fragend an. Worauf war Rosenberg da gestoßen? Um was für eine Sensation für die Musikwissenschaft sollte es sich da handeln? Hatte Rosenbergs Entdeckung sogar etwas mit seinem Tod zu tun?

Paula war ganz außer sich.

„Wir müssen dringend herausfinden, worum es sich bei diesem ominösen Fund handelt.“

„Wir sollten uns einmal im Archiv des Beethovenhauses umschauen.

Vielleicht befindet sich dieses geheimnisvolle Dokument, auf das er anspielt, immer noch dort."

„Du hast recht, einen Versuch wäre es wert."

Kapitel VI

Auf dem Weg zum Beethovenhaus ging Karl immer noch der Tod Rosenbergs durch den Kopf. Egal welche Wahrheit ans Licht kommen würde, in jedem Fall würde sie schrecklich sein.

Wie gewohnt war das stattliche Haus, in dem Beethoven geboren war und in dem er seine Jugend verbracht hatte, von eifrig fotografierenden Touristen aus der ganzen Welt belagert. Vermutlich war es ihnen ein Bedürfnis, das Leben in den sozialen Medien als ereignisreich und aufregend erscheinen zu lassen. Das war nicht Karls Welt. Nicht umsonst hatte er sich für einen Beruf entschieden, der es mit sich brachte, sich mit der Vergangenheit und nicht der Gegenwart beschäftigen zu müssen. Er lavierte sich schlecht gelaunt durch die Touristenmengen und lief geradewegs auf einen Empfang nebst Empfangsdame zu, die nicht mehr die Jüngste war. Vielleicht hatte sie Beethoven noch persönlich gekannt, dachte Karl. Für diesen bösen Gedanken gab er sich eine imaginäre Ohrfeige, zumal sich die Dame als äußerst freundlich und hilfsbereit herausstellte. Er fragte sie, ob es möglich sei, ins Archiv zu gehen und erfuhr, dass dies nicht ohne eine schriftliche Genehmigung möglich sei, es aber einen Archivar gebe, der ihm das Gewünschte in seiner Anwesenheit zeigen könne. Auf Nachfrage erfuhr er auch, dass ein gewisser Herr Rosenberg hier in den letzten Wochen ein- und ausgegangen sei. „Das ist ein ernster, aber freundlicher Mensch“, wie sie mit einem Lächeln feststellte. Leider sei er die letzten Tage nicht mehr erschienen. Karl ersparte ihr die Information, dass er weder in den nächsten Tagen noch sonst jemals wiederkommen werde. Er bedankte sich und fragte, wo der Archivar zu finden sei. Schließlich kündigte er eine Frau Lanzini an, die er grob beschrieb. Die Dame möge Paula mitteilen, dass er sich bereits im Museum aufhalte. Paula hatte sich wie erwartet verspätet. Er wollte die Zeit nutzen, sich das Museum näher anzusehen. Er hatte es das letzte Mal vor vielen Jahren besucht und erinnerte sich, dass es ihn damals sehr beeindruckte. Er ging die Treppe hinauf in den ersten Ausstellungsraum. Beethoven gehörte neben Mahler und Bruckner zu seinen Lieblingskomponisten. Das erste Werk, das er bewusst gehört hatte, war Beethovens „Chorphantasie“. Er besaß noch die leicht zerkratzte Schallplatte. Das Stück, das schon Anleihen an das Finale der 9. Symphonie enthielt, faszinierte ihn vom ersten Hören an. Dann lernte er die großen Werke Beethovens nach und nach kennen und mit den unterschiedlichen Werken auch unterschiedliche Interpretationen renommierter Dirigenten und Orchester.

Als Karl auf der ersten Etage des Museums angekommen war, fiel ihm zuerst das berühmte Beethoven-Porträt von Joseph Karl Stieler ins Auge. Auf dem Bild trägt der Komponist langes gewelltes Haar, sein Blick verrät Ernsthaftigkeit und Entschlossenheit. In den Händen hält er eine Feder und einen Papierbogen. Es ist das Porträt eines Genies im Moment des Komponierens. Den lichtdurchfluteten Raum dominierte ein altes Klavier, auf dem Beethoven seine Kompositionen erdacht und gespielt hatte. Neben verschiedenen Hörgeräten, einfachen Metallhörnern, auf die er aufgrund seiner zunehmenden Taubheit angewiesen war, gab es andere Kuriositäten wie eine Haarsträhne des Meisters, die an eine christliche Reliquie erinnerte. Ein ihm zuvor nicht aufgefallenes Ausstellungsobjekt war ein Reiseschreibpult. Dieses hatte Beethoven, so konnte Karl auf dem Informationsblatt lesen, in den letzten Wochen, von der Krankheit gezeichnet, in seinem Bett verwendet. Es enthielt eine Schreibplatte, mehrere Fächer und einen Tintenfasshalter. Ein bewegender Moment, dachte Karl, wenn einem eine 200 Jahre zurückreichende Zeit durch solche persönlichen Gegenstände so nah gebracht wird. Er konnte den Geist Beethovens geradezu spüren.

Plötzlich riss ihn eine Hand aus seinen Gedanken zurück in die Gegenwart. Sie tätschelte ihm von hinten die Schulter. Es war Paula, sie lächelte. Sie machte einen deutlich lebendigeren Eindruck als in den Tagen zuvor, als sie ihm trotz ihres dunklen Teints sehr blass erschienen war. „Es tut mir leid, aber ich bin noch von einer Kollegin aufgehalten worden, ich hoffe, du hast nicht zu lange warten müssen." „Keine Sorge, ich habe mich nicht gelangweilt. Ich habe mich wegen des Archivs bereits informiert. Wir können es in Begleitung des Archivars besuchen. Er sollte jetzt eigentlich in seinem Büro sitzen." Sie suchten den Raum und klopften.

Die Tür öffnete sich und es erschien ein blasser Mann mit dicker Hornbrille. „Guten Tag, Herr …" „Jakobi", ergänzte der Archivar wortkarg. „Was kann ich für Sie tun?" Paula ergriff das Wort: „Wir würden gerne einen Blick auf die Dokumente werfen, die Sie jüngst aus Wien erhalten haben." Sein zuvor halbwegs neutraler Gesichtsausdruck verwandelte sich jetzt in einen Blick voller Misstrauen. In diesem Moment fiel auch Paula auf, dass es naiv war zu glauben, dass zwei wildfremde Menschen einfach so Zugang zu einem Archiv erhalten würden, das vielleicht einen wahren Schatz bergen könnte. Sie versuchte es dennoch: „Ich bin Frau Lanzini und arbeite, wie mein Kollege Herr Jung, an der Universität. Ich bin bzw. war die Mitarbeiterin von Herrn Rosenberg. Er ist leider verstorben und ich würde gerne seine Nachforschungen weiterführen." Das Misstrauen im Blick des verschrobenen Archivars wuchs zunehmend. Von einer mitmenschlichen Regung als Reaktion auf den Tod eines Menschen war nichts zu spüren. „In diesem Fall benötigen Sie eine Genehmigung der Beethoven-Stiftung.“ Jeder weitere Versuch, diesen Beamten zu überreden, blieb aussichtslos. *Gesetz ist Gesetz, Vorschrift bleibt Vorschrift.*

Mit der Gewissheit, dass hier, zumindest für heute, nichts mehr zu erreichen war, machten sie auf dem Absatz kehrt, wobei Paula sich ein ironisches „Vielen Dank für Ihre große Hilfe“ nicht verkneifen konnte. Karl zog an ihrem Arm, weil er befürchtete, dass die impulsive Italienerin sich noch zu anderen, vielleicht unanständigen und unflätigen, Ausdrücken verleiten lassen könnte. Als sie das Museum verließen, kam ihnen derselbe Gedanke. Würde die Stiftung die Bearbeitung der möglicherweise unschätzbar wertvollen Dokumente einer Habilitandin überlassen, Mitarbeiterin hin oder her? Paula war gut in ihrem Fach, aber sie hatte aufgrund ihres Alters noch kein öffentliches Renommee in der musikwissenschaftlichen Welt erworben, geschweige denn, dass sie eine Koryphäe auf dem Gebiet der Beethovenforschung genannt werden konnte. So marschierten sie nachdenklich durch die Fußgängerzone, erreichten bald schon das Universitätsgebäude und gingen in Karls Büro, wo sein Doktorand Ken sie mit einem Lächeln empfing.

Kapitel VII

Ken hieß eigentlich Kenneth O'Brian. Um diesen poetischen Namen beneidete ihn Karl. Das hatte irgendwie etwas von einem Walzer. Karl Jung klang dagegen eher wie ein teutonischer Stechschritt. Etwas besser hörte es sich mit seinem Zweitnamen an: Karl Friedrich Jung, das war melodischer, aber Karl war sich darüber im Klaren, dass ein zweiter verstaubter Vorname ihn auch nicht gerade jünger erscheinen ließ. Sein Großvater, der sich bei der Namensgebung eingemischt hatte, war Mathematiker gewesen und bewunderte Carl Friedrich Gauß. Seine Musikliebhaberei hätte allerdings auch keine moderneren Namen hervorgebracht. Ludwig, Anton oder Gustav waren auch nicht gerade jugendlich-frisch. Kenneth hingegen war mit seinem Namen eigentlich sehr zufrieden, wollte aber trotzdem einfach Ken genannt werden, da er der Meinung war, dass die meisten Deutschen nicht in der Lage waren, das „th" ordentlich auszusprechen. Er stammte aus der kleinen, aber berühmten Stadt Limerick, die nur deshalb so bekannt war, weil sie den witzigen, fünfzeiligen Gedichten ihren Namen verlieh. Ken trug langes dunkelblondes Haar. Außerdem ließ er sich einen Bart stehen, der den 25-jährigen deutlich älter erscheinen ließ. Karl war froh, dass Ken ihm als Hilfskraft zur Seite stand. Er recherchierte für ihn, bereitete die Vorlesungen mit vor und erstellte die PowerPoint-Präsentationen. Ken war ein ausgesprochen begabter junger Mann. Er hatte auf der einen Seite einen ausgesprochenen Sinn für Kunst und Ästhetik, war aber auf der anderen Seite auch, was Computer und Informatik anging, ein wahres Genie. Auf die Frage Karls, warum er denn die brotlose Kunst des kunstgeschichtlichen Studiums gewählt habe, statt mit einem Informatikstudium die Aussicht auf einen deutlich besser dotierten Job zu haben, antwortete er: „Wenn ich zu Geld kommen wollte, dann würde ich eine Bank überfallen. Das wäre einfacher." Das war die freche, ironische Art, die Karl an ihm schätzte. Wenn er mit Freunden in seine Bonner Stammkneipe ging, einen Irish Pub, konnte das schon mal eine lange Nacht mit viel irischem Ale bedeuten. Erstaunlicherweise war ihm eine durchzechte Nacht am nächsten Morgen nicht anzumerken. Karl hingegen hatte das Alter erreicht, in dem man einen exzessiven Alkoholgenuss am nächsten Tag bitter bereute.

Ken war von Natur aus neugierig. Er musterte die beiden und suchte in ihren Gesichtern nach Anzeichen eines Erfolges. Ihre Blicke verrieten allerdings genau das Gegenteil. „Wo genau ist das Problem?" „Wir benötigen von der Beethoven-Stiftung eine Genehmigung, um im Archiv zu forschen, insbesondere für die Aushändigung der geheimnisvollen Kiste aus Wien", fasste Karl ihre Situation knapp zusammen. „Und ich dachte, ihr hättet ein wirkliches Problem." Diesen Iren konnte wirklich nichts aus der Ruhe bringen. „Habt ihr einen Moment Zeit?", ohne die Antwort abzuwarten, tippte er auf seiner Tastatur herum und sah konzentriert auf den Bildschirm seines Computers. Paula und Karl blickten sich ratlos an. Zwischendurch führte Ken Selbstgespräche. Karl verstand nur einzelne Wörter wie „ein Kennwort?", „interessant" oder „na da haben wir es ja". Dann begann plötzlich der Drucker zu rattern. Ken griff nach dem Blatt und reichte es Karl. Oben auf dem Dokument war ein Logo mit einem Beethovenkopf zu erkennen. Dies war augenscheinlich ein Formular der Beethovenstiftung. Darunter war ein freies Feld. „Und, was darf ich den Herrschaften für eine Genehmigung ausstellen?", erkundigte sich Ken in dem Ton, den ein Mitarbeiter der Beethoven-Stiftung benutzt haben könnte, und grinste verschmitzt. Karl stockte: „Aber das können wir doch nicht machen, unser Ruf steht auf dem Spiel. Ich bin Beamter und möchte es auch gerne bleiben." Paula sagte zunächst nichts, wehrte aber auch nicht direkt ab. „Weißt du was, ich glaube, wir sollten es versuchen. Wenn dieser Paragraphenreiter den Briefkopf und die Unterschrift sieht, steht der stramm und leistet den Anweisungen unmittelbar Folge." Karl musste über die boshafte Beschreibung Paulas innerlich schmunzeln. Dann wurde er wieder ernst: „Welche Unterschrift?" „Das kann ich übernehmen", schlug Ken vor. „Ich habe hier ein paar Vorlagen von verschiedenen Mitgliedern des Vorstandes. Die eine ist ohnehin unleserlich, die kann ich leicht nachmachen." Paula sah Karl mit einem bittenden Blick an. Da er sich in dieser illustren Runde nicht als der Ängstliche erweisen wollte, stimmte er mit einem unguten Gefühl in der Magengegend zu. „Na, dann auf ein Neues", sagte Paula voller Tatendrang. Karl schwieg.

Kapitel VIII

Paula und Karl setzten ihre freundlichsten Mienen auf und klopften abermals an die Bürotür des Archivars. Dieser öffnete und schaute sie, wie erwartet, mit ernstem Blick an. Er sagte nicht „Guten Tag“ oder „Schön, Sie zu sehen“, sondern lediglich: „Genehmigung?“. Karl durchzuckte es bei dem bösen Wort. Deshalb antwortete Paula in katzbuckeligem und an Höflichkeit kaum zu überbietendem Ton: „Aber natürlich, hier bitte.“ Zum ersten Mal war ein flüchtiges Lächeln auf dem Gesicht des Griesgrams zu erkennen. Er gehörte vermutlich zu denjenigen Bürokraten, die bei dem Anblick von Formularen in erotische Ekstase gerieten. Ohne ein Wort zu sagen, machte er mit seinen Armen eine ausholende Geste, die ihnen bedeuten sollte, eine Gasse für ihn freizumachen. Er ging mit leicht gesenktem Kopf zwischen ihnen hindurch und machte sich auf den Weg. Für einen Moment befiel Karl die Angst, dass er sie direkt zu einem Mitarbeiter der Beethoven-Stiftung führen würde, um sich nach der Echtheit des Formulars zu erkundigen, und dass der ganze Schwindel auffliegen würde. Er legte sich hastig eine Erklärung zurecht für etwas, das nicht zu erklären war. Da standen sie schon vor einer Tür, auf der „Archiv“ stand. Karl war erleichtert.

Ein wenig gebückt, ging der Archivar die Treppe zum Keller hinab und sie folgten ihm. Vielleicht war hier einst der kleine Ludwig hinabgestiegen, weil er die Kohlen für den Küchenofen heraufholen musste und hatte sich bei dem Anblick des alten Kellergewölbes vermutlich zu Tode gefürchtet. Es gab keine natürliche Lichtquelle, stattdessen leuchtete künstliches, leicht rötliches Licht, das vermutlich die empfindlichen Dokumente schonen sollte. Es war ein leises Surren von Geräten zur Regulierung der Luftfeuchtigkeit zu hören, die der größte Feind alter Dokumente und Folianten ist. Sie baten den Archivar, ihnen die erst kürzlich zugestellte Kiste aus Wien zu zeigen. Er hatte keine Probleme, sie sofort zu finden. Er öffnete sie und hielt ihnen weiße Handschuhe entgegen, die sie überziehen sollten, um jede Beschädigung der wertvollen Originale zu vermeiden. Außerdem ermahnte er sie, größtmögliche Vorsicht walten zu lassen. Er zog sich an einen Arbeitsplatz zurück, behielt die beiden aber - mit einem misstrauischen Blick - im Auge. Sie öffneten den Kasten und zahlreiche Dokumente, vermutlich Briefe und Blätter mit Notenskizzen, kamen zum Vorschein. Jemand hatte sich offenbar die Mühe gemacht, die einzelnen Blätter durchzunummerieren. Sie stellten sich auf einen langen Nachmittag ein, den sie benötigen würden, um die einzelnen Dokumente zu sichten. „Wie sollen wir vorgehen? Soll jeder auf einer Seite beginnen und sich dann nach innen vorarbeiten?", fragte Paula. „Ja, ich fürchte, wir müssen uns die Mühe machen. Zuerst sollten wir aber mal dort nachsehen, wo diese gelben Trennzettel eingesteckt wurden. Vielleicht hat er damit Wichtiges markiert. Wenn wir so vorgehen, würde das die Zahl der infrage kommenden Blätter immens einschränken." Sie begannen, die mit den Zetteln markierten Dokumente eines nach dem anderen aus der Kiste zu nehmen und sie wenigstens grob zu überfliegen, um nach Hinweisen zu suchen. Karl war gerade mit einem Brief beschäftigt, als Paula das konzentrierte Schweigen unterbrach. Sie wisperte in einem Flüsterton. „Hier, sieh mal, an einer Stelle ist ein gelbes Blatt eingelegt, aber es gibt dort kein Dokument. Während die Nummerierung ansonsten durchgängig ist, fehlen hier zwei Ziffern, d.h. es fehlen auch die dazu gehörigen Blätter." Sofort schoss ihnen durch den Kopf, dass sich hier das Dokument befunden haben musste, das Professor Rosenberg in seinem Notizbuch erwähnt hatte. Die Frage war nur: Wo befand sich das Schriftstück jetzt? „Es gibt zwei Möglichkeiten", gab Paula zu bedenken. „Entweder befindet es sich noch in seinem Haus, oder in seinem Büro." „Oder es ist bereits im Auktionshaus gelandet", ergänzte Karl ihren Gedanken, „dann müssten wir dort weiterforschen."

„Ich glaube, es gibt noch eine weitere Möglichkeit. Was würdest du tun, wenn du ein wertvolles Schriftstück mit vermeintlich sensationellem Inhalt aus der Hand geben würdest?" Karl überlegte kurz.

„Ich würde zur Sicherheit eine Kopie anfertigen."

„Genau das würde ich auch tun. Ich glaube, wir sollten uns noch einmal auf seinem Computer umschauen. Vielleicht finden wir im Scanordner, was wir suchen."

Kapitel IX

Sie betraten wieder einmal Rosenbergs Büro. Es schien sich irgendetwas verändert zu haben, der Computer stand aber zum Glück noch an seinem Platz. In diesem Moment stieß auch Ken dazu. „Wir suchen Dateien mit den Kopien eines Schriftstücks, das Professor Rosenberg möglicherweise eingescannt haben könnte.“ Ken ließ sich in den Ledersessel fallen und man sah, dass er in seinem Element war.

„Vor drei Tagen hat jemand alle Daten des Computers heruntergeladen.“

„Das müsste die Spurensicherung gewesen sein“, mutmaßte Karl.

„Am Tag zuvor gab es ebenfalls eine Aktion, jemand hat einige Daten gelöscht. Die geringe Datenmenge lässt allerdings den Schluss zu, dass es sich vielleicht nur um ein, maximal drei Dokumente handelt.“

„Das war am Tag seines Todes. Es muss also noch jemand hier gewesen sein, der offenbar an etwas ganz Bestimmtem interessiert war. Kannst du nicht im Papierkorb nachsehen?“

„Es wäre ein absoluter Dilettant, wenn er die Dateien nur dorthin verschoben hätte. Ein Knopfdruck und die Datei wäre wiederhergestellt. Und, wie du siehst, der Papierkorb ist leer.“ Ken zeigte zum Beweis auf den Bildschirm.

„Das heißt, man kann nicht mehr herausfinden, um welche Dateien es sich handelt?“

„Man nicht, ich vielleicht schon. Was auf dem Computer gelöscht wird, ist nicht notwendigerweise auch von der Festplatte verschwunden.“ Ken war es gewohnt, Karl die Geheimnisse der modernen Technik mit verständlichen Worten zu erklären. „Viele, die im Urlaub aus Versehen die Fotos ihrer Digitalkamera gelöscht haben, sind verzweifelt, weil sie glauben, die Bilder seien unwiderruflich in die digitalen ‚ewigen Jagdgründe‘ eingegangen. In der Regel kann man sie aber ohne Probleme wiederherstellen, denn die Fotos befinden sich noch auf dem Chip, sind allerdings zum Überschreiben freigegeben. Nur wenn man den Chip formatiert, ist tatsächlich alles gelöscht. Dasselbe gilt für den Computer. Wenn es nicht gerade ein Vollprofi war, dann müssten sich die gelöschten Dateien noch irgendwo auf der Festplatte finden lassen.“

„Und?“, fragte Karl ungeduldig.

„Das dauert. Gib mir ein bis zwei Tage und ich werde den Schatz ans Tageslicht befördern, ich habe nämlich noch ziemlich viel Arbeit von meinem Chef aufgehalst bekommen.“ Karl musste schmunzeln. „Du hast ja recht, aber die Sache mit den Dateien hat ausnahmsweise Vorrang. Danke für deine Hilfe." In wenigen Minuten hatte Ken die Festplatte ausgebaut und legte sie in eine Tüte. Dann ging er beschwingt aus dem Büro. Er war ein klein wenig stolz darauf, zu zeigen, was er bezüglich der Computer so draufhatte. Paula stöhnte leise auf. „Ich glaube, wir haben beide nicht die Geduld, solange untätig zu warten. Ich schlage vor, wir machen morgen eine kleine Reise in die Großstadt. Mich würde interessieren, was das Kölner Auktionshaus mit Rosenberg besprochen hat. Vielleicht ist das Original bereits dort. Es wäre eine gute Taktik, ihnen einen Überraschungsbesuch abzustatten."

Kapitel X

Fast gleichzeitig kamen sie am Bonner Bahnhof an und gingen gemeinsam in die Eingangshalle. Sie vergewisserten sich noch einmal auf dem Fahrplan, ob der Zug auch wie gewohnt abfahren würde. Der Bahnhof sah nicht gerade aus wie der repräsentative Hauptbahnhof einer ehemaligen Hauptstadt. Das übersichtliche Backsteingebäude, das aus dem 19. Jahrhundert stammte, besaß nur vier überdachte Gleise. Vielleicht war es gerade der Gegenentwurf zu einer gigantomanischen Metropole, der die Gründungsväter veranlasst hatte, das beschauliche Bonn zur Bundeshauptstadt zu machen. Prunk war auf jeden Fall etwas Anderes! Eine Demokratie hatte es schließlich nicht nötig mit repräsentativen Gebäuden zu protzen.

Die beiden stiegen in den Zug und gingen zunächst durch einen Großraumwagen, bis sie zu einem unbesetzten Abteil kamen. Dort nahmen sie die gegenüberliegenden Plätze am Fenster ein und besprachen kurz das weitere Vorgehen. Als der Zug anfuhr, nahm Paula eine Zeitung zur Hand und Karl schaute aus dem Fenster. Das seichte Ruckeln des Zuges und das Aus-dem-Fenster-Schauen hatte etwas Meditatives und zugleich Einschläferndes. Als er Paula ansah, kam ihm plötzlich eine Szene aus einer seiner Lieblingsserien aus den 60er Jahren, „Mit Schirm, Charme und Melone“, in den Sinn. In der Folge sitzen sich Diana Rigg und Patrick McNee, so wie sie beide jetzt, in einem Zugabteil gegenüber, um zu einem Dorf zu reisen, in dem es zu mysteriösen Todesfällen gekommen war. Vielleicht war es Paulas glatt gekämmtes Haar mit einem leichten 60er Jahre Touch oder ihre schönen Gesichtszüge, die ihn an die hübsche Diana Rigg erinnerten. Er stellte sich vor, wie er jetzt, so wie es Patrick McNee in dieser Szene tut, einen Picknickkorb hervorholte, in dem sich nach englischer Manier Tee, Gebäck und Champagner befanden und natürlich die dazu gehörigen Porzellantassen und Champagnergläser. Das hatte Stil. Warum, fragte er sich, hatten sich die beiden, Emma Peel und John Steed in all den 51 Folgen nicht ein einziges Mal geküsst? Sie war zwar verheiratet, doch war ihr Mann seit langer Zeit im Dschungel verschollen. Leider konnte man das von Paulas Mann nicht behaupten. Warum hatte John Steed Emma nicht irgendwann gestanden, dass er unsterblich in sie verliebt war, um dann zu versuchen, sie überraschend zu küssen. Vermutlich aus demselben Grund, aus dem Karl es in diesem Moment auch nicht tat: aus moralischen Gründen, weil es der Anstand gebot und vielleicht aus einer gewissen Schüchternheit heraus. „Wir sind fast da“, hörte er eine Stimme, die von weit her zu kommen schien. Paula hatte ihn jäh aus seinen Tagträumen gerissen. Er fühlte sich peinlichst ertappt und glaubte rot anzulaufen. Schnell drehte er sich weg und gab vor, die Sitzbank nach irgendetwas abzusuchen. Schließlich standen sie auf und stellten sich beide vor das Fenster, um herauszuschauen. Wenn man kurz vor dem Hauptbahnhof über die Hohenzollernbrücke fuhr, hatte man einen großartigen Blick auf die Silhouette der Stadt. Besonders ragte der stolze Dom hervor, den die Kölner so sehr lieben. Aber auch die Kirchturmspitzen in der Altstadt, das Rheinufer und schließlich das imposante Kaiser-Wilhelm-Denkmal boten einen schönen Anblick.

Paula und Karl warteten, bis alle Passagiere den Gang verlassen hatten und stiegen aus. Sie stellten sich auf den Bahnhofsvorplatz und orientierten sich. Paula hatte sich den Weg zum Auktionshaus vorher zurechtgelegt und so gingen sie die Treppen zur Domplatte hinauf und dann in Richtung Innenstadt. Sie hielten kurz inne und warfen einen Blick auf die Front des mächtigen Doms, der, auch nach vielen Besuchen, immer wieder imponierend war. Er gehörte nicht umsonst zu den am meisten besuchten Touristenattraktionen ganz Deutschlands. Immerhin hatte die Errichtung dieses sakralen Meisterwerks auch einige hundert Jahre in Anspruch genommen. Es ging sogar die Sage, dass mit der endgültigen Fertigstellung des Doms das Jüngste Gericht unmittelbar bevorstehe. Das hatte sich aber offensichtlich als falsch herausgestellt. Dann folgten sie der Haupteinkaufsstraße.

Kapitel XI

Sie standen vor einem herrschaftlichen Gebäude, das trotz der klassizistischen Elemente vermutlich nicht wirklich alt war, schließlich war Köln im Zweiten Weltkrieg zu 70 Prozent zerstört worden. Den breit angelegten Eingang säumten zwei mächtige Marmorsäulen. Hier wurde sicherlich kein minderwertiger Trödel zur Versteigerung angeboten. Etwas ehrfürchtig gingen sie hinein und bestaunten ein riesiges Atrium, das mit modernen Bildern, Skulpturen, aber auch mit antiken Stücken geschmückt war. Man lief geradewegs auf eine ebenfalls marmorne Theke zu, hinter der eine freundlich lächelnde Empfangsdame stand, die Karl an eine uniformierte Flugbegleiterin erinnerte. „Wie kann ich Ihnen behilflich sein?"

„Ein Freund von uns hat bei Ihnen um eine Expertise gebeten und wir wollten uns über den Stand der Dinge informieren." Da kam plötzlich von der Seite ein älterer Herr, der einen autoritären Eindruck vermittelte. Das Haar war gewellt und reichte fast bis zur Schulter. Er trug einen karierten Tweed-Anzug, ein weißes Hemd und ein braunes Halstuch, was Karl sehr an einen englischen Landadligen erinnerte. Am markantesten waren aber eine kleine, goldene Nickelbrille, die auf einer etwas grob geratenen, knolligen Nase besonders filigran wirkte, und ein Schnauzbart, der zwei nach oben gezwirbelte Enden besaß. Es handelte sich um einen Kaiser-Wilhelm-Gedächtnisbart, der so nur noch bei echten Kölner Originalen zu finden war. Da er bemerkte, dass er ihr Gespräch unterbrochen hatte, wandte er sich freundlich lächelnd an die beiden.

„Was kann ich für Sie tun?"

„Wir kommen vom Musikseminar der Bonner Universität. Herr Rosenberg, ein Kollege von uns, hat ein Gutachten bei Ihnen in Auftrag gegeben. Wir würden gern einmal nachfragen, ob es vielleicht schon fertiggestellt ist."

„Wir haben viele Gutachter, jeder hat sein Spezialgebiet. Worum handelt es sich denn?"

„Es geht um ein Dokument von Ludwig van Beethoven. Es sollte auf seine Echtheit hin geprüft werden", antwortete Paula. Er überlegte kurz: „Beethoven, dann müssten Sie sich wohl an Herrn von Arnsberg wenden. Er ist zwar mit seinen 32 Jahren noch sehr jung, aber bereits ein sehr erfahrener Gutachter und Auktionator. Sie finden ihn …", er wandte sich kurz an seine Mitarbeiterin, „in der 2. Etage Raum 213", ergänzte sie. „Ich kann Ihnen aber nicht garantieren, dass er vor Ort ist, er ist ein vielbeschäftigter Mann. Wenn Sie vielleicht noch so liebenswert wären, sich bei der Dame anzumelden, dann erhalten Sie einen Ausweis, der Sie berechtigt, sich in unserem Gebäude frei zu bewegen. Sie haben sicherlich gesehen, dass es hier Dinge von, sagen wir, nicht unbeträchtlichem Wert gibt. Wir haben leider schlechte Erfahrungen gemacht. Ich wünsche Ihnen viel Erfolg."

Er lächelte und ging eiligen Schrittes auf den Ausgang zu. Das waren sehr gepflegte Umgangsformen, dachte Karl. Hier gab es sicherlich eine entsprechende Kundschaft aus wohlhabenden Kreisen. Während sie die aufwändig gestaltete Treppe heraufgingen, tauschten sie ihre bisherigen Eindrücke aus. Sie waren beide sehr beeindruckt von dem noblen Ambiente. Schließlich erreichten sie den Raum 213. Auf einem goldenen Schild war der Name *Gottfried Wilhelm von Arnsberg* eingraviert. Darunter stand: *staatlich geprüfter Auktionator und Gutachter*. Fehlt nur noch „aus altem Adelsgeschlecht", dachte Karl ketzerisch. Paula klopfte vorsichtig an die massive Eichentür. Dahinter saß ein Mann mit jugendlicher Ausstrahlung an einem riesigen Schreibtisch. Die braunen Haare waren streng zurückgegelt, wobei offensichtlich nicht an Pomade gespart worden war. Das Gesicht war zart und durch eine randlose Brille stachen zwei aufgeweckte Augen hervor. Als er aufstand, sah man seinen vermutlich maßgeschneiderten dunklen Anzug, in dessen Sakkotasche sich ein rotes Einstecktuch befand. Auf Karl machte er einen schnöseligen Eindruck. Mal sehen, dachte Karl, ob er so aalglatt und arrogant war, wie er aussah, oder ob seine Vorurteile wieder mit ihm durchgegangen waren. „Wir kommen in einer Sache, die Sie möglicherweise bearbeiten." Arnsberg lächelte. „Ich hoffe, ich kann Ihnen helfen. Um was geht es denn genau?"

„Es geht um die Anfrage Professor Rosenbergs. Er bat Ihr Auktionshaus, ihm ein Gutachten zu erstellen. Es handelt sich angeblich um ein Schriftstück von Beethoven."

Von Arnsberg zögerte kurz und bestätigte dann: „Ja richtig, ich kann mich daran erinnern. Und Sie sind…?" „Seine Kollegen vom Musikseminar der Bonner Universität. Er ist leider verhindert", gab Paula zur Auskunft und hatte damit noch nicht einmal die Unwahrheit gesagt. Er sah sie noch mit einer gewissen Skepsis an. „Also, ich weiß nicht, um was es genau geht, es hieß nur, es handele sich um ein Dokument mit der Handschrift Beethovens. Es sollte eine graphologische und materialanalytische Untersuchung vorgenommen werden."

„Haben Sie denn keinen Kontakt aufgenommen? Es gab keine weiteren Mails Ihrerseits." Wieder entstand eine kurze Pause.

„Doch, aber wir haben nur noch einmal miteinander telefoniert. Ich gab ihm den Ratschlag, sich an ein Institut zu wenden, das das Papier exakt auf sein Alter hin bestimmen könne. Solche Analysen sind nicht so sehr unser Metier. Wenn ich ein Gutachten zu einem Objekt erstelle, mache ich das aufgrund meiner langjährigen Erfahrung. Das Alter eines Schriftstücks schätzen wir grob hinsichtlich der Optik und Haptik des Materials ein. Wir sind geübt darin, die Echtheit einer Handschrift, vorausgesetzt es handelt sich um einen bekannten Künstler, zu verifizieren oder zu falsifizieren. Es geht auch um die Plausibilität des Inhalts. Passt er zu der Biographie des Künstlers, ist er der Zeit angemessen oder anachronistisch? Letztlich entscheidet aber häufig unsere Erfahrung. All das habe ich auch Professor Rosenberg erläutert und ihm zu einem anderen Institut geraten. Aber warum hat der Professor Ihnen das nicht selbst mitgeteilt?"

„Das konnte er nicht mehr, er ist tot", warf Paula ohne Umschweife ein.

„Ach das tut mir leid. Das ist ja furchtbar. Ich kann Ihnen aber wirklich nicht weiterhelfen."

„Könnten Sie uns vielleicht noch das Institut nennen, zu dem Sie Professor Rosenberg geraten haben?" Er ging zu seinem Schreibtisch und holte ein Kästchen hervor, dem er eine Karte entnahm, auf der die Adresse des Instituts zu lesen war.

„Trotzdem danke, dass Sie sich die Zeit genommen haben. Wie wir hörten, sind Sie ein vielbeschäftigter Mann." Paulas ironischer Unterton war nur schwer zu überhören. Herr von Arnsberg lächelte etwas gequält und begleitete sie zur Tür.

Sie gingen im Gleichschritt die Treppe herunter und bewegten sich zielstrebig auf den Ausgang zu: „Was hattest du für einen Eindruck? Ich fand ihn sympathischer, als ich es aufgrund seiner Erscheinung erwartet hätte." Paula stellte sich Karl in den Weg, nahm ihre Hand mit gespreizten Fingern hinter den Kopf und sagte: „Mann sprechen mit gespaltener Zunge." Karl musste lachen. Er war zwar nicht einverstanden damit, dass sie ihn offensichtlich für naiv und gutgläubig hielt, war aber auf der anderen Seite erleichtert, dass sie ihren Humor wiedergefunden hatte.

„Aber jetzt mal im Ernst", begann Paula, „der Mann hat uns etwas vorenthalten, wenn uns nicht gar angelogen."

„Was genau hat dich an ihm, außer seinem gelackten Aussehen, gestört?"

„Es war seine Körpersprache, die nicht zu dem passte, was er sagte. Es war ein Augenaufschlag, eine unauffällige Geste mit der Hand, eine minimale Veränderung seiner Haltung. All das weist auf Unsicherheit hin, die entsteht, wenn man nicht ehrlich ist."

„Bist du jetzt unter die Psychologen gegangen?"

„Nein, aber ich liebe den berühmten Pantomimen Samy Molcho und habe schon so einige Bücher gelesen, in denen die menschliche Körpersprache gedeutet wird, und es ist erstaunlich, wie groß ihr Anteil an unserer täglichen Kommunikation ist und was schon kleine Gesten über jemanden verraten."

„Dann muss ich mich wohl in Zukunft vor dir in Acht nehmen."

„Du solltest zumindest immer bei der Wahrheit bleiben. Auf jeden Fall ist das, was dieser Mann sagt, mit Vorsicht zu genießen."

Und sie sagte es so, dass jeder Widerspruch zwecklos war. Da war sie wieder, seine alte Paula. „Vielleicht hast du Recht." „Nicht nur vielleicht." Sie grinste siegesgewiss und stieg in den Zug ein.

Kapitel XII

Paula hatte sich eine Liste mit den Büchern gemacht, die sie in der Bibliothek des musikwissenschaftlichen Seminars besorgen wollte. Wie fast immer war nur wenig los und sie konnte außer der Dame an der Ausleihe niemanden sehen, wobei ohnehin der größte Teil des Raumes hinter hohen Bücherregalen verschwand. Das war der Vorteil einer kleinen Fachschaft, die Fachliteratur war nicht permanent ausgeliehen, wenn man sie gerade dringend benötigte. Paula schaute auf ihre Liste, ging von Gang zu Gang und suchte nach den Signaturen der Bücher, die sie ausleihen wollte. Sie war inzwischen bei der vorletzten Reihe angekommen und hielt nach der letzten Signatur Ausschau, als sie hinter dem Regal hörte, wie sich zwei Studentinnen flüsternd unterhielten. Sie hätte nicht weiter hingehört, wenn nicht eindeutig der Name Rosenberg gefallen wäre. Zunächst dachte sie, dass es nicht ungewöhnlich wäre, wenn sich die Studenten über das schreckliche Ereignis austauschen würden. Der Ton einer der beiden Studentinnen klang jedoch sehr verzweifelt.

„Aber warum macht dich die Sache so fertig? Hattest du etwa was mit ihm? Wäre ja bei ihm keine Seltenheit." Die andere begann zu schluchzen. „Nein, es ist ganz anders. Ja, er hatte es auf mich abgesehen und ich war in den letzten Wochen öfter in seinem Büro."

Paula konnte sich an eine sehr hübsche, dunkelhaarige Studentin erinnern, die ihre Masterarbeit bei Rosenberg schrieb und auffällig oft vor seinem Büro saß.

„Aber es ist nicht so, wie du denkst. Natürlich hat er mich unter verschiedenen Vorwänden immer wieder in seine Sprechstunde gebeten, und ich habe auch gemerkt, dass er mit mir flirten wollte. Ich hatte aber nicht das geringste Interesse an ihm, mir war es eher unangenehm. Aber was sollte ich machen? Ich muss ja irgendwie meine Arbeit beenden und er beurteilt sie schließlich, ich war von seinem Wohlwollen abhängig."

„Und dann hast du ihm doch nachgegeben!?"

„Nein, habe ich nicht! Letzten Sonntag bat er mich wieder in sein Büro, da er mir angeblich die Masterarbeit mit seiner Beurteilung übergeben wollte. Als ich fragte, warum ausgerechnet an einem Sonntag, sagte er, dass es für ihn normal sei. Er würde des Öfteren am Wochenende arbeiten, weil es dann ruhiger sei und er für das kommende Semester gut vorbereitet sein wollte."

„Aber du bist nicht wirklich zu ihm gegangen. Wie naiv muss man sein, um das zu glauben." Man hörte wieder ein Aufschluchzen.

„Tut mir leid, war nicht so gemeint, erzähl weiter!“ Jetzt musste Paula schon genau hinhören, um das weitere Gespräch zu verstehen, da die Person nicht nur flüsterte, sondern ihre Stimme zudem sehr brüchig klang.

„Also, ich bin in sein Büro und er war nett und galant wie immer. Er hat meine Examensarbeit hochgehalten und bat mich, mich zu setzen. Er hat mir eine Tasse Tee angeboten und fing an von meiner Arbeit zu reden, dass sie sehr gut gelungen sei, und er las begeistert Textstellen vor, die ihm besonders gefallen hatten. Ich war zunächst einmal erleichtert, weil er anscheinend wirklich nur vorhatte, mir die Arbeit zurückzugeben. Ich freute mich, dass er zufrieden war, auch wenn er die Note noch nicht verriet. Dann merkte ich, wie mir langsam schummrig wurde. Er fragte, was mit mir los wäre. Ich sagte, dass es wahrscheinlich die Aufregung sei. Er hat mir geraten, ich solle doch noch einen Schluck Tee nehmen, dann ginge es mir bestimmt wieder besser. Nachdem ich die Tasse wieder abgesetzt hatte, wurde ich immer schläfriger und ich stellte fest, dass ich keine Kontrolle mehr über meinen Körper hatte. Von da an habe ich einen Blackout. Als ich wieder aufwachte, lag ich auf einem Sofa.“ Sie stockte. „Mein Rock war hochgeschoben und mein Slip lag neben mir. Ich wusste sofort, was passiert war, er hatte mich mit K.-o.-Tropfen außer Gefecht gesetzt und sich dann…, dieses Schwein.“ Sie schluchzte laut auf, sodass Paula zusammenzuckte. Sie konnte nicht glauben, was sie da mit anhören musste. Es dauerte, bis sich die Studentin wieder beruhigte.

„Dann bin ich im Dunkeln aus dem Büro und raus aus dem Gebäude.“

„Aber warum bist du nicht sofort zur Polizei gegangen?“

„Ich wusste nicht, was ich tun sollte. Ich wollte einfach nur nach Hause und eine Nacht darüber schlafen. Als ich dann am Morgen von seinem Tod hörte, konnte ich es nicht fassen. Ich konnte aber auch keinen Funken Mitleid mit ihm haben. Aber das mit der Polizei hatte sich damit auch erledigt, einen Toten kann man nicht mehr anklagen. Außerdem hatte ich Angst vor den Fragen der Polizei, immerhin war ich kurz vor seinem Tod bei ihm gewesen. Sie hätten vielleicht gedacht, dass ich eine seiner Geliebten wäre und mich aus irgendeinem Grund an ihm rächen wollte, weil er mir den Laufpass geben wollte oder sowas.“

„Aber du musst das trotzdem anzeigen, es sollte auch nach seinem Tod deutlich werden, was er dir angetan hat, sie werden dir wohl glauben, wenn du dich freiwillig bei ihnen meldest. Es wäre viel schlimmer, wenn sie irgendwann auf dich stoßen, weil dich zufällig doch jemand gesehen hat, dann bist du wirklich verdächtig.“

„Du hast ja recht. Dann möchte ich aber, dass du mich begleitest.“

Paula schreckte auf, weil ihr bewusst wurde, dass das Gespräch gleich beendet sein würde und die beiden hinter dem Regal auftauchen würden. Sie ging schnell und leise den Gang zurück bis zur Ausleihe. Sie wartete ungeduldig, bis alle Bücher registriert waren, und schaute sich nervös zu den Regalen um. Dann lief sie zum Ausgang. Erst im Flur bemerkte sie, wie geschockt sie von der Geschichte war. Sie kannte Rosenberg schon lange, er war ein Schürzenjäger, das war ihr bewusst, aber eine Vergewaltigung hätte sie ihm niemals zugetraut. Entweder war die Studentin eine gute Schauspielerin oder sie hatte sich völlig in seiner Person getäuscht. Da sie nicht wusste, wohin mit ihren aufwühlenden Gedanken, suchte sie Karl in seinem Büro auf. Er war glücklicherweise dort, sodass sie das Erlebte erst einmal loswerden konnte. Karl war, ebenso wie sie, fassungslos, da er Rosenberg als einen netten Kollegen kannte.

„Aber sollten wir jetzt etwas tun? Muss ich zur Polizei und davon erzählen?“, frage Paula aufgeregt.

„Ich würde sagen, wir machen es davon abhängig, ob sich diese Frau tatsächlich bei der Polizei meldet und was sie dort erzählt. Ich werde versuchen, das über meine Ex herauszufinden. Sie kann dann entscheiden, ob es nötig ist, dass du von dem Gespräch berichtest.“

Paula seufzte: „Na gut, das ist eine gute Idee.“

„Ich werde auch nachfragen, für wie glaubhaft sie das Mädchen halten. Schließlich könnte sie das nur erfunden und sich aus irgendeinem Grund an ihm gerächt haben. Es fällt mir schwer zu glauben, dass Rosenberg sich zu einer derartigen Schweinerei verstiegen hat. Aber Menschen sind unberechenbar und wir dürfen uns nicht davon blenden lassen, dass wir ihn nur als einen freundlichen Kollegen kannten. Jeder Mensch hat auch eine dunkle Seite.“

Kapitel XIII

Es waren zwei Tage vergangen, als Karl beschloss, seine Exfrau zu kontaktieren, denn sie arbeitete schließlich bei der Kripo. Auch wenn sie nicht notwendigerweise mit dem Fall betraut war, konnte sie bestimmt den einen oder anderen Hinweis geben. Sie hatten ein für geschiedene Leute entspanntes Verhältnis. Ihre Trennung war genauso emotionslos gewesen, wie die letzten Jahre ihrer Ehe. Man hatte sich auseinandergelebt, was möglicherweise auch mit dem Charakter ihrer so unterschiedlichen Berufe zu tun gehabt hatte. Es gab keine Zusammenbrüche, keinen Rosenkrieg und zum Glück auch keine Kinder, die unter einer Scheidung hätten leiden müssen.

Er griff zum Hörer und wählte ihre Durchwahl im Kommissariat. Carla nahm bereits nach dem ersten Klingeln ab und wusste auch sofort, wer am Apparat war.

„Lange nichts von dir gehört. Nimmt dich dein Beruf so sehr in Anspruch?“ Dann trat eine kurze Pause ein.

„Ah, ich verstehe, es hat bestimmt mit dem Unglücksfall bei euch an der Uni zu tun. Ich muss dir aber leider sagen, dass ich mit dem Fall nicht befasst bin.“ Nach acht Jahren Ehe kannte sie ihn nur zu gut. Er versuchte trotzdem den eigentlichen Grund für seinen Anruf zu verbergen.

„Nein, ich wollte nur mal nachfragen, wie es dir geht.“ Er merkte selbst, dass das nicht überzeugend klang.

„Wir kennen uns lange genug: Was willst du wissen? Frag und ich entscheide, ob ich dir die Informationen weitergeben kann.“

„Ich habe im Wesentlichen drei Fragen. Die Wichtigste: Könnt ihr mit Sicherheit sagen, ob es sich um einen Suizid oder um einen Mord handelt? Ein Unfall ist ja wohl eher unwahrscheinlich. Man fällt nicht einfach aus dem Fenster, es sei denn, man möchte die Scheiben auf dem Sims stehend putzen.“

„Nein.“

„Was nein, nein, ihr wisst es nicht, oder nein, du darfst es mir nicht sagen?“

„Nein, wir können es nicht mit hundertprozentiger Bestimmtheit sagen, aber es handelt sich mit an Sicherheit grenzender Wahrscheinlichkeit um einen Freitod. Dass jemand nachgeholfen hat, ist theoretisch immer möglich, aber nicht sehr wahrscheinlich. Also, wenn ihn jemand ermordet haben sollte, dann hat er es gut gemacht. Wenn nicht auch nur ansatzweise ernstzunehmende Hinweise auf ein Fremdverschulden auftauchen, wird der Fall bald abgeschlossen sein.“ Die leicht abgeklärte und zynische Art, die dieser Beruf mit sich brachte, kannte er nur zu gut. Auch das war sicherlich ein weiteres Kapitel in der Geschichte ihres Auseinanderlebens gewesen.

„Dann habe ich noch eine Bitte. Könntest du mir bitte Bescheid geben, was die Auswertung seines Handys angeht? Ich würde gerne wissen, wie oft Rosenberg Kontakt zu einem Auktionshaus in Köln hatte. Wärst du so nett?"

„Wie kann ich da widerstehen? Also, wenn ich etwas erfahre und es sich nicht um ein Staatsgeheimnis handelt, melde ich mich bei dir. Sei aber bitte diskret."

„Natürlich. Dann noch eine letzte Frage. Hat sich bei euch eine Studentin gemeldet, die behauptet, von Rosenberg missbraucht worden zu sein?" Karl hörte erst einmal nichts.

„Woher weißt du das denn jetzt schon wieder? Ja, in Gottes Namen, die ist hier tatsächlich aufgetaucht und hat uns von dem schrecklichen Vorfall erzählt. Die Psychologen haben sie nach der ersten Befragung als glaubwürdig eingestuft. Wir setzen aber nochmal die Spurensicherung ein. Wenn die auf Rosenbergs Sofa frische Spermaspuren finden, würde das eine Vergewaltigung zwar nicht zweifelsfrei beweisen, sie könnte ja auch im Einverständnis etwas mit ihm gehabt haben, aber es würde ihre Aussage immerhin erhärten. Warum auch sollte sie eine Vergewaltigung nach seinem Tod vortäuschen? Für mich wäre damit ein Freitod aus Reue oder Scham umso wahrscheinlicher. Die Studentin wird auf jeden Fall weiter in psychologischer Betreuung sein und du und Frau Lanzini, ihr müsst euch mit dem Gedanken abfinden, dass euer Bekannter eine sehr dunkle Seite hatte. So, mehr kriegst du nicht zu hören. Das war eigentlich schon wieder zu viel. Also bis später."

Die Gewissheit, dass Rosenberg eine junge Frau missbraucht hatte, schockierte Karl zutiefst. Das Bild eines angesehenen und freundlichen Kollegen wurde überlagert von dem eines triebgesteuerten Menschen, der einer Frau schweren körperlichen und seelischen Schaden zugefügt hatte. Warum hatte er sich nicht mit seinen Affären zufriedengegeben, die ohnehin schon moralisch fragwürdig waren. War er zu alt geworden, um die jungen Studentinnen dafür zu gewinnen, sich mit ihm einzulassen? Seine Beweggründe für diese schreckliche Tat hatte er wohl mit ins Grab genommen. Ohne Tagebuch oder Abschiedsbrief würde auch der beste Gerichtsmediziner nicht in der Lage sein, in die Seele eines Menschen zu schauen. Karl bemerkte, wie er zunehmend in einen deprimierten Zustand verfiel. Er hätte sich am liebsten abgelenkt, aber jetzt hieß es erstmal warten. Sie konnten nicht mehr viel tun. Erst wenn seine Ex oder Ken etwas herausfinden würden, wären sie vielleicht endlich einen Schritt weiter.

Kapitel XIV

Er hatte sich vorgenommen, am nächsten Tag, an dem er keine Vorlesung hatte, zu entspannen und alles, was mit ihren Nachforschungen zu tun hatte, auszublenden. Zuvor hatte er bei dem Institut angerufen, das Herr von Arnsberg Rosenberg empfohlen hatte. Sie sagten ihm, dass es zu keinem Kontakt gekommen sei, vermutlich kam sein Tod dazwischen. Er schaltete sein Handy auf stumm, um unwillkommene Störungen zu vermeiden und ging zum Regal, das seine reichhaltige CD-Sammlung beherbergte. Er überlegte, welche Aufnahme er jetzt gerne hören würde. Von seinem geliebten Beethoven wollte er heute ausnahmsweise einmal nichts wissen, er wollte schließlich abschalten. Er brauchte seinen Blick nicht weit über die alphabetisch sortierten CDs wandern zu lassen. Schon bald nach Beethoven folgte ein weiterer seiner Lieblingskomponisten: Anton Bruckner. Er wählte die 4. Symphonie mit dem Beinamen „Die Romantische" aus, in der Interpretation der Berliner Philharmoniker unter der Leitung von Günther Wand. Der Dirigent hatte in hohem Alter zum dritten Mal die Brucknersymphonien vollständig eingespielt. Alle seine Aufnahmen waren Meilensteine in der Brucknerinterpretation, aber diese Live-Aufnahme aus der Berliner Philharmonie, die er aufführte, als er die 80 Jahre bereits weit überschritten hatte, gab einem das Gefühl, dem Himmel schon sehr nahe zu sein. Karl war der Meinung, dass sowieso nur ein Dirigent jenseits der 60 Bruckner verstehen und angemessen spielen konnte. Er dachte daran, dass Dirigent ganz oben auf seiner Berufswunschliste gestanden hatte. Es musste ein phantastisches Gefühl sein, wenn 120 Menschen genau das machten, was man ihnen mit einem kleinen Stab nahelegte, um dann die Wucht eines musikalischen Werkes mitten im Orchester zu spüren. Leider reichte Karls musikalische Begabung nicht aus, aber der Traum war geblieben, einmal ein Orchester zu leiten. Aber auch eine gute High End Anlage mit entsprechenden Boxen und der passenden Lautstärke war nicht zu verachten. Also legte er die CD ein, drückte leicht und sie verschwand elegant in dem CD-Fach. Er setzte sich auf das Sofa, legte die Beine hoch und drückte bei seiner Fernbedienung auf „Play". Dann genoss er die langsam einsetzende Musik dieser wunderbaren Symphonie, bei der er eine idyllische Naturlandschaft vor Augen hatte, ein nebelverhangenes Bergpanorama in der Morgendämmerung, während sich die Sonnenstrahlen langsam ihren Weg durch den Nebel bahnen. Immer wenn er klassische Musik hörte, dann spielte sich automatisch ein Film in seinem Kopf ab. Manche sahen Farben, wenn sie Musik hörten, er sah bewegte Bilder. Und das entspannte ihn für gewöhnlich ungemein. Für gewöhnlich… ein sehr profanes Geräusch mischte sich unter die himmlischen Klänge. Zuerst gelang es ihm noch, es zu ignorieren, in der Hoffnung, dass es sich bald verflüchtigen würde. Als es nicht aufhören wollte, wurde er zunehmend angespannt und fast schon wütend. „Warum habe ich das verdammte Festnetztelefon nicht ausgestellt?“ Er drückte auf Pause und nahm etwas missmutig den Hörer in die Hand: „Ja?“

„Ich bin es, deine Lieblings-Ex.“ Karl war nicht zu Scherzen aufgelegt, riss sich aber zusammen und hoffte, dass es sich nicht um einen Nur-so-Anruf handelte. Aber Carla kam, wie immer, sofort zur Sache.

„Ich habe Neuigkeiten. Die Handyanalyse hat ergeben, dass dein Auktionshaus die Tage vor dem, nennen wir es Unglück, in Kontakt stand mit dem Toten. Es ist auch immer dieselbe Nummer, nicht die Zentrale, sondern die Durchwahl zu einem Büro.“

„Das ist interessant und wie heißt derjenige?“

„Das musst du selbst herausfinden. Ich schicke dir eine SMS mit der Nummer, dann kannst du selbst dein Glück versuchen. Warum ist dir die Sache eigentlich so wichtig, ist es nicht letztlich egal, warum er sich das Leben genommen hat?“

Karl wusste nicht so recht, was er darauf entgegnen sollte, er wollte ihr gegenüber nicht damit herausrücken, dass es Paula besonders wichtig war. Sie würde es bestimmt in ihrer taktlosen Art entsprechend kommentieren.

„Naja, ich habe ihn recht gut gekannt, wir haben öfter zusammengesessen und da will man schon wissen, warum derjenige sich plötzlich zu einem solchen Schritt entschließt.“ Das war zumindest nur eine halbe Lüge.

„Okay, verstehe, so jetzt haben wir genug geplaudert. Also versprich mir, absolute Diskretion. Bis bald“, sprach sie und legte auf.

Auch wenn sie nicht zum günstigsten Zeitpunkt angerufen hatte, so war er ihr doch dankbar, dass sie ihm bei seinen Nachforschungen behilflich war. Er brauchte die Telefonnummer gar nicht auszuprobieren. Ihm war klar, dass es sich dabei nur um Herrn von Arnsberg handeln konnte. Es wäre aber sicherlich besser, ihn nicht unvorbereitet mit seiner Falschaussage zu konfrontieren, dass er angeblich nur einmal mit Rosenberg telefoniert habe. Er überlegte Paula anzurufen, sie würde sich über die Bestätigung ihrer Vermutung freuen, dass etwas mit diesem Adligen nicht stimmte, doch dann überlegte er, dass das auch Zeit hätte und er schließlich den heutigen Tag ausspannen wollte. Er stellte die CD auf Anfang und genoss die wunderbare Melodie der Bläser zu Beginn der Symphonie, die nach und nach an Kraft und Lautstärke zunahm, bis sie in einem ersten Höhepunkt gipfelte. Er war gerade wieder dem Dasein entrückt, als ihn abermals ein unschönes Geräusch, dieses Mal verursacht durch die Vibration seines Handys, aufschrecken ließ. Sein Plan, einen entspannten Nachmittag zu verbringen, war damit endgültig durchkreuzt. Er verfluchte sein mangelndes technisches Verständnis, hatte er das verdammte Ding nicht eindeutig auf „stumm" gestellt. Leicht säuerlich drückte er auf den grünen Hörer und hoffte, dass es wenigstens etwas Wichtiges war.

„Ken hier", meldete sich sein Doktorand, „ich habe die Festplatte überlistet und tatsächlich etwas gefunden, was Euch interessieren könnte." Ken zog aus irischer Gewohnheit dem formalen *Sie* das vertrauliche *Du* vor. Karl hatte sich daran gewöhnt, es hatte ihn nur zu Beginn etwas irritiert. „Zwei PDF-Dateien konnte ich wiederherstellen. Ich habe sie sicherheitshalber ausgedruckt und auf meinen USB-Stick gezogen. Wenn es dir passt, könnten wir uns in einer Stunde treffen." Karl war wie elektrisiert. Hatten sie jetzt endlich das mysteriöse Schriftstück, zumindest als Kopie? Könnte es ihnen weiterhelfen, es mit dem Tod Rosenbergs in Verbindung zu bringen? Er sagte sofort zu. „Ja natürlich. Ich sage Paula Bescheid. Wo sollen wir uns treffen?"

„Na, wo wohl? Im Irish Pub, wenn's recht ist."

„Gut, um sieben in deinem geliebten Pub."

Kapitel XV

Der Pub befand sich in einer engen Gasse etwas abseits der Geschäfte. Karl konnte schon von weitem das Schild in Form eines Wappens erkennen, auf dem die irische Flagge und ein Schaf abgebildet waren. Als er die Kneipe betrat, sah er Ken an der Theke sitzen, in der Hand ein irisches Bier. Früher war Karl öfter in Studentenkneipen gewesen und sie hatten nach wie vor ihren Reiz. Mit zunehmendem Alter stellte er jedoch fest, dass die Gäste immer jünger wurden und er eigentlich nicht mehr dazu gehörte. Er wartete nur darauf, dass sich eine der jungen Studentinnen vor ihm aufbaute und ihn fragte: „Was machst du hier, Methusalem?" Die wenigen altdeutschen Eckkneipen, in denen gelangweilte, betrunkene, alte Männer an der Theke saßen und nur deshalb nicht qualmten, weil es inzwischen verboten war, waren keine wirkliche Alternative. An den Studentenkneipen störte ihn allerdings auch, dass man bei der lauten Hintergrundmusik nur schwer eine normale Unterhaltung führen konnte. Um diese Zeit lief glücklicherweise noch sehr leise und dezente Musik der 70er Jahre. Für acht Uhr war eine Liveband angekündigt, angeblich eine „Original Irische Combo". Als er Ken gerade per Handschlag begrüßte, kam auch schon Paula zur Tür herein. Sie war lässig gekleidet, in verwaschener Jeans und einem weißen T-Shirt, was wohl dem Kneipenambiente und dem damit verbundenen jugendlichen Publikum geschuldet war. Sie fiel mit ihrer jugendlichen Ausstrahlung auch nicht weiter zwischen den vielen Studenten auf. Karl begrüßte sie mit einer flüchtigen Umarmung. Ken schlug vor, sich an einen der etwas abseits gelegenen Ecktische zu setzen. Wenn auch der Thekenhocker eigentlich sein Stammplatz sei, so sei jetzt in Anbetracht der zu besprechenden Dinge ein weniger exponierter Ort ratsamer. Auf dem Weg zum Tisch blickte Karl sich in der Kneipe um und sah die typische Ausstattung eines irischen Pubs: einen Billardtisch, eine Dartscheibe und reichlich Whiskyflaschen. Karl fragte, was Paula trinken wolle und bestellte für beide ein frisch gezapftes Ale. An dem kleinen, gemütlichen Ecktisch, den sie gewählt hatten, konnten sie nahe beieinandersitzen, sodass sie sich gut unterhalten konnten, ohne den gesamten Pub an ihren konspirativen Gesprächen teilhaben zu lassen. „Nun mach es nicht so spannend. Was hast du auf der Festplatte gefunden?", bedrängte Karl seinen Doktoranden, der verschmitzt und triumphierend lächelte. „Hier ist der Ausdruck." Abgesehen von der Tatsache, dass die Kopie von ziemlich schlechter Qualität war, erschien es fast unmöglich die Handschrift zu lesen. Wenn das Beethovens Schrift sein sollte, dann hatte er eine Sauklaue besessen. Immerhin erinnerten sie sich an die Dokumente im Beethovenarchiv. Auf den ersten Blick sah die Schrift sehr ähnlich aus, vielleicht war sie etwas zittriger. Die Überschrift war noch am besten zu entziffern, da sie größer und mit mehr Sorgfalt geschrieben worden war. „Zusatz zu meinem Testament" entzifferten sie gemeinsam. Danach wurde es schwierig. Man konnte das eine oder andere Wort erkennen, aber eher unbedeutende, wie verschiedene Artikel und Konjunktionen, die allein wenig über den Inhalt verrieten. Ken schmunzelte vor sich hin. „Na, Schwierigkeiten? Dann versucht's doch mal hiermit." Er nahm ein weiteres Blatt aus seiner Tasche und breitete es auf dem Tisch aus. „Ich habe schließlich zwei Dateien gefunden, eine PDF-Datei und diese Worddatei." Nachdem sich ihre Entrüstung über seine Hinhaltetaktik gelegt hatte, waren sie voller Ungeduld darüber, was genau in dem Dokument stand, das jetzt in gedruckten Buchstaben gut leserlich vor ihnen lag. „Wenn ich Ire nicht irre, dann ist das die Transkription des Textes, die vermutlich der Herr Professor erstellt hat." „Ja, das ist gut möglich, er war ein herausragender Beethovenexperte und kannte sich gut mit den Eigenheiten seiner Handschrift aus", entfuhr es Paula. Sie begann leise vor sich hin zu lesen:

Zusatz zum Testament

Mein lieber treuer Freund, der du mir in den letzten Monaten meines nicht mehr lange währenden Lebens beigestanden hast und mir in den Wochen meines Gefesseltseins ans Krankenbett stets eine große Hilfe gewesen bist, ich möchte dich noch zum letzten Mal um etwas bitten. Du sollst materiell nicht leer ausgehen, so habe ich es in meinem Haupttestament bereits festgelegt, du erhältst auch meinen Schreibtisch und das Klavier, das dir immer so gefallen hat. Es geht mir aber noch um etwas, das mir sehr am Herzen liegt. Ich habe mich, den Tod schon vor Augen, in den letzten Wochen entschlossen, ein Werk zu komponieren, an das ich mich die ganzen Jahre nicht herangetraut habe. Wie du weißt, handelt es sich dabei um das Requiem, bei dem du mir geholfen hast, die Noten trotz meiner Bettlägerigkeit zu Papier zu bringen. Ich hatte gehofft, noch ein letztes Mal ein großes Werk zu erschaffen, aber ich bin mir jetzt sicher, dass mir das nicht gelungen ist. Du weißt, wie sehr ich Mozarts Requiem bewundert habe, es ist ein Meisterwerk. Ich bin ein passabler Kompositeur, aber Mozart war ein Genie. Ich bitte dich also, alle Notizen, die ich zu diesem Werk angefertigt habe, zu vernichten und der Nachwelt zu ersparen. Am besten übergibst du sie dem Feuer. Auch wenn ich damit gescheitert bin, so bin ich rückblickend doch zufrieden mit dem, was ich geschaffen habe, und hoffe, die Menschen heute und in Zukunft damit zu beglücken.

Dein dir stets ergebener Ludwig

Es trat Stille ein, die drei saßen mit offenen Mündern da und brachten kein Wort heraus. Zu sehr standen sie noch unter dem Eindruck der sehr emotionalen Ausführungen. Selbst Ken, den so schnell nichts aus der Ruhe brachte, blickte ernst drein. Dann endlich sprach Paula:

„Wenn dieses Testament echt ist, dann ist das mehr als nur eine Sensation. Für einen Musikwissenschaftler ist das so, als würde dir jemand den Heiligen Gral präsentieren."

„Gibt es in der Forschung denn keinerlei Hinweise darauf, dass Beethoven ein solches Requiem zumindest geplant hatte?"

„Meines Wissens gibt es keinen einzigen Hinweis. Seine gesanglichen Kompositionen beschränken sich neben seiner einzigen Oper „Fidelio" auf wenige Messen, eine Totenmesse ist nicht dabei. Wenn es die Hoffnung auf unentdeckte Werke gab, sei es von Verschwörungstheoretikern, aber auch durchaus von seriösen Wissenschaftlern, dann wären es eher ein 6. Klavierkonzert oder, was die Beethovenforscher von jeher elektrisiert hat, eine 10. Symphonie."

„Worauf stützen sich denn derartige Theorien?"

„Sowohl zum Klavierkonzert als auch zur 10. Symphonie gibt es tatsächlich nachweislich echte Notenskizzen, die allerdings in einem frühen Stadium abgebrochen wurden. Warum Beethoven diese Kompositionen nicht weiter verfolgte, ist bis heute unklar. Hatte er es sich nicht zugetraut, war er mit den ersten Skizzen nicht zufrieden oder waren ihm andere wohl wichtiger? Wenn sich dieses Dokument, von dem wir ja bis jetzt leider nur eine Kopie besitzen, als echt herausstellen sollte, könnten irgendwo Blätter mit Notenskizzen gelagert sein, die 200 Jahre lang verborgen waren und die vielleicht nur sein Freund zu Gesicht bekam."

„Er war dann aber auch für alle Zeiten der Einzige, wenn er tatsächlich dem letzten Willen Beethovens entsprochen hat."

„Ja, das wäre in der Tat tragisch. Es ist leichter hinzunehmen, dass die Werke erst gar nicht entstanden sind, als von ihrer Existenz zu wissen und sie als verloren ansehen zu müssen. Es gibt aber noch eine zweite Möglichkeit. Was wäre, wenn er sich nach dem Tod Beethovens geweigert hätte, das Werk zu verbrennen. Ich denke da an Kafka."

Karl überlegte und wurde sogleich an seinen Deutschunterricht erinnert, den er vor vielen Jahren bei Frau Hubschmidt, einer jungen Referendarin, genießen durfte. Die Faszination eines Romans, in dem ein Mann morgens als ein auf dem Rücken liegender Käfer erwacht, hatte sich ihm damals nicht so recht erschlossen. Jetzt fiel ihm auch ein, worauf Paula hinauswollte. Frau Hubschmidt hatte ihnen damals erzählt, dass Kafka mit großen Selbstzweifeln beladen gewesen war. Er verfügte testamentarisch, dass sein Freund Max Brodt sein gesamtes Werk vernichten solle. Dieser kam aber der Bitte nicht nach. Als Schüler dachten sie: Leider, es wäre ihnen viel erspart geblieben. Heute wusste er, was für ein Glücksfall es war, dass Max Brodt sich dem Wunsch seines Freundes verweigert hatte.

„Du hast recht, vielleicht brachte er es ja nicht über sich, etwas für immer zu vernichten, das für ihn sicherlich ein Meisterwerk war. Das wäre unsere Hoffnung. Gesetzt den Fall, dass es sich so zugetragen hat, bleibt nur die nicht ganz so unbedeutende Frage: Wo könnten sich die Notenblätter befinden, die Beethovens Freund vor 200 Jahren möglicherweise *nicht* verbrannt hat?"

„Da gibt es aller Wahrscheinlichkeit nach nur zwei Möglichkeiten", dachte Paula laut nach. „Sie könnten hier in Bonn sein oder, was noch wahrscheinlicher ist, in Wien, wo Beethoven schließlich die meiste Zeit seines Lebens bis zu seinem Tod verbracht hat. Wir müssen etwas über seinen Freund herausfinden und wo der Brief gefunden wurde. Aus meinem Studium habe ich eine vage Erinnerung, dass Beethoven die letzten Monate von seinem Freund Stephan von Breuning betreut wurde. Wichtig wäre: In welchem Haus hat er zum Zeitpunkt von Beethovens Tod gelebt und gibt es direkte Nachfahren, die das Geheimnis von Generation zu Generation weitergegeben haben könnten? Ich denke, dass uns die Reise in jedem Fall nach Wien führt, immerhin kam von dort auch die Kiste mit den unbekannten Dokumenten!"

Kapitel XVI

Sie hatten sich darauf verständigt, am nächsten Pfingstwochenende für drei Tage nach Wien zu reisen. Bis dahin hatten sie noch einiges an beruflichen Verpflichtungen zu erledigen und Karl wollte die Sache eigentlich bis dahin erst einmal auf sich beruhen lassen, wenn ihn nicht ein mysteriöser Anruf beunruhigt hätte. Die Person am anderen Ende der Leitung nannte ihren Namen nicht, sondern kam ohne Umschweife zur Sache. „Ich kann Ihnen bei Ihren Nachforschungen behilflich sein. Ich weiß, was Sie suchen und wo Sie es finden können." „Wer sind Sie? Und woher wissen..." „Das spielt jetzt keine Rolle. Wenn Sie in der Sache Rosenberg weiterkommen wollen, dann kommen Sie heute Nacht um 11 Uhr zum Haus der Geschichte. Ich bin dort Nachtwächter. Ich lasse den Haupteingang unverschlossen. Sie werden mich direkt im Eingangsbereich finden." Bevor Karl in seiner Verwirrung etwas erwidern konnte, hatte der Unbekannte bereits aufgelegt. Seine Gedanken wirbelten unsortiert durcheinander. Woher kannte der Mann ihn? Woher wusste er von ihren Nachforschungen, in die doch nur Paula und Ken eingeweiht waren? Warum sollte er sich nachts mit einem Unbekannten in einem gottverlassenen Museum treffen? War das ein seriöses Angebot oder eine Falle? Er hatte nicht mehr viel Zeit darüber nachzudenken. Auf jeden Fall könnten sie Informationen zum Testament oder zum Tod Rosenbergs gut gebrauchen. Er war unentschlossen. Deshalb rief er Paula an und berichtete ihr von dem ominösen Informanten. Auch Paula erschreckte es, dass jemand von ihren Nachforschungen wusste und sie offensichtlich beobachtet wurden. Sie riet ihm zunächst entschieden davon ab, da es zu gefährlich sei. Dann schlug sie vor, dass sie zu zweit dorthin gehen könnten. Das wiederum lehnte Karl vehement ab, er wollte sie auf gar keinen Fall in Gefahr bringen. Zu guter Letzt schlug er vor, auf das Treffen einzugehen, während sie sich im Hintergrund halten und die Polizei benachrichtigen sollte, falls er sich nach einer gewissen Zeit nicht melden würde. Ihr war bei dem Gedanken nicht wohl zumute, aber schließlich willigte sie ein. Er solle auf jeden Fall sein Handy mitnehmen und ihr sofort Bescheid geben. Er versprach es. Bis zum verabredeten Zeitpunkt schaute er jede Viertelstunde nervös auf die Uhr, er war weder in der Lage, sich auszuruhen, noch etwas zu essen.

Als er kurz vor 11 vor dem Museum stand, hielt er sich für einen Naivling und Idioten. Nie sollte man sich mit unbekannten Personen an Orten wie verlassenen Fabrikhallen, ausgestorbenen Gewerbegebieten oder eben menschenleeren Museen treffen. Ihm war gar nicht wohl bei dem Gedanken, was jetzt auf ihn zukommen könnte. Er gab sich einen Ruck und versuchte eine der beiden Türen des Haupteingangs zu öffnen. Tatsächlich war sie nicht verschlossen und er betrat die riesige Eingangshalle des Museums, das die Nachkriegsgeschichte Deutschlands auf beeindruckende und anschauliche Weise dokumentierte. Der Kanzler der Einheit, Helmut Kohl, hatte es noch zu Hauptstadtzeiten erbauen und in Zusammenarbeit mit einem Bonner Historiker gestalten lassen. Es gehörte zu den gut besuchten Museen, da es sehr modern aufbereitet und der Eintritt zudem frei war. Hinter der Theke zur Ausgabe der Mäntel sah er einen Mann sitzen, der von ihm abgewandt auf einen Bildschirm starrte. Entweder war das ein Monitor, auf dem man die Bilder der Sicherheitskameras beobachten konnte, oder er sah sich ein Fußballspiel an. Auf Karls „Hallo" regte er sich jedoch nicht. „Hallo", versuchte er es etwas lauter. Vielleicht hatte er einen Kopfhörer im Ohr. Als er an der Theke angelangt war und sein „Hallo" ein drittes Mal wiederholte, drehte sich der Mann plötzlich um und er sah nicht so aus, als wolle er ein nettes Gespräch mit ihm führen. Das roch verdächtig nach einer Falle. Als der Mann dann sogleich dazu ansetzte, über die Theke zu springen, machte Karl umgehend kehrt und wollte so schnell wie möglich zurück zum Ausgang laufen, als er auf halbem Weg bemerkte, dass dieser von einem weiteren, kräftig gebauten Mann versperrt wurde. Verdammt! Was sollte er jetzt tun? Ruhig auf sie einreden? Das war wieder zu naiv gedacht, sie sahen nicht so aus, als seien sie rationalen Argumenten gegenüber aufgeschlossen. Also blieb nur die Flucht in Richtung Ausstellungshalle. Er rannte über die lange Treppe in den ersten Stock und konnte seine Verfolger in nicht allzu weiter Entfernung hören. Er kannte das Museum recht gut, er war schon des Öfteren hier gewesen, allein oder mit Studentengruppen. Anders als in vielen anderen Museen gab es hier zahlreiche beeindruckende Alltagsobjekte, die einem die Zeit nach 1945 zum Greifen nah brachten. Jetzt beschäftigten sich seine Gedanken allerdings ganz mit den räumlichen Gegebenheiten. Wo konnte man hier am besten herauskommen oder wenigstens vorläufig Schutz suchen? Er musste seine Geschwindigkeit etwas drosseln, um nicht über die Ausstellungsstücke zu stolpern. Es gab zu dieser Zeit nur noch eine Notbeleuchtung, die nicht allzu viel Licht spendete. Er lief an der Wiedervereinigung vorbei, passierte einen Grenzposten der DDR, ließ einen Trabi rechts liegen und wechselte dann die Richtung. Ihm fiel ein, dass es etwa in der Mitte der Ausstellungshalle einen Fahrstuhl gab. Die Preisfrage war nur, ob dieser auch nachts in Betrieb war. Er sah ihn schon von weitem und hastete unter höchster Adrenalin-Ausschüttung darauf zu. Wenn er es rechtzeitig dorthin schaffen würde, könnte er einen komfortablen zeitlichen Vorsprung herausholen. Wenn der Fahrstuhl allerdings ausgeschaltet war, saß er in der Falle. Er versuchte diesen Gedanken zu verdrängen. Obwohl er merkte, dass ihm die Puste ausging - er war beileibe nicht gerade gut trainiert - lief er so schnell es ihm möglich war, sprang mit einem letzten großen Satz in die Fahrstuhlkabine und drückte mehrmals hektisch auf „E“ wie Erdgeschoss. Nach einer gefühlt endlosen Zeitspanne begannen die Türen sich scheinbar zeitlupenartig zu schließen. Er musste verrückterweise gerade jetzt an Einsteins nicht ganz ernst gemeinte Erläuterung seiner Relativitätstheorie denken. Eine halbe Stunde beim Zahnarzt sei *relativ* lang, eine halbe Stunde in den Armen einer schönen Frau sei *relativ* kurz. Einstein hatte Humor. Karl hätte ein weiteres Beispiel auf Lager. Die Zeit, die das Schließen von Fahrstuhltüren benötigt, die einen vor zwei höchstabscheulichen Kriminellen in Sicherheit bringen sollen, die einem nach dem Leben trachten, war ebenfalls *relativ* lang. Aber er hatte Glück, die Türen schlossen sich gerade noch rechtzeitig. Er hörte, wie einer der beiden versuchte, sie auseinander zu ziehen, während sein Kumpan immer wieder wild auf den Anforderungsknopf drückte. Die Tür blieb verschlossen, die Verfolger hatten das Nachsehen. Karl konnte noch hören, wie einer von ihnen vor Wut mit seiner Faust gegen die Fahrstuhltüren hämmerte. Ein letztes Scheppern wurde anscheinend durch einen Fußtritt ausgelöst. Weiter brachten es seine Verfolger nicht. Jetzt musste sich Karl aber auf sein weiteres Vorgehen konzentrieren. Wenn die beiden denselben Weg zurücknehmen mussten, den sie heraufgenommen hatten, dann hatte er einige Minuten gewonnen, auch wenn sie ihm immer noch den Weg zum Ausgang abschneiden konnten. Da der Fahrstuhl gläsern war, hatte er von hier oben eine gute Sicht auf die gesamte Ausstellung im unteren Stockwerk. Wo aber konnte man sich hier in Sicherheit bringen? Seine Gedanken liefen auf Hochtouren. Er scannte die besonders herausragenden Ausstellungsobjekte, die auch trotz der sparsamen Beleuchtung noch zu erkennen waren. Die Staatskarosse Konrad Adenauers war sicherlich kein geeignetes Fluchtfahrzeug, der alte Plenarsaal war wohl auch kein sicherer Zufluchtsort. Es fielen ihm noch ein amerikanischer Militärjeep und ein sowjetischer Panzer ins Auge. Er überlegte hektisch. Dann kam ihm eine Idee. Das war es! Er musste es rechtzeitig bis dorthin schaffen. Nach einer gefühlten Ewigkeit hatte der Fahrstuhl das Erdgeschoss erreicht, die Türen öffneten sich mit ähnlicher Geschwindigkeit wie beim Einstieg. Geistesgegenwärtig nahm Karl seine Jacke und legte sie so zwischen die Türen, dass sie beim Schließen blockiert wurden und damit auch der Fahrstuhl. Erst als die beiden Männer das sahen, gaben sie den Fahrstuhl auf und liefen denselben Weg zurück, den sie gekommen waren. Er hatte jetzt zwar einen ordentlichen Vorsprung, verspürte aber den unendlich großen Druck, keinen verhängnisvollen Fehler machen zu dürfen. Karl hatte sich die ungefähre Lage des Panzers eingeprägt. Er erinnerte sich daran, dass er ihn als Jugendlicher als sehr beeindruckend, aber auch bedrohlich empfunden hatte. Dann endlich konnte er das Geschütz ausmachen, das am Turm des Panzers angebracht war. Jetzt stellte sich nur noch die Frage, ob es sich tatsächlich um einen echten Panzer oder eine gut gemachte Attrappe handelte. Und selbst wenn es ein funktionstüchtiger Panzer war, konnte man die Luke nach einigen Jahrzehnten überhaupt noch öffnen oder war sie inzwischen eingerostet? Mit einem für seine Verhältnisse sportlichen Sprung landete er auf der breiten Stahlkette und kletterte auf den Turm, der oben einen Einstieg hatte. Er packte den Griff der Luke und zog mit aller Kraft. Sie öffnete sich quälend langsam. Viel Zeit blieb ihm nicht mehr. Er bereute, niemals gedient zu haben, ansonsten wüsste er jetzt mit Sicherheit mit diesem Mordinstrument umzugehen. Als Zivildienstleistender hatte er es mit kleineren Fahrzeugen wie Rollstühlen oder Rollatoren zu tun gehabt, das half ihm jetzt aber nicht weiter. Dann endlich war ein hinreichend großer Spalt entstanden, durch den er sich so gerade hindurchzwängen konnte. Im Augenwinkel konnte er schon die beiden Männer sehen, die schnellen Schrittes auf ihn zukamen. Er klammerte sich mit aller Kraft an das Schließrad der Luke und zog sie mit seinem Gewicht herunter. Er hörte, wie jemand mit lautem Poltern auf das Fahrzeug sprang. Hastig drehte Karl an dem Rad, das offensichtlich die letzten 60 Jahre keinen Tropfen Öl mehr gesehen hatte. Doch war der Sperrmechanismus so weit eingerastet, dass die Luke von außen nicht mehr zu öffnen war. Er lauschte kurz und vernahm verschiedene klirrende und scheppernde Geräusche. Vermutlich versuchten sie mit Eisenstangen oder Ähnlichem die Luke aufzustemmen. Irgendwann schienen sie nur noch aus blinder Wut auf den Stahl einzuschlagen. Dann wurde es ruhig, sie hatten sich offenbar eingestehen müssen, gescheitert zu sein. Karl vertraute auf die gute Wertarbeit der sowjetischen Waffenindustrie der 40er Jahre und fühlte sich einigermaßen sicher. Das massive Material war schließlich dazu gedacht im Krieg Angriffen der verschiedensten Waffengattungen standzuhalten. Wenn also nicht zufällig Granaten oder eine Panzerfaust zu ihrer Ausrüstung gehörten, müsste er hier erst einmal in Sicherheit sein. Er fragte sich, in was für einen Schlamassel er hier hineingeraten war. Vor wenigen Tagen war die Welt noch völlig in Ordnung gewesen. Er war wirklich nicht zum Held geboren. Mit ihm wären nie Fluggeräte erfunden, Amerika nie entdeckt, der Mond nie betreten worden. Er überlegte, was er jetzt tun sollte. James Bond wäre entweder überraschend aus dem Fahrzeug geklettert, um die beiden mit Hilfe seiner Kampftechniken im Handumdrehen niederzustrecken oder er hätte den Panzer kurzgeschlossen und die beiden mit einem Lächeln auf dem Gesicht skrupellos überrollt oder zumindest vertrieben. Dabei wären vermutlich die gesamten Ausstellungsstücke zu Schaden gekommen, aber er wäre gelassen durch die Wände gefahren, bis zur nächsten Straßenkreuzung, wo er unter den verblüfften Blicken der Autofahrer mit einem smarten, triumphierenden Lächeln aus dem Fahrzeug gestiegen wäre. Beides war jetzt nicht wirklich eine Option. Da es stockdunkel war, wollte er mit seinem Handy etwas Licht machen, um sich zu orientieren. Ein Schreck durchfuhr ihn, als er an seine Jacke dachte, die er im Fahrstuhl zurückgelassen hatte. Nervös nestelte er in seiner Hosentasche. Gott sei Dank, er konnte das Handy in seiner Gesäßtasche fühlen. Er schaltete es ein und konnte den nicht allzu großen, mit technischen Geräten vollgepackten Innenraum des Panzers halbwegs überblicken. Dieser Ort war nicht gerade etwas für Klaustrophobiker wie ihn, aber das Gefühl der Sicherheit überwog in diesem Fall. Lieber beengt als tot. Doch konnte er hier schlecht die ganze Nacht verbringen. Er schaute auf sein erleuchtetes Handy. Der Akku war zum Glück zur Genüge aufgeladen, der Empfang ging allerdings gegen Null, nur ein kurzer Balken war zu sehen. Kein Wunder, wenn man in einem Panzer bestehend aus zehn Zentimeter dicken Stahlplatten saß. Telefonieren war wohl aussichtslos. Aber er konnte versuchen, eine SMS an Paula zu verschicken. Die machte sich wahrscheinlich schon große Sorgen. Also schrieb er: „Wurde von zwei Männern verfolgt. Bin vorerst in Sicherheit. Ruf bei der Polizei an und sag, dass du gesehen hättest, wie zwei Männer ins Museum eingebrochen sind." Dann drückte er auf „Senden". Er konnte jetzt nichts mehr tun als abzuwarten. Durch die Minifenster an der Front konnte er im Dämmerlicht Schatten erkennen, die vorbeihuschten. Wenn es mit der SMS klappen würde, würden die beiden bald überrascht und vielleicht festgenommen oder doch wenigstens in die Flucht geschlagen werden. Dann hörte er endlich ein Piepen, das den Erhalt einer Nachricht ankündigte, noch nie hatte er dieses sonst so nervige Geräusch so sehr genossen. Paula hatte die SMS tatsächlich erhalten und sofort die Polizei benachrichtigt. Er stellte sich auf eine gute Stunde ein, bis die Luft, so Gott wollte, rein oder die im Panzer halbwegs verbraucht worden sei. Den Polizeibeamten wollte er auch nicht unbedingt begegnen, da er in ziemliche Erklärungsnot geriete, warum er sich mitten in der Nacht im Museum herumtrieb und mit einem Panzer spielte. Also hieß es warten. Nach einer Stunde wagte er die Luke vorsichtig zu öffnen. Er sah zunächst durch den entstandenen Spalt und lehnte sich dann erst vorsichtig aus der Öffnung. Er versuchte, irgendeine Bewegung oder einen Schatten auszumachen und jedes noch so leise Geräusch zu hören. Nach einigen Minuten traute er sich dann endlich vollends heraus. Dabei fiel sein Blick auf das Informationsschild vor dem Panzer: sowjetischer T-34 Panzer, Einsatz beim Juniaufstand 1953 in der DDR. Das war Ironie des Schicksals, dass ein Panzer, der das Leben von demonstrierenden Menschen bedroht hatte, ihm jetzt das Leben gerettet hatte. Instinktiv leise und gebückt ging er in Richtung Ausgang, er arbeitete sich von einem Ausstellungsstück zum nächsten vor. Es gab wenig, das so gruselig war, wie ein verlassenes Museum bei Nacht. Als er endlich wieder bei der Vorhalle angelangt war, ließ er noch einmal seinen Blick schweifen. Nichts war zu sehen, nichts war zu hören. Genau auf der gegenüberliegenden Seite befand sich eine kleine Fluchttür. Soweit er wusste, musste diese aufgrund der für alle öffentlichen Gebäude geltenden Brandschutzbestimmungen von innen zu öffnen sein. Daher atmete er tief durch und legte einen Sprint ein. Er rannte um sein Leben auf die Tür zu, öffnete die Notverriegelung und suchte, so schnell er nur konnte, das Weite. Selten ist eine Fluchttür ihrem Namen so gerecht geworden wie diese, dachte Karl.

Erleichterung durchströmte ihn, als er nach draußen trat. Die frische, kühle Nachtluft empfing ihn mit offenen Armen. Er sog sie in vollen Zügen ein.

Kapitel XVII

Als ihm auffiel, dass seine Jacke fehlte, zögerte er. Er überlegte kurz, entschied sich aber dagegen, noch einmal zurückzugehen. Vielleicht könnte das Museum sie für ihren Fundus gebrauchen und sie würde eines Tages, wenn er berühmt war, neben der legendären Strickjacke Helmut Kohls hängen, die er trug, als er mit Gorbatschow in lockerer Atmosphäre über die deutsche Wiedervereinigung verhandelt hatte. Eine Strickjacke stand am Anfang vom Ende des Kalten Krieges. Karl stellte sich vor, was auf der Informationstafel unter der Vitrine eines anderen Kleidungsstückes stünde: „Dies ist die Jacke von Prof. Dr. Karl Jung, der sich um das Erbe des Werkes des Bonner Komponisten Ludwig van Beethovens in herausragender Weise verdient gemacht hat." Das Adrenalin und andere bewusstseinsvernebelnde Neurotransmitter waren wohl noch nicht vollständig abgebaut worden. Er war erleichtert und wollte geradewegs zu seinem Wagen laufen, als ihn jemand genau daran hinderte. Er spürte eine feste Hand auf seiner Schulter und zuckte zusammen. Hatte er nicht lang genug gewartet und die beiden Ganoven hatten ihm hier draußen im Gebüsch aufgelauert? Seine Jacke stand bei ihm anscheinend auch am Anfang vom Ende. Als er sich voller Panik umdrehte, sah er in das Gesicht eines Polizisten. Eh er sich's versah, hatte dieser Karls Arm schmerzhaft in den Sicherheitsgriff auf den Rücken gedreht. Karl stöhnte laut auf: „Auch wenn das jetzt merkwürdig klingt, aber ich bin froh, dass Sie es sind." „Wie froh Sie sein können, wird sich noch herausstellen. Jetzt gehen wir erst einmal ganz langsam zum Streifenwagen." Ein weiterer Polizeibeamter kam ihnen entgegengerannt. „Alles klar bei dir?" „Ja, ich habe alles im Griff, der Vogel hier scheint keinerlei Widerstand zu leisten." „Warum auch?", bemerkte Karl mit gepresster Stimme. „Ich bin schließlich nicht der Täter, sondern das Opfer." „Und ich bin Frau Mahlzahn aus Lummerland", feixte der Polizist und amüsierte sich über seinen eigenen Witz. Wenn schon dann *Kummer*land, ging es Karl durch den Kopf. Als sie am Streifenwagen angekommen waren, legten sie ihm Handschellen an, öffneten die hintere Tür und drückten ihn auf die Rückbank des Wagens. „Jetzt machen wir erst einmal einen Ausflug zum Revier." Karl demütigte die Art, wie der Polizist mit ihm redete, er kam sich vor wie ein Kind, das einen Ladendiebstahl begangen hatte. Er versuchte sich zu beruhigen, um den beiden nicht noch mehr Anlass zu geben, ihn wie einen Schwerverbrecher zu behandeln. Während der Fahrt überlegte er, welche Taktik er jetzt am besten wählen sollte. Sollte er sich eine Ausrede ausdenken, warum er sich dort herumgetrieben hatte, oder sollte er bei der Wahrheit bleiben, die auch nicht gerade glaubhaft war? Es dauerte nicht lange und sie hievten ihn aus dem Auto und führten ihn in die Polizeiwache. Er sah sich verschämt um, ob ihn irgendjemand in dieser hochnotpeinlichen Situation sehen konnte und ihn womöglich auch noch ansprach. Er würde sich in Grund und Boden schämen und nicht mehr in der Universität blicken lassen können. Die Beamten führten ihn durch einen tristen Flur direkt in einen Verhörraum und verließen diesen sofort wieder. Er saß da, sah mit leerem Blick an die ebenso leere, graue Wand und fragte sich, wie er hier hineingeraten war. Das Alleinlassen gehörte bestimmt zu den psychologischen Tricks, die einen verunsichern und weichkochen sollten. Wenn ja, dann hatte es bei ihm blendend funktioniert. Er wurde unruhig, versuchte aber die Zeit zu nutzen, um auf die kommende peinliche Befragung vorbereitet zu sein. Ihm kam plötzlich die eigentliche Wortbedeutung des Wortes „Pein" in den Sinn, es bedeutet doch Folter, Tortur. Er war zumindest erleichtert, dass eine solche peinliche Befragung nicht mehr, wie im Mittelalter, mit Zuhilfenahme von Streckbänken und glühenden Eisen erfolgte, das hoffte er zumindest ganz stark. Er war doch schließlich in einem zivilisierten Land und er war ein unbescholtener Bürger, was konnte ihm passieren? Dann fielen ihm die Filme ein, in denen jemand morgens als rechtschaffender Bürger aufwacht, im Laufe des Films von Verbrechern und der Polizei gejagt wird und dessen ganzes Leben aus den Fugen gerät. Naja, das war Amerika, hier war er im Land der Vorschriften und der Ordnung, hier konnte man nicht so mir nichts, dir nichts eingesperrt werden wie in einer einsamen texanischen Polizeistation, wo noch die Gesetze des Wilden Westens herrschten. Seine Gedanken wurden jäh unterbrochen, als die Tür mit einem kräftigen Schwung aufschlug. „Na, wen haben wir denn da?" Oh Gott, noch so einer, der einen zu einem Kleinkind degradierte. Ihm fielen unzählige gehässige und verletzende Antworten ein, doch war das jetzt keine sehr geschickte Option. Er atmete tief durch, um sein Karma in eine bessere Richtung zu lenken. „Dürfte ich jetzt einmal meine Version der Ereignisse schildern?" „Nur zu, aber kommen Sie mir nicht mit irgendwelchen Geschichten. Ich kann an Ihren Augen sofort erkennen, wie Sie es mit der Wahrheit halten. Ich bin sehr gespannt, warum Sie sich um diese Zeit im Museum herumgetrieben haben." Karl konnte immer noch nicht glauben, welche Wendungen der Abend genommen hatte. Erst musste er zwei Verbrechern entkommen, die ihm nach dem Leben trachteten und jetzt saß er hier und musste sich vor der Staatsmacht in Form zweier urkomischer Polizeibeamter verantworten. Dumm gelaufen. Er holte tief Luft: „Also, zunächst einmal, ich bin Dr. Karl Jung, ich bin Professor für Kunstgeschichte an der Universität Bonn." Das Grinsen auf dem Gesicht des Polizeibeamten verriet Karl, dass er nicht ganz ernst genommen wurde. „Und deshalb haben Sie vermutlich auch nachts im Museum ein bisschen herumgeforscht?“ Karl überlegte, was die Steigerungsform von Ironie war. Sarkasmus? „Da Sie ja meine Brieftasche schon an sich genommen haben, können Sie sehen, dass ich selbiger bin.“ „Moment mal, ich suche gerade nach der Rubrik „Beruf“, ach ja, die gibt es ja gar nicht auf dem Personalausweis.“ Sie haben wohl einen Clown gefrühstückt, wollte Karl sagen, hielt sich aber gerade noch zurück. „Wenn es keine Umstände macht, dann könnten Sie ja einmal das Internet in Anspruch nehmen und meinen Namen eingeben, dann werden Sie auf der Bonner Universitätsseite mein lächelndes Konterfei erkennen können, das zugegebenermaßen schon ein paar Jahre auf dem Buckel hat. Wenn Sie sich die langen Haare und die unmodische Brille wegdenken, dann müssten Sie mich wiedererkennen. Unter dieser Fotografie ist zu lesen: Dr. Karl Jung, Professor am kunsthistorischen Seminar.“ Karl konnte sich einen gewissen ironischen Unterton nicht verkneifen. Er hoffte, dass dieser Beamte nicht zu den cholerischen und notorisch schlecht gelaunten Polizisten in den Filmen gehörte, die spätestens bei dieser Majestätsbeleidigung seinen Kopf mehrmals auf die Tischplatte schlagen würden. „Bei der Gelegenheit können Sie gleich weiter recherchieren und eine erstaunliche Übereinstimmung zweier Nachnamen feststellen, zum einen von einem gewissen Herrn Jung, Professor an der Universität Bonn, und zum anderen von einer Frau Carla Jung, ihres Zeichens Kommissarin im Polizeipräsidium Bonn. Bei dieser Frau handelt es sich zufällig um meine…“ Er überlegte kurz, ob er sie nicht als seine jetzige Frau ausgeben sollte, aber er blieb bei der Wahrheit, „um meine Exfrau. Vielleicht ist es ja meiner Glaubwürdigkeit dienlich, wenn Sie die einmal kontaktieren würden.“ Zum ersten Mal gefror dem Beamten sein überhebliches Grinsen im Gesicht und er sah etwas nachdenklich aus, ein wenig wie ein Idiot, dem Nachdenken immense Anstrengung bereitet. Das saß, dachte Karl, das hat Eindruck gemacht. Ohne ein Wort zu sagen, verließ der Polizist den Raum, und es passierte eine halbe Stunde gar nichts. Karl wollte auf die Uhr sehen, aber die Handschellen auf seinem Rücken verhinderten dies. Hätte er damals den Yoga-Kurs durchgezogen, wäre er jetzt vielleicht dazu in der Lage. Aber es war sicherlich nicht nur seine Schuld gewesen, dass er die Übungen weniger entspannend als anstrengend und stressig empfand. Endlich, nach einer geschlagenen Stunde, öffnete sich abermals die Tür. Nie hatte sich Karl so sehr über ein Wiedersehen mit seiner Exfrau gefreut, ausgenommen vielleicht als sie damals gerade frisch verliebt gewesen waren. „Gott sei Dank, Carla, ich dachte schon, ich würde hier im Gefängnis versauern.“ „Na, das ist doch mal eine interessante Erfahrung. Wer weiß, vielleicht hast du es ja auch verdient." Carla konnte so schnell nichts aus der Ruhe bringen. Sie behielt in jeder noch so brenzligen Situation ihren Galgenhumor. „Sie können ihm die Handschellen abnehmen, ich glaube, von diesem Mann geht keine Gefahr aus." Der Beamte sah sie unsicher an. „Ganz sicher, er hat allenfalls den Mut und die Kaltblütigkeit eines Erdmännchens." Sie wandte sich wieder Karl zu. „Vielleicht hätte ich die Handschellen schon in unserer Ehe verwenden sollen, dann hättest du mir zuhören müssen." Karl konnte nicht verstehen, wie sie an dieser Situation noch ihr Vergnügen haben konnte. Der Vergleich mit dem Erdmännchen war mehr als demütigend, immerhin war er im Museum über sich hinausgewachsen.

„Also, was hast du um die Zeit im Museum getrieben?"

Karl rieb sich die schmerzenden Handgelenke.

„Naja, wie soll ich sagen, ich wollte einen Informanten treffen, der mir Hinweise geben wollte."

„Was für einen Informanten und welche Hinweise?" Ihr Ton verriet eine gewisse Ungeduld. Karl bemerkte, dass Carla inzwischen ihren professionellen Ton wiedergefunden hatte. Er kam sich vor wie in einem Verhör, was vermutlich auch der Lage entsprach, in der er sich gerade befand.

„Um was für einen Informanten es sich handelt, weiß ich nicht, er hatte mir nur anonym am Telefon versprochen, mir etwas über gewisse Dokumente sagen zu können, die etwas mit Rosenbergs Tod zu tun haben könnten."

„Und dann hast du Trottel dich nachts mit ihm im Museum getroffen? Das ist ja besonders klug." Karl sah mal über die Beleidigung hinweg, im Prinzip hatte sie ja Recht.

„Es hat sich als eine Falle herausgestellt. Es waren plötzlich zwei Männer da, die mir ans Leder wollten, und denen ich so gerade noch entkommen konnte."

„Und warum sollten sie das tun? Bist du jetzt in der Unterwelt eine ganz große Nummer?"

„Ich glaube, ich habe mit meinen Ermittlungen irgendjemandem auf den Schlips getreten."

„Eigene Ermittlungen, soso. Das kommt davon, wenn man sich als Hobbydetektiv betätigen will. Du solltest wissen, dass die im wahren Leben nicht nur Schreckschusspistolen und Kunstblut verwenden. Da ich mir nicht die ganze Nacht um die Ohren zu schlagen beabsichtige, würde ich sagen, wir nehmen uns jetzt alle eine Mütze voll Schlaf und sehen uns morgen in alter Frische auf dem Präsidium wieder. Dann möchte ich die Geschichte in allen Einzelheiten hören. Es bringt dich jemand nach Hause, dort solltest du sicherheitshalber deine Tür heute Nacht gut verschließen. Ich sorge dafür, dass in regelmäßigen Abständen eine Streife an deinem Haus vorbeifährt. Sicher ist sicher.“ Karl hatte nicht daran gedacht, dass die beiden ihren Plan ja noch auf andere Weise zu Ende bringen könnten. Er war erleichtert über die Sicherheit und Stärke, die Carla ausstrahlte.

Kapitel XVIII

Karl hatte sich auf dem Präsidium alle erdenkliche Mühe gegeben, den Ablauf der Verfolgung so genau wie möglich wiederzugeben. Was das Aussehen der beiden Männer betraf, reichte es nur noch für grobe Angaben von ungefährer Größe, Kleidung und Haarfarbe. Er konnte jetzt gut verstehen, warum Zeugen oft eine lückenhafte Erinnerung hatten. Er konnte nicht nachvollziehen, wie es manche Menschen schafften, der Polizei derartig viele Angaben zu machen, dass man daraus ein Phantombild erstellen konnte. Bei seiner Exfrau hatte er noch nicht einmal bemerkt, wenn sie eine neue Frisur hatte. Männer waren als Zeugen denkbar ungeeignet. Karl war aber dankbar, dass sie sich trotzdem um die beiden Männer kümmern würden. Auch die Spurensicherung war noch ins Museum geschickt worden, sie fanden Fingerabdrücke, allerdings unzählige, und eine Jacke, die aber nicht den Tätern gehören konnte. Karl würde Carla irgendwann kleinlaut um deren Rückgabe bitten müssen.

Jetzt saß er mit Paula und Ken im Büro und war froh, dass der Spuk der Nacht endgültig vorbei war. „Wir müssen ab jetzt vorsichtig sein, wir werden offenbar verfolgt und irgendjemandem gefällt ganz und gar nicht, was wir hier machen“, stellte Paula besorgt fest. „Ich habe unseren adligen Freund vom Auktionshaus in Verdacht. Er gehört zu den wenigen, die von der Sache und uns etwas wissen. Wir müssen ihm dringend nochmal auf den Zahn fühlen.“ Während er es sich mit Paula auf einem antiken Ledersofa gemütlich gemacht hatte, machte sich Ken wieder einmal an Karls Computer zu schaffen. Er bekam nebenbei das Gespräch mit und meldete sich unvermittelt: „Wie ihr erzählt habt, steht dieser Auktionator doch auf wertvolle Schriftstücke, die etwas mit Beethoven zu tun haben. Entweder ist er selbst daran interessiert oder aber er ist nur eine Art Mittelsmann, der seine Kundschaft mit ganz besonderen Stücken versorgt. Warum bietet ihr ihm also nicht einfach an, wonach er offensichtlich sucht?“

„Du hast recht, das ist eine geniale Idee, aber was haben wir, das ihn interessieren könnte?“, fragte Karl skeptisch.

Paula überlegte: „Ich denke, dass wir ein Originaldokument von Beethoven besorgen könnten.“

„Aber du hast doch wohl nicht etwa vor, eines aus dem Beethovenarchiv zu entwenden?“

„Was heißt hier entwenden, ich würde es eher ausleihen nennen. Wenn ein Dokument bereits fehlt, fällt ein weiteres sicher nicht auf. Es gibt schließlich erst einmal niemanden, der sich darum kümmert. Wir würden

den liebenswürdigen Archivar ansprechen und ihn freundlichst bitten, noch einen Blick auf die Kiste werfen zu dürfen, und du wählst ein interessantes Objekt aus, das ich dann vorsichtig in meiner Tasche verschwinden lasse."

„Und wie sollen wir danach weiter vorgehen?"

Einfallsreich wie immer mischte Ken sich wieder ein. „Wie wäre es, wenn ihr euren Freund anruft und ihm, natürlich unter falschem Namen, kundtut, ihr hättet eine Kiste auf dem Dachboden gefunden, die interessantes Material von Beethoven enthält. Ihr wärt aber nicht gewillt, dies durch eine Auktion öffentlich zu machen. Er wird sich seinen Teil denken und wenn er selbst krumme Dinger dreht, wird ihn nicht interessieren, ob ihr rechtmäßig an die Ware gekommen seid. Stattdessen soll er euch einen Beethovenliebhaber vermitteln, der diese zu schätzen weiß und bereit wäre, einen ansehnlichen Betrag dafür zu zahlen."

„Danke Watson", sagte Karl. „Das ist, wenn ich es bedenke, ein guter Plan, wenn er denn aufgeht und wir nicht auffliegen. Wir besorgen das Schriftstück und du rufst bei ihm an, wenn du dir das zutraust."

Sie beschlossen noch eine Nacht über den Plan zu schlafen und ihn dann gegebenenfalls am nächsten Tag in die Tat umzusetzen.

Kapitel XIX

Nach der gestrigen Nacht hatte Karl ein noch flaueres Gefühl als zuvor bei der Sache. Im Grunde war es kriminell, was sie da vorhatten, daran war nicht zu deuteln. Er versuchte, sich mit dem viel strapazierten Spruch ‚Der Zweck heiligt die Mittel' vor sich selbst zu rechtfertigen. Andere Volksweisheiten wie ‚Wer sich in Gefahr begibt, der kommt darin um' versuchte er tunlichst zu verdrängen. Es fand sich eigentlich immer ein brauchbares Zitat, man musste sich nur das Passendste aussuchen. Als sie vor dem Büro des Oberarchivars standen und dieser sie ins Archiv geleitete, begann der schwierige Teil ihres Vorhabens, der sicherlich nicht unschuldig an Karls unruhiger Nacht war. Sie durchstöberten die Kiste bis sie auf ein ansprechendes Dokument stießen, ein Notenblatt aus einem Klavierwerk. Das könnte ein guter Köder sein. Die beiden sahen sich verschwörerisch an und Paula ergriff die Initiative. Sie nahm sich einen Brief, der aufgrund seiner Schrift schwer zu entziffern war, aber geeignet, um den Archivar ein wenig abzulenken. Jeder wusste, was er jetzt zu tun hatte und Paula legte den Brief vor die Nase des Archivars. Dabei stellte sie sich so hin, dass sie den Blick auf Karl versperrte. „Entschuldigen Sie, aber Sie sind doch vom Fach und haben sicher viel Erfahrung mit der Entzifferung schwer lesbarer Schriften. Könnten Sie mir bei dem ersten Absatz einmal behilflich sein?" Paula spielte die schwache, hilfesuchende Frau, die das Können eines Experten zu schätzen weiß. Karl hatte großen Respekt, eine solche schauspielerische Leistung hatte er Paula nicht zugetraut, die für einen Moment ihre wahren Gefühle gekonnt unterdrückte. Sie hatte genug Zeit geschunden, sodass Karl das Dokument in eine Hülle stecken und unter seiner Jacke verschwinden lassen konnte, als sich der Archivar misstrauisch zur Seite lehnte und an Paula vorbei nach dem Rechten sah. Karl hielt da bereits ein anderes Blatt in der Hand und lächelte dem Mann freundlich und unschuldig entgegen. Der Archivar forderte Paula auf, sich doch neben den Schreibtisch zu stellen und nahm den Brief so, dass er Karl noch fest im Blick hatte. Karl gab sich möglichst ruhig und vertieft in seine Arbeit, war aber mit seinen Gedanken schon draußen vor dem Museum. Er hätte es jetzt gerne hinter sich. Damit es nicht zu auffällig erschien, mussten sie jetzt noch interessiert Dokumente aus der Kiste nehmen, lesen und sich Notizen machen. Irgendwann sah Paula auf die Uhr und kam zu dem Schluss, dass es jetzt auch reichte. Sie legten alles sorgfältig zurück in die Kiste, ausgenommen das Blatt, das sich unter Karls Jacke befand. Er prüfte alle paar Minuten, ob es noch an seinem Platz saß und nicht hervorlugte.

„Sie können die Kiste wieder zurückstellen, vielen Dank, Sie haben uns sehr geholfen.“ Statt eines zufriedenen Lächelns als menschliche Regung auf ihre zum Ausdruck gebrachte Dankbarkeit erfolgte nur ein „Wiedersehen“, wobei das Wort nach Ansicht des Archivars sicherlich nicht im wörtlichen Sinne ausgelegt werden sollte. Karl konnte es gar nicht erwarten, den Keller zu verlassen und lief die Treppe zügig herauf, mit einer Hand auf der Jacke, damit nicht im letzten Moment noch ein Unglück passierte. Paula schenkte dem Archivar beim Verlassen des Archivs noch ein breites Lächeln, dessen einzige Absicht darin bestand, ihre Freude auszudrücken, diesen misstrauischen Zausel ausgetrickst zu haben. Als sie das Beethovenhaus verlassen hatten, grinsten sie sich an. „Bingo, jetzt müssen wir nur noch auslosen, wer das Ding genau so unauffällig wieder zurückbringt“, sagte Karl.

„Ja, das ist der einzige Wermutstropfen.“

Kapitel XX

Abends sah sich Karl zum zehnten Mal den „Stadtneurotiker“ von Woody Allen an, nach den letzten anstrengenden Tagen hatte er ein großes Bedürfnis nach einer amüsanten Ablenkung. Zum Film gönnte er sich einen ausgesuchten Rotwein, von dem er eine gute halbe Flasche leerte. Er bekam gerade noch den Abspann mit, bevor er fast einnickte. Mitsamt seiner Kleidung ließ er sich auf das Bett fallen und fiel schnell in einen unruhigen Schlaf. In wilden Träumen warf er sich auf dem Laken hin und her:

Eine Treppe, die durch einen engen, dunklen Gang führt, der kein Ende zu nehmen scheint, windet sich immer tiefer und tiefer ins Dunkle hinunter. Ein düsteres Gefühl keimt in ihm auf, so als steige er in sich selbst hinab. Endlich sieht er ein Leuchten und tritt in eine riesige Halle, die durch einige Sonnenstrahlen in Licht und Schatten getaucht ist. In ihr stehen unzählige Regale, deren Höhe nicht abzusehen ist, sie scheinen sich ins Unendliche zu erstrecken. Sie sind vollgestellt mit zahllosen schwarzen Kisten. Aus einem Grund, der sich ihm in diesem Zustand völlig entzieht, sucht er eine ganz bestimmte, kann sie aber in dem Meer von absolut identischen Kisten nicht finden. Er geht durch die Regalreihen, die kein Ende zu nehmen scheinen und sich immer wieder labyrinthartig verzweigen. Dann sieht er ein großes Blatt aus einer der unzähligen Kisten ragen. Als er erleichtert und siegessicher in die Kiste greift, wird seine Hand von einem harten, metallenen Gegenstand gequetscht, er schreit auf. Als er sie reflexartig wieder herauszieht, befindet sich seine Hand in einer überdimensionierten Mausefalle, die Finger sind jetzt flach und blutrot. Von unsäglichen Schmerzen geplagt hält er die pochende Hand fest umklammert, bis ihm eine riesige Hand auf die Schulter fasst und eine schrille, gellende Stimme „So, Freundchen, jetzt haben wir dich!“ direkt in sein Ohr brüllt. Dann findet er sich in einem Verlies wieder, mit Ketten an Arm- und Fußgelenken. Vor ihm steht ein alter Blechnapf gefüllt mit einem grauen, undefinierbaren Brei, bei dem er sich schütteln muss. Dann geht plötzlich die Kerkertür auf und eine wunderschöne Frau kommt herein. Sie ist klein, hat wundervolle braune Augen und dunkles Haar. Er ist entzückt von ihrem Anblick. Er steht auf und bewegt sich in Richtung Gitter. Die Frau kommt auf ihn zu, als sie plötzlich von zwei unansehnlichen, gnomartigen Gestalten zurückgerissen und aus der Zelle gezerrt wird. Er reckt seine Arme durch die Gitterstäbe, um sie festzuhalten, aber er kann sie nicht mehr erreichen. Er sieht ihr angstverzerrtes Gesicht und dann nur noch eine Hand von ihr, die sich am Türrahmen festkrallt. An einem Finger blinkt ihm ein goldener

Ring entgegen, der ihn mit seinem gleißenden Licht derart blendet, das er wegschauen muss. Er ruft noch einen Namen, dann wacht er völlig verwirrt und in Schweiß gebadet auf.

Er brauchte einige Zeit, um zu sich zu kommen und sich zu vergegenwärtigen, dass es sich lediglich um einen Albtraum gehandelt hatte. Sein Mund führte immer noch ein Eigenleben und er versuchte, wie ein Stotterer bei seinen logopädischen Sprachübungen, etwas Verständliches hervorzubringen. Er konnte den Traum nur schemenhaft erinnern, ein ausgeprägtes Gefühl von Angst und ein anderes Gefühl, dass er nicht so recht einordnen konnte, das aber einen Schauer bei ihm auslöste, blieben zurück. Er schaute auf die Uhr, es war gerade mal halb fünf. Trotzdem erklärte er die kurze Nacht für beendet. Er spritzte sich im Bad kaltes Wasser ins Gesicht und rieb seine Augen, als müsse er den Traumsand der Nacht heraus wischen. Das Sandmännchen, das er als Kind immer so geliebt hatte, hatte ihm heute übel zugesetzt. Er machte sich auf den Weg in die Küche und bereitete sich einen Kaffee zu. Das sollte vorerst helfen.

Kapitel XXI

Zu ihrer Verabredung am Vormittag in Karls Büro kam Paula gut gelaunt herein und hielt das Schriftstück aus dem Archiv triumphierend in den Händen. Ken blickte sie anerkennend an. Er war heute der Erste, während Karl aus gegebenem Anlass noch auf sich warten ließ. „Und wie habt ihr das bei dem verschrobenen Archivar geschafft, seid ihr jetzt ‚best friends'?" Paula lachte: „Ich glaube dazu wird es in diesem Leben nicht mehr kommen. Ich hatte erst überlegt, ob ich die Waffen einer Frau einsetzen sollte, habe mir dann aber gedacht, dass ihn weibliche Reize vermutlich genauso wenig interessieren, wie menschliche Zuwendung allgemein. Stattdessen habe ich reichlich Kreide gefressen und habe mich freundlich und untertänig gegeben, was mir wirklich nicht leichtgefallen ist. Auf jeden Fall konnte ich ihn so geschickt ablenken, dass Karl in Ruhe dieses hier", sie hielt das Blatt vor seine Nase, „entwenden, ich meine ausleihen konnte".

Beide schauten synchron zur Tür, als ein müder, niedergeschlagener Karl hereinkam.

„Guten Morgen, was ist denn mit dir passiert? Hast du die Nacht durchgemacht?"

„In gewisser Weise schon, ich war auf jeden Fall die ganze Nacht damit beschäftigt, irgendetwas zu suchen. Aber ist ja auch nicht so wichtig. Noch drei Tassen Kaffee und ich bin wieder putzmunter. Und, Ken, wie weit bist du gekommen?"

„Ich habe ebenfalls meine Hausaufgaben gemacht", sagte sein Doktorand, „ich warte nur noch auf einen Rückruf." Dabei hielt er sein Handy hoch und wedelte damit herum. Ich habe ein gutes Gefühl. Ich glaube, der Auktionator hat angebissen. Das Angebot war auch einfach zu verlockend."

Paula sah Karl mitleidig an. Plötzlich klingelte das Handy und Ken wischte über sein Display, sein Nicken zeigte ihnen, dass es der Anruf war, auf den er gewartet hatte. Er atmete einmal tief durch, um sich zu konzentrieren und setzte dann eine ernste Miene auf, die man sonst von ihm nicht gewohnt war. Vermutlich sollte seine Mimik einen seriösen Sprechduktus unterstützen. Er legte einen bewusst nüchternen und gleichgültigen Ton an den Tag, es sollte nicht so wirken, als hätte er die ganze Zeit auf diesen Anruf gewartet. „Aha, … gut… wunderbar. Schicken Sie mir die Adresse Ihres Klienten bitte per SMS. Ich danke Ihnen für Ihren schnellen Service." Ken gab sich dermaßen überzeugend, dass an seiner Seriosität nicht zu zweifeln war. Der leicht englische Akzent hatte zudem etwas sehr Weltmännisches. Schon nach einigen Sekunden erklang der Ton, der eine

SMS ankündigte. Ken öffnete sie ungeduldig und las sie vor. „Haito Osaka, Bismarckstraße in Köln, morgen gegen 16 Uhr.“ „Oh, da haben wir wohl einen japanischen Interessenten“, warf Paula ein.

„Dann statten wir doch morgen Herrn Osaka einen Besuch ab. Es soll mich doch der Teufel holen, wenn der nichts von unserem Heiligen Gral weiß. Ich schlage vor, dass wir nicht in der gleichen Konstellation auftreten. Wenn du es dir zutraust, Ken, dann könnten wir das machen.“ Ken lächelte verschwörerisch: „Der Ire fürchtet nichts, außer Gott und seine Frau.“

Kapitel XXII

Bevor sie sich auf den Weg machten, holten sie noch einige Informationen über ihren Gastgeber ein. Ken hatte ein wenig im Internet recherchiert und präsentierte Karl seine Ergebnisse. „Haito Osaka ist schwerreich. Auf der Forbesliste der Reichen war er letztes Jahr auf Platz 24. Er besitzt eine Firma, deren Hauptsitz sich in Deutschland befindet, die aber auch über zahlreiche Produktionsstätten in Japan verfügt. Sie produzieren Supercomputer, das sind Computer mit enormen Speicherkapazitäten und Rechenleistungen, nichts für den Hausgebrauch. Er beliefert das amerikanische Verteidigungsministerium, die NASA, das europäische Kernforschungszentrum „Cern" in der Schweiz und angeblich auch die NSA. Er besitzt aber nicht nur dieses Unternehmen, er hat auch Anteile an allen Firmen, die sich im Bereich der Computertechnik und Internet/soziale Medien einen Namen gemacht haben. Zu seiner Biographie gibt es nicht viel zu sagen. Er ist in Japan geboren und lebte dort die meiste Zeit im Internat, bis zu seinem 18. Lebensjahr. Er besaß wohl ein vielversprechendes Talent als Pianist, entschied sich aber beruflich dafür, seine zweite, technische Begabung zu nutzen. Er ging nach Deutschland und gründete bereits mit 20 Jahren seine erste Computerfirma. Innerhalb von gut zehn Jahren hat er dann sein Firmenimperium aufgebaut und es wächst bis heute. Ach ja, und er ist tatsächlich bekanntermaßen ein großer Beethovenliebhaber. Er wurde scheinbar bereits in allen namhaften Tempeln der klassischen Musik gesehen, darunter die Metropolitan Opera, die Berliner Philharmonie oder die Carnegie Hall. Es soll ihm darum gehen, die besten Beethovenkonzerte auf der ganzen Welt zu besuchen. Ansonsten hält er sich in den letzten Jahren in der Öffentlichkeit eher bedeckt."

Sowohl Karl als auch Ken hatten sich in Schale geschmissen, um den Eindruck von Seriosität und Wohlsituiertheit zu vermitteln. Osaka sollte auf gar keinen Fall misstrauisch werden. Ken hatte sogar extra seine Haare zu einem gepflegten Zopf zusammengebunden und seinen Bart besonders sorgfältig in Form gebracht. Kleider machen Leute. Das Dokument hatte Karl in eine Schutzhülle gepackt und bewahrte es in seiner Tasche auf. Kurz vor dem Ziel wurde ihnen klar, dass es sich hier um den noblen Kölner Stadtbezirk Hahnwald handelte. Sie bogen in die gesuchte Straße ein, wo sich eine Stadtvilla an die nächste reihte. Am Ende einer Sackgasse türmten sich vor ihnen etwa drei Meter hohe weiße Mauern auf, zwischen denen sich ein breites gusseisernes Tor befand. An den Ecken waren jeweils Kameras angebracht. Hier hatte jemand etwas zu schützen oder zu verbergen, dachte Karl. Ken ging zu einer Sprechanlage neben dem Tor und klingelte. Schon meldete sich eine Stimme: „Ja bitte?“ „Wir sind mit Herrn Osaka verabredet.“ Ohne dass eine Antwort erfolgte, öffnete sich das gigantische zweiflügelige Tor. Sie fuhren hindurch und sahen einen riesigen parkähnlichen Garten vor sich, um den zwei Wege herumführten. Sie nahmen den Weg zur Rechten und sahen sich dabei die Grünanlage an. Der Park war, so konnte man auf Anhieb erkennen, wie ein japanischer Garten angelegt. Karl kannte die Machart, da er sich des Öfteren im japanischen Garten in Bonn aufhielt, der extra für eine Bundesgartenschau gestaltet worden war und der, wie Karl fand, etwas Exotisches und Meditatives hatte. Als Karl seinen Blick über Osakas Grundstück wandern ließ, entdeckte er inmitten der Grünfläche zwischen blühenden Magnolienbäumen einen Teich. Er konnte aus der Entfernung sogar erkennen, wie sich im Wasser Schatten bewegten. Es wäre keine Überraschung, wenn Herr Osaka hier seltene und wertvolle Kois züchten würde, von denen jedes Exemplar vermutlich mehr als ein Kleinwagen wert war. Man musste es sich schon leisten können, durch den Tod eines Fisches ein paar Tausend Euro zu verlieren. Dann machte der Weg eine Wendung nach links und hinter den Bäumen kam ein Haus zum Vorschein, das stattliche Ausmaße hatte und architektonisch eine Mischung aus Bauhaus- und Pagodenstil darstellte. Es war ein interessanter, ihm bisher unbekannter Stilmix, der Karl sichtlich beeindruckte. Sie hielten unmittelbar vor dem Haus, wo sie bereits ein Mann in einer altmodischen, eher englisch anmutenden Livree erwartete. Hier war anscheinend ein Eklektiker zuhause, der sich seinen persönlichen Stil aus den unterschiedlichsten Kulturen und Epochen zusammenklaubte. Wer hier wohnte, der musste nicht selbst zur Tür gehen, den Rasen mähen oder den Müll herausbringen, soviel war klar. Sie folgten dem Diener durch ein atemberaubendes Entree. Während sich links und rechts zwei Treppen herauf wanden, die Karl entfernt an den berühmten, prunkvollen Treppenaufgang des Brühler Schlosses von Balthasar Neumann erinnerten, befand sich direkt vor ihnen ein Torbogen, der in die eigentlichen Wohnräume der Villa führte. Es war ein offener Raum, ähnlich einem Loft, in dem ein Wohnbereich, ein Essbereich und in einer Nische eine Küche auszumachen waren, die nur optisch voneinander getrennt waren. Hinter einem etwa sechs Meter langen Tisch sah man eine Kücheneinrichtung, die jedem Sternekoch zur Ehre gereicht hätte. Sie war, wie auch fast die gesamte Einrichtung, in weißem Hochglanz gehalten und enthielt mehr elektronische Spielereien, als Karl es sich in seiner Phantasie hätte vorstellen können. Entweder war Herr Osaka ein Meisterkoch, oder er hatte seinen privaten Dreisternekoch, der ihn täglich mit kulinarischen Genüssen verwöhnte. Der Diener bedeutete ihnen je auf einer von zwei antiken Chaiselongues Platz zu nehmen, deren Kopfteile nach außen gerichtet waren, womit sie eine perfekte Symmetrie bildeten. Von hier aus konnte man am anderen Ende des Raumes einen Flügel sehen. Er war deutlich größer als alle Flügel, selbst die Konzertflügel, die Karl je gesehen hatte, und war, wie fast alles in diesem Raum, schneeweiß lackiert. Der Clou bestand in der aufgeklappten Abdeckung, die einem geschwungenen, Engelsflügel glich. „Das nenne ich eine gelungene Remetaphorisierung“, flüsterte Karl vor sich hin. „Eine was?“, fragte Ken mit gedämpfter Lautstärke, als dürfe der Gastgeber nichts davon hören. Karl wollte den Begriff gerade erklären, als sie plötzlich Musik hörten, vermutlich vom Band. Es klang wie eine Ouvertüre Beethovens. Dann begann der Flügel zu spielen, man sah allerdings niemanden oder der Pianist wurde von dem Engelsflügel verdeckt. Es handelte sich um ein klassisches Stück, das Karl aber bisher noch nicht untergekommen war. Es klang majestätisch. Das Klavierspiel war gefühlvoll und energisch zugleich. Hatte er das Klavierkonzert schon einmal gehört? Nein, obwohl er keine Noten lesen konnte, hatte er ein gut ausgeprägtes musikalisches Gehör. Er konnte Musikstücke bereits nach wenigen Takten einer Epoche und einem Komponisten zuordnen. Dieses Stück hatte er definitiv noch nie gehört. Gut zehn Minuten später endete die berückende Musik und hinter dem imposanten Instrument tauchte ein Gesicht auf, das wohl zu ihrem Gastgeber gehörte.

„Seien Sie gegrüßt. Sie sind sicherlich erstaunt, dass Sie das Stück noch nie gehört haben, Sie sind vermutlich auch überrascht, dass ich ganz passabel Klavier spiele“ und er betonte das *passabel* so, dass deutlich wurde, dass er eigentlich *virtuos* oder *genial* meinte. Karl war aber tatsächlich beeindruckt. „Sie haben gerade einer einzigartigen Premiere beigewohnt. Außer mir und jetzt auch Ihnen, hat noch niemand dieses Klavierkonzert zu Ohren bekommen. Wonach klang es für Sie?“ Man merkte, dass er es genoss, sie auf die Folter zu spannen und seine Spielchen zu treiben. „Es klang ein wenig nach Beethoven, würde ich sagen“, mutmaßte Karl. „Treffer. Ein Klavierkonzert von Beethoven? Das Sie noch nicht kennen? Das ist merkwürdig, nicht wahr? Ich werde Ihnen jetzt das Geheimnis offenbaren. Dies war der Beginn eines Klavierkonzerts, das wohl atemberaubend geworden wäre, wenn unser guter Beethoven sich nicht entschlossen hätte, seine Komposition nach den ersten von ihm angefertigten Skizzen zu beenden. Es ist einfach jammerschade. Ich habe mir aber erlaubt, aus den vorhandenen Planungsskizzen dieses Meisterwerks mit Hilfe des Computers zunächst einen vollständigen Satz zu generieren oder, sagen wir doch, zu erschaffen.“ Karl überlegte, wo diese Selbstinszenierung, die fast einer bühnenreifen Vorstellung glich, wohl noch hinführen würde. Offensichtlich war dieser Mann sehr von sich überzeugt und hörte sich gerne reden. Lass ihn nur reden, dachte Karl. „Jetzt werden Sie sich fragen: Wie soll ein Computer, der auf einem Binärsystem aufgebaut ist und nur seine Algorithmen kennt, die Kreativität und die Fantasie eines Menschen aufbringen? Die Antwort ist: …“ Er legte eine Kunstpause ein und sah die beiden erwartungsvoll an. Karl zuckte mit den Schultern, in der Hoffnung, dass es gleich weiterging. „Die Antwort ist: Das kann er nicht. Er ist weder fantasiebegabt, noch emotional, noch schöpferisch. Aber genau deshalb habe ich es einem von mir entwickelten Computerprogramm überlassen, mit Hilfe der vorhandenen Notenskizzen den ersten Satz des Klavierkonzerts zu rekonstruieren. Es gibt andere, von Musikern und Komponisten, also von *Menschen* unternommene Versuche, die wenigen Noten zu einem Ganzen zusammenzufügen.“ Karl hörte aufmerksam zu, fragte sich allerdings, wie lange der Monolog noch dauern würde. Aber er hatte eine Ahnung, dass dieser Mann etwas mit ihren Nachforschungen zu tun hatte. Er war Beethovenliebhaber und suchte nach unvollendeten Werken. Das war vielleicht ihr Mann. „Was sie aber übersehen, ist, dass jeder Künstler seine eigene Perspektive hat, unbewusst seine eigenen Ideen einbringen will. Es sind gerade die subjektive Kreativität und die Selbstverliebtheit des Künstlers, die verhindern, dass er damit dem Werk und dem Willen Beethovens gerecht wird. Einem Computer geht die Absicht oder die Eitelkeit, sich in einem fremden Werk zu verwirklichen, gänzlich ab. Er rechnet hoch, vergleicht unzählige Daten und kombiniert schlüssig. Vielleicht sind Sie auch Liebhaber der filmischen und literarischen Science-Fiction und kennen den Film „I Robot“, der von den Kurzgeschichten des großartigen Isaac Asimov inspiriert wurde.“ Die beiden nickten brav, wobei Kens intensives Nicken eine gewisse Begeisterung für den Film verriet. Die Tatsache, dass sie den Film offensichtlich kannten, verhinderte nicht, dass er weiter darüber schwadronierte. „Der Kommissar, gespielt von Denzel Washington, sitzt einem Roboter gegenüber, der auf der Polizeistation gelandet ist, weil er angeblich seinen Schöpfer umgebracht haben soll. Der Roboter macht, was Mimik und Gestik betrifft, einen sehr menschenähnlichen Eindruck. Der Kommissar geht ihn hart an und macht ihm klar, dass er für ihn kein humanoides Wesen, sondern lediglich eine Maschine sei. Auf seine provokante Frage: „Sind Roboter in der Lage eine Symphonie zu schreiben oder eine Leinwand in ein Meisterwerk zu verwandeln?“, antwortet der Android nach einer kurzen Pause: „Und Sie, können *Sie* es?“ Es ist eine famose Szene.“ Er klatschte euphorisch in die Hände. „Die Szene zeigt, dass die Grenzen zwischen Mensch und Maschine keineswegs fest gezogene sind, sondern ineinanderfließen. In einigen Jahrzehnten, vielleicht auch schon schneller, wird es nur noch graduelle Unterschiede geben zwischen einem geistig verarmten, bornierten Menschen und einem zugleich intelligenten wie schöpferischen Androiden. Aber ich schweife ab." „Nein, das ist sehr interessant", versuchte Karl ein Lebenszeichen von sich zu geben. „Ich habe meinen Computer zunächst mit allen Daten, den Klavierkonzerten Beethovens und natürlich mit den vorhandenen Noten des 6. Konzerts, die mir in Form eines Faksimiles vorliegen, gefüttert. Und, wie Sie gerade selbst hören konnten, ist ein Stück entstanden, das den Vergleich mit Beethovens vollendeten Werken nicht zu scheuen braucht. Was sagen Sie? Hat Sie mein kleines Projekt überzeugen können?"

Beide hatten sich mit ihrer Rolle als passive Zuhörer abgefunden und waren von der plötzlichen Ansprache überrascht. Er hatte sie die letzte Viertelstunde kaum zu Wort kommen lassen, was auf eine gewisse Selbstgefälligkeit und Egozentrik schließen ließ. Karl überlegte kurz und sagte: „Das ist wirklich sehr beeindruckend. Ich hätte es tatsächlich für ein Werk aus des Meisters Hand gehalten." Ken zeigte durch kräftiges Kopfnicken seine Zustimmung. Ihn hatte der Teil mit dem Computer allerdings besonders interessiert. „Sie sehen, meine Herren, ich verehre Beethoven sehr und habe eine große Affinität zu allen technischen Spielereien. Ich möchte Ihnen, bevor wir zum Geschäftlichen kommen, aber noch eine weitere kleine Kostprobe meiner Technikverliebtheit präsentieren. Ich hoffe, auch das wird Sie ein wenig beeindrucken. Folgen Sie mir doch bitte."

Kapitel XXIII

Sie stiegen eine Treppe hinab, die zum Untergeschoss führte. Der Vorraum erinnerte ein wenig an das Entree eines kleinen Theaters aus den 50er Jahren. Wände und Türen waren mit roten Samttapeten verkleidet. „Hier rechts befindet sich mein persönliches Kino. Von meiner Vorliebe für die Cineastik habe ich Ihnen ja bereits erzählt. Wir begeben uns allerdings in den Raum zur Linken.“ Er öffnete die Tür: „Dies ist mein privater Konzertsaal. Er hat eine kleine, aber feine Bühne und bietet bis zu 100 Menschen Platz. Ich bitte Sie, es sich in der Loge gemütlich zu machen, derweil ich meinen Mitarbeitern noch eben einige Anweisungen gebe. Für Getränke und Häppchen ist gesorgt.“ Nach kurzer Zeit kehrte er mit einem Lächeln im Gesicht zurück und setzte sich auf den Platz neben sie. Gespannt, ein Glas Champagner in der Hand, schauten sie zu, was sich auf der Bühne tat. Zunächst geschah nichts. Doch dann — eine Tür öffnete sich und es kamen Musiker im schwarzen Frack herein, in den Händen Geigen, Klarinetten und andere Musikinstrumente. Sie machten einen etwas altmodischen Eindruck, ein wenig wie aus der Zeit gefallen. Als Letztes kam jemand, bei dem es sich um einen Dirigenten handeln musste. Karl traute seinen Augen nicht, er erkannte ihn, es war kein geringerer als Wilhelm Furtwängler, einer der legendären Beethoveninterpreten der 30er und 40er Jahre. War dieser Verrückte mit Hilfe seiner Technik in der Lage, auch Tote wieder zum Leben zu erwecken? Hatten sie es hier mit einem zweiten Frankenstein zu tun? Inzwischen hielt Karl alles für möglich. Doch dann bemerkte er, dass sie einer fast perfekten Täuschung aufgesessen waren. Das waren keine Schauspieler, es waren auch keine echten Menschen, es war eine filmähnliche, aber noch weit überzeugendere Illusion. Die Musiker nahmen Platz und der Dirigent hob seinen Taktstock. Schon nach wenigen Takten erkannte Karl, dass es sich um eine Aufführung der 9. Symphonie von Beethoven handelte. Er glaubte sogar, dass sie einer Aufnahme glich, die bei ihm zuhause im CD-Regal stand, einem Konzert aus dem Jahr 1938, das im Berliner Konzerthaus am Gendarmenmarkt aufgeführt worden war. Die Klangqualität war im Vergleich zu seiner CD geradezu perfekt, weder ein Rauschen noch Knistern war zu hören. Die Akustik des Saals war atemberaubend. Man hatte tatsächlich das Gefühl, dem Maestro über die Schulter zu blicken, die einzelnen Orchestermitglieder beobachten zu können, bei dem Konzert live dabei zu sein. Überwältigt von der außergewöhnlichen Aufführung des ersten Satzes schaute er seinen Gastgeber erstaunt an. Dieser lächelte: „Ich wusste, dass es Sie beeindrucken würde. Sie wollen sicherlich wissen, wie ich eine solche Illusion erzeuge. Auch hier hat mir meine Passion für die Möglichkeiten, die die neueste Computertechnik bietet, geholfen. Was sie gesehen haben, sind holographische Darstellungen von Mensch und Raum. Der Computer hat zuvor die Daten anhand von alten Filmaufnahmen gescannt. Nach Berechnungen der Perspektiven, verschiedener Kameraeinstellungen usw. erstellt mein, ebenfalls von mir entwickeltes Programm, jeweils einen Avatar jedes Musikers. Nicht vorhandene Informationen werden automatisch nach einem festen Algorithmus-Schlüssel ergänzt, sodass Figuren entstehen, die sich dann als dreidimensionale Holographie beliebig im Raum bewegen und die vom Zuschauer aus jeder Perspektive betrachtet werden können. Sie müssen zugeben, dass die bisherige 3D-Technik, bei der man diese störenden Brillen aufsetzen muss, dagegen ein schlechter Witz ist. Die Musik alter Aufnahmen, die uns nur in schlechter Qualität zur Verfügung stehen, wird natürlich digital ausgesteuert und perfektioniert. Auch die auf den Filmaufnahmen zu sehenden Räume werden vermessen und der Klang entsprechend ausgerichtet. Das Konzert ist, je nach Konzertsaal, akustisch angepasst und damit immer einzigartig."

„Aber wie können die Unmengen von Daten derartig schnell verarbeitet werden?" Ken hatte zum ersten Mal das Wort ergriffen. Er war als Technikfreak begeistert von dieser Vorstellung. „Das alles können Sie natürlich nur mit einem Supercomputer bewältigen. Das ist derzeit noch der einzige Haken an meiner Erfindung. Dieser befindet sich im Nebenzimmer und füllt den halben Raum, fast wie zu Zeiten der Computerpioniere in den 70er Jahren. Das System ist ausgereift und ich werde es voraussichtlich in zwei Jahren auf den Markt bringen. Wir arbeiten noch an der Verkleinerung des Superrechners. Es ist aber, wie uns der Fortschritt der letzten Jahre gelehrt hat, nur eine Frage der Zeit, wann dieser zu einem handhabbaren Hauscomputer geschrumpft sein wird, der für jeden erschwinglich ist.

Aber genug der Spielereien, lassen Sie uns doch wieder nach oben ans Tageslicht gehen, um über unser kleines Geschäft zu sprechen. Er bat sie, in einer Sitzecke Platz zu nehmen, die in Anbetracht des riesigen Wohnraums, der mit seiner weißen Einrichtung und dem Marmorboden einerseits feudal, aber auch steril auf Karl wirkte, fast etwas Heimeliges, Gemütliches hatte. Vielleicht war es eine Taktik, mit der er seine Geschäftspartner bestechen wollte. Naja, eigentlich waren sie ja die Betrüger, die nur vorgaben, etwas zu liefern, was sie nicht hatten. Karl nahm das Dokument aus seiner Tasche und reichte es Osaka herüber. Dieser prüfte es mit einem kritischen Blick, äußerte aber schnell, dass es sich seiner Erfahrung nach um ein Original einer Klavierkomposition handeln müsse. Um welche genau, das könne er nicht ad hoc feststellen. „Und Sie sagten, Sie hätten noch mehr davon?", fragte er mit einer Mischung aus Euphorie und Skepsis. „Eine ganze Kiste voll“, bekräftigte Karl. „Darf man fragen, wie Sie daran gekommen sind?“ „Fragen dürfen Sie“, unterbrach ihn Ken schlagfertig. Und er sagte es mit einem Ton, der weiteres Nachhaken nicht zuließ. „Wir wollen ja schließlich keine Geschäfte machen, die mit kriminellen Machenschaften verbunden sind“, sagte Osaka. Die Ironie war kaum zu überhören. „Für mich sind Originale dieses Genies wahre Reliquien. Ich gehöre auch nicht zu den schwerreichen Geschäftsleuten, die ein Meisterwerk für Millionen ersteigern, um es dann als Wertanlage in den Safe wegzusperren. Diese Leute kennen zwar den Preis, aber nicht den Wert eines solchen Objekts. Ich stelle meine Errungenschaften aus. Ich habe im zweiten Stock ein kleines privates Museum eingerichtet, das ich Ihnen vielleicht bei einer anderen Gelegenheit zeigen werde. Deshalb habe ich auf meinem Anwesen auch verschiedene Sicherheitsvorkehrungen treffen müssen. Ich schaue mir die kleinen Heiligtümer jeden Tag an und bin ergriffen von dem Gedanken der Einzigartigkeit der Objekte und dem Gefühl, einem Genie so nahe zu sein.“ Plötzlich wechselte er von dem schwärmerischen Ton zu einem deutlich sachlicheren. „Lassen Sie uns über den Preis verhandeln, meine Herren.“

Kapitel XXIV

Paula hoffte, dass Karl und Ken ihre Sache gut machen würden und mit ihrem Betrug nicht aufflogen. Zur Ablenkung hatte sie sich vorgenommen, heute joggen zu gehen. Es war zwar Abend, aber das Wetter war noch sehr mild. Wie immer nahm sie eine kleine Trinkflasche, eine Kopflampe und für den Fall der Fälle ihr Pfefferspray mit, obwohl sie im Allgemeinen nicht sehr ängstlich war. Sie verabschiedete sich kurz von ihrem Mann, der fragte, ob es unbedingt sein müsse, dass sie zu dieser Zeit alleine unterwegs sei. „Du kannst mich ja begleiten, das täte dir mal ganz gut", antwortete sie. „Erstens bin ich für dich zu untrainiert und wäre nur ein Klotz am Bein und zweitens muss ich diesen Entwurf bis morgen fertig machen." Das „Keine-Zeit-für-etwas-haben" kannte sie zu Genüge, sodass sie weitere Überredungsversuche unterließ. Das war eben der Preis dafür, dass er als erfolgreicher Architekt gutes Geld verdiente. Er war in einem Architekturbüro beschäftigt, das zu den führenden in Europa zählte. Die Firma hatte sich in den letzten Jahren im arabischen Raum, insbesondere in Saudi-Arabien und den Vereinigten Arabischen Emiraten einen Namen gemacht, wo sie ausschließlich mit Großprojekten betraut wurde. Da er als leitender Angestellter vor Ort sein musste, wenn diese umgesetzt wurden, war er oft für längere Zeit im Ausland. Aber selbst wenn er zuhause war, arbeitete er oft noch bis in die Nächte hinein. „Bis später."

Paula lief meistens die Brückenrunde — sie startete auf der Bonner Seite, lief am Rhein entlang durch die Rheinauen und dann über die Südbrücke. Auf der anderen Seite lief sie dann das Beueler Ufer entlang bis zur Kennedybrücke, über die sie dann wieder auf die linksrheinische Seite zurückkehrte. Das waren etwa 12 Kilometer, die für sie keine wirkliche Herausforderung darstellten.

Während in den Rheinauen die untergehende Sonne noch genug Tageslicht spendete, wurde es auf der Südbrücke zunehmend dunkler. Paula schaute von der Brücke nach links und konnte am Horizont erkennen, dass nur noch ein winziger Teil der Sonne zu sehen war. Die letzten Sonnenstrahlen tauchten Bonn und den Rhein noch einmal in ein wunderschönes, rötliches Licht. In diesen Momenten wusste Paula, warum sie in der Natur und nicht in einem Fitnesscenter trainierte.

Als die Sonne ganz verschwunden und nur noch ein rötlicher Schimmer zu sehen war, setzte sie auf die relativ gute Wegbeleuchtung auf der Beueler Seite. Nachdem sie die verkehrsreiche und zuweilen laute Brücke überquert hatte, folgte sie dem Weg, der nach links abbog und abschüssig zur direkt am Fluss gelegenen Rheinpromenade führte. Bevor sie den Hauptweg betrat, blieb sie kurz stehen, um sich nach möglichen Radfahrern umzuschauen, die aus Richtung Südbrücke kamen und ihren Weg kreuzten. Diese waren oft rücksichtslos, was Fußgänger und Jogger betraf und machten die Promenade zu einer wahren Rennstrecke. Als sie ihren Kopf leicht nach links drehte, sah sie im Augenwinkel zwei Männer unter der Brücke, die anscheinend gerade eine Pause eingelegt hatten und Dehnungsübungen machten. Immerhin gab es noch andere Jogger, das war beruhigend, dachte sie. Der Weg Richtung Beuel war frei. Spendeten am Anfang die Straßenleuchten der Brücke noch genug Licht, ließ nun die Beleuchtung immer mehr nach. Paula schaute nach oben zu den Lampen und sah, dass sie heute aus irgendeinem Grund nicht brannten. Sie ärgerte sich über die Stadtwerke und überlegte kurz, ob sie den Lauf in diese Richtung abbrechen und umkehren sollte. Aber die Rheinauen auf der anderen Seite wären inzwischen genauso dunkel. Es gab keine andere Alternative, als dem Weg weiter zu folgen. Während des Laufens zog sie die Kopflampe an und konnte so wenigstens geringe Teile des Wegs überblicken. Die Tücke bestand darin, dass das Pflaster durch die kräftigen Baumwurzeln, die durch den Asphalt gebrochen waren, gefährliche Stolperfallen bereithielt. Die Sichtweite reichte gerade aus, diesen Hindernissen auszuweichen oder sie zu überspringen. Das erforderte allerdings größte Aufmerksamkeit. Paula war jetzt auch nicht mehr wohl dabei, allein durch die Dunkelheit zu laufen, zumal der Weg am Rhein weit von irgendwelchen Wohnhäusern entfernt war. Um diese Zeit kamen einem auch nur noch selten andere Jogger oder Fußgänger entgegen. Deshalb konzentrierte sie sich ganz auf das Laufen, auf ihren Atem und auf die nächsten Meter, die sie überblicken konnte. Auf einmal hatte sie das Gefühl, dass jemand in einigem Abstand hinter ihr lief. Sie hörte leise Tritte und einen keuchenden Atem. Sie drehte sich instinktiv um, konnte aber nicht allzu weit sehen und wäre deswegen beinahe ins Straucheln geraten, weil sie eine Unebenheit übersehen hatte. Die Geräusche kamen eindeutig näher. Sie hatte ein ungutes Gefühl, ihr wurde flau im Magen. Sie zog die Geschwindigkeit leicht an, um zu testen, ob der oder die Läufer hinter ihr mitziehen oder zurückbleiben würden. Es schien so, als würde sich der Abstand dadurch nicht ändern. Das war kein gutes Zeichen, langsam stieg Panik in ihr auf. War es leichtsinnig, als Frau hier alleine in der Dunkelheit herumzulaufen? Aber was konnte sie tun? Da weit und breit kein Haus in Sicht war, begann sie ihren Lauf langsam zu steigern, solange bis sie fast einen Sprint hinlegte. Sie war zwar sehr gut trainiert, aber das Tempo konnte sie nur eine gewisse Zeit durchhalten. Sie schaute zu beiden Seiten, ob irgendwo Menschen zu sehen waren, links von ihr war das Rheinufer, rechts von ihr eine weitläufige Parkanlage. Sie konnte aber nirgends auch nur eine Bewegung oder einen Schatten erkennen. Das Keuchen und die Schritte hingegen konnte sie immer deutlicher wahrnehmen. Sie erhöhte ihr Tempo erneut und versuchte, das Letzte aus sich herauszuholen. Wie lange konnte sie das durchhalten? Sie überlegte, ob sie mit dem Handy ihren Mann anrufen sollte, damit er ihr entgegenkommen konnte, verwarf die Idee aber sogleich, da sie das Tempo sicherlich nicht noch 20 Minuten durchhalten würde. Stattdessen tastete sie, für den Fall, dass die Verfolger sie einholen würden, nach ihrer Pfefferspraydose. Paula wollte sie gerade aus der Tasche ziehen, als sie in einigen hundert Metern Entfernung ein flackerndes Licht erkennen konnte. Das könnte ein Lagerfeuer sein, schoss es ihr durch den Kopf. Sie schöpfte Hoffnung. Sie musste ihre Verfolger nur noch kurze Zeit auf Abstand halten. Die Ausschüttung großer Mengen Adrenalin setzte ungeahnte Kräfte in ihr frei. Dann endlich konnte sie einen Pfad ausmachen, der schräg nach unten zum Strand führte. Sie erkannte einige junge Leute, die um ein Lagerfeuer herumsaßen. Auf der abschüssigen Strecke nahm ihre Geschwindigkeit noch einmal zu und sie musste aufpassen, dass sie nicht über das Kopfsteinpflaster stolperte, ins Straucheln geriet und vornüber aufschlug. Kurz vor Erreichen der Gruppe verlangsamte sie ihren Lauf, blieb stehen und atmete innerlich auf. Sie wandte ihren Blick zurück und sah, wie oben auf der Promenade zwei Gestalten standen und sie beobachteten. Vermutlich waren es sogar die beiden, die sie bei der Südbrücke gesehen hatte. Da sie sich auch auf ihren eindringlichen Blick hin nicht entfernten, ging sie zu den jungen Männern und Frauen, bei denen es sich vermutlich um Studenten handelte. Sie war noch völlig aus der Puste und versuchte, ihren hektischen Atem zu beruhigen. Als die Gruppe auf sie aufmerksam wurde, drehten sich alle zu ihr hin. Langsam wieder zu Atem kommend fragte sie, ob sie etwas zu trinken für sie hätten, ihre Flasche sei leider leer. Ihr war es zu peinlich, den wahren Grund zu nennen. Sie waren sehr entgegenkommend, konnten ihr aber nur Alkohol anbieten. „Naja, das ist zwar nicht ideal für den Sport, aber ein Bier würde ich gerne nehmen." Paula bemühte sich um ein Lächeln. Sie baten sie sich doch zu ihnen zu setzen. Sie nahm das Angebot dankend an. Doch zuvor wollte sie noch ihrem Mann Bescheid sagen. „Ich muss nur ein kurzes Telefonat führen." Die Männer, die immer noch oben auf der Promenade standen, im Blick nahm sie demonstrativ ihr Handy und rief zuhause an. Gut, dass ihr Mann ausnahmsweise nicht auf Geschäftsreise war. Sie bat ihn, sie möglichst bald vom Beueler Rheinufer abzuholen, da sie von zwei Männern verfolgt worden sei. Sie beschrieb ihm so gut sie konnte, an welchem Abschnitt des Rheins sich die Gruppe befand und bat ihn, sich zu beeilen. Als Paula erneut nach oben schaute, war dort niemand mehr zu sehen. Die Männer hatten sich aus dem Staub gemacht. Sie gingen wohl von der berechtigten Annahme aus, dass sie die Polizei verständigt habe. Gut so, dachte sie.

Jetzt kam sie langsam zur Ruhe und setzte sich zu den jungen Leuten ans Lagerfeuer. Diese Idylle war ein großer Kontrast zu der Gefahr, der sie noch vor wenigen Minuten ausgesetzt gewesen war. Sie überlegte, dass auch Studenten von ihr darunter sein könnten, erkannte aber kein vertrautes Gesicht. Paula erinnerte sich daran, dass auch sie früher mit ihren Freundinnen oft am Rheinufer und in den Rheinauen gesessen und gegrillt hatte. Nach einer guten halben Stunde erschien endlich ihr Mann, sie bedankte sich bei den jungen Leuten für die Gastfreundschaft und verabschiedete sich. Dann lief sie den Weg wieder hinauf und umarmte ihren Mann. „Ist alles in Ordnung? Es tut mir leid, dass es solange gedauert hat, aber ich musste einige Verkehrsregeln brechen, um mit dem Auto bis zur Promenade vorzudringen." Sie war einfach nur froh, bald wieder zuhause und in Sicherheit zu sein. Sie dachte daran, dass ihre Reise nach Wien bevorstand, auf die sie sich die letzten Tage so gefreut hatte. Unter diesem Vorzeichen machte sie sich allerdings auch Sorgen. Wien war weit weg, aber waren sie dort sicher? Das ungute Gefühl blieb, dass es irgendjemand, aus welchen Gründen auch immer, auf sie abgesehen hatte.

Kapitel XXV

Als sie den Hauptbahnhof in Wien erreichten, waren sie beide von der Fahrt ziemlich geschafft. Sie hatten sich viel zu erzählen über die aufregenden und erschreckenden Ereignisse der letzten Tage. Karl hatte für den Nachtzug ein Liegewagenabteil reserviert. Erst bei der Abfahrt wurde ihm der nicht unbedeutende Unterschied zwischen einem Liegewagen und einem Schlafwagen bewusst. Während man im Schlafwagen seine Privatsphäre, weiche Betten und viel Platz genießen konnte, teilte man im Liegewagen den wenigen Platz mit zwei weiteren, wildfremden Menschen und zwängte sich in Minikojen, mit dem Liegekomfort einer Gefängnispritsche vergleichbar. Das ältere schwäbische Ehepaar, das mit im Abteil reiste, trug nicht gerade zur Stimmungsaufhellung bei. Karl hätte gerne mehr für die Tickets bezahlt, wenn ihnen dafür die Nacht mit schnarchenden Reisegenossen erspart geblieben wäre. Er wusste nicht, ob Paula ihm seinen Fehlgriff krummnahm, aber sie ließ es sich zumindest nicht anmerken. Es war jetzt neun Uhr morgens, und sie hofften, dass ihre Zimmer im Hotel schon bezugsfertig waren. Sie gingen, das Gepäck hinter sich herziehend, zum nächsten Taxistand und ließen sich bequem zu dem zentral gelegenen Hotel fahren. Als sie ausstiegen, standen sie vor einem ausgesprochen schönen, klassizistischen Bau. Er bot einen direkten Blick auf den Stephansdom. Besser ging es nicht. Die Inneneinrichtung des Hotels wirkte exklusiv, was sie bei dem recht moderaten Preis der Zimmer nicht erwartet hätten. Sie gingen zum Schalter, wo eine Empfangsdame gerade telefonierte, die beiden aber bereits mit einem freundlichen Nicken begrüßte. Man merkte, dass sie das Gespräch schnell beenden wollte, um sie nicht in unhöflicher Weise zu lange warten zu lassen. Jetzt war der Zeitpunkt gekommen, dachte Karl, an dem die Dame an der Rezeption sich vielmals entschuldigte, weil etwas mit ihrer Buchung schiefgelaufen sei, sie aufgrund der stattfindenden Wiener Messe leider völlig überbucht seien und es nur noch ein Zimmer gebe, das sie sich teilen müssten. „Guten Tag, Sie haben die freie Auswahl. Möchten Sie ein Zimmer zum ruhigen Innenhof oder lieber eines mit Blick auf den Stephansdom?" Verdammtes Hotel, dachte er. Wenn er der Eigentümer wäre, hätte er den Hotelmanager am nächsten Tag zu sich zitiert und ihn bezüglich der grottigen Auslastung des Hotels zur Rede gestellt. „Wir nehmen dann zwei Zimmer mit Aussicht", entschied Paula, da Karl gerade gedanklich abwesend war. „Dann gebe ich Ihnen die Schlüssel für die Zimmer 311 und 317. Sie können dort drüben den Fahrstuhl nehmen, dritte Etage. Ich wünsche einen schönen Aufenthalt." Auf dem Weg zum Zimmer verabredeten sie, noch etwas Schlaf nachzuholen und sich zur weiteren Planung erst wieder zum Mittagessen zu treffen.

Paula hatte bereits im Speiseraum Platz genommen und studierte die Speisekarte. Sie machte einen erholten und unternehmungslustigen Eindruck. Als Karl sich zu ihr setzte, reichte sie ihm eine weitere Karte, die sowohl internationale als auch typisch österreichische Gerichte enthielt. „Lach mich nicht aus“, sagte Paula, „aber ich nehme ein Wiener Schnitzel mit Bratkartoffeln und zum Nachtisch einen Palatschinken.“ Karl konnte sich ein Schmunzeln nicht verkneifen. Ein solch rustikales Essen hätte er der zarten Person nicht zugetraut, er hätte bei einer Halbitalienerin eher auf etwas Mediterranes oder Salatartiges getippt, wonach wenigstens ihm heute der Sinn stand. So wählte er einen italienischen Vorspeisenteller und als Hauptgericht ein Saltimbocca. „Wie wollen wir die Sache angehen?“, fragte er. „Ich schlage vor, dass wir heute zunächst den Nachfahren dieses Freundes aufsuchen und uns morgen um das Haus kümmern, in dem Stephan von Breuning bei Beethovens Tod gelebt hat.“ „Machen wir so“, stimmte Paula sofort zu. Sie hatte einen Urururenkel des Freundes ausfindig machen können, der in Wien gar nicht weit entfernt vom Hotel wohnte. Sicherheitshalber hatte sie ihren Besuch angekündigt. Am Nachmittag spazierten sie zum Haus.

Paula klingelte. Es öffnete ihnen ein schon in die Jahre gekommener Mann. Paula hatte ihn sich aufgrund seiner jugendlichen Stimme am Telefon deutlich jünger vorgestellt. Vielleicht lag es auch daran, dass man sich einen Enkel immer jugendlich vorstellt, aber auch Urururenkel werden älter. „Grüß Gott, kommen Sie doch herein.“ Der Herr schien allein zu wohnen. Sie folgten seinen langsamen und unsicheren Schritten. Die Wohnung war vollgestellt mit antiken Möbeln, alten Bildern und unzähligem Nippes, sie wirkte etwas überladen, aber ganz gemütlich. „Kann ich Ihnen etwas anbieten?“ „Nein danke, für mich nicht“, antwortete Paula, „wir haben gerade erst zu Mittag gegessen.“ Karl nickte zustimmend. „Nachdem ich mit Ihnen telefoniert hatte, habe ich meine Sachen einmal durchgesehen und dies hier gefunden, ich glaube, es könnte für Sie von Interesse sein.“ Dabei zeigte er ihnen ein Buch, auf dessen Cover ein Porträt abgebildet war. Karl erkannte, dass es sich um Stephan von Breuning handelte. „Das“, sagte er, „ist eine Biographie über meinen Ururgroßvater. Mein Großvater hat sie vor vielen Jahren verfasst. Er war, soweit ich weiß, der einzige, der sich intensiv mit unserem Ahnen auseinandergesetzt hat. Dort erfahren sie vieles über meinen berühmten Vorfahren, vielleicht hilft es Ihnen ja weiter.“ „Vielen Dank, das ist sehr liebenswert“, entgegnete Karl, um der Höflichkeit Genüge zu tun. Wahrscheinlich konnte man heute im Internet an ungleich umfangreichere Informationen kommen, aber es war doch eine rührende Geste. „Sie können es gerne behalten. Es verkaufte sich nicht sonderlich gut, deshalb habe ich noch so einige Bände gehortet. Ich bin zwar noch im Besitz einiger anderer Dokumente, die er hinterlassen hat, aber ich kann sie Ihnen leider nicht mitgeben. Ich habe sie sogar selbst noch nicht studiert." Karl war völlig ungläubig. Wie konnte man sich nur so wenig für seinen berühmten Vorfahren interessieren. „Sie müssen nicht glauben, dass mir das gleichgültig ist, es steckt vielmehr eine ungewöhnliche Familiengeschichte dahinter, die mir nicht erlaubt, die Dokumente zu sichten." Wie der alte Mann mit seiner sonoren Stimme erzählte, erinnerte es Karl an seinen Großvater, als dieser ihm früher aus den Märchenbüchern vorgelesen hatte. "Schauen Sie sich diesen schönen Sekretär an, er stammt, wie Sie vermutlich erkannt haben, aus der Biedermeierzeit. Was für uns eine Antiquität ist, das war für von Breuning ein Möbelstück der neuesten Mode. Er hatte ihn sich nach eigenen Wünschen in einer Wiener Werkstatt anfertigen lassen." „Es ist ein wahres Juwel", brach es aus Karl hervor, der sich schließlich von Berufs wegen mit eben solchen kunstgeschichtlichen Objekten auskannte. Der alte Mann lächelte. „Oh wahrlich, das ist es. Die feine Marmorierung des Holzes, der Oberflächenglanz und die Intarsienarbeiten, das zeugt von höchster Kunstfertigkeit. Aber es geht eigentlich weniger um dieses wunderbare Möbelstück als vielmehr um das, was sich in seinen Schubladen, hinter seinen Türchen und in seinen Geheimfächern verbirgt." Paula und Karl hörten gespannt zu. Sie wussten immer noch nicht so recht, worauf er hinauswollte. „In ihnen befinden sich Schriftstücke, die Stephan von Breuning nach seinem Tod hinterlassen hatte. Und jetzt kommt der springende Punkt, sozusagen die Pointe der Geschichte. Er soll, so die tradierte Familiengeschichte, auf seinem Sterbebett verfügt haben, nichts von dem zu sichten oder zu veröffentlichen, was sich in seinem Sekretär befände. Auf gar keinen Fall sollte es einem Archiv übergeben werden." Das klang für Karl wieder wie ein Märchen, er konnte es nicht so recht glauben. Wenn die Geschichte der Wahrheit entsprach, dann war er besonders begierig darauf, herauszufinden, was von Breuning anscheinend der Nachwelt vorenthalten wollte. „Und Sie haben nie einen Blick gewagt, haben nichts von dem gelesen, was sich darin befindet?", erkundigte sich Karl ungläubig. „Naja, auch ich war natürlich neugierig, aber ich hatte auch Respekt vor dem Wunsch meines Vorfahrens. Ich gebe zu, ich habe tatsächlich mal hineingeschaut. Es sind gedruckte Notenblätter mit Randnotizen dabei, handbeschriebene Dokumente, ein kleines schwarzes Büchlein, vielleicht ein Tagebuch und ein verschnürtes Päckchen von Briefen, deren Absender ein Frauenname war. Doch seitdem habe ich alles so unberührt gelassen, wie es schon Generationen vor mir gemacht haben. Wissen Sie, wir sind aufgeklärte Menschen und ich bin wahrlich nicht abergläubisch, aber irgendwie hätte ich doch ein ungutes Gefühl, seinem Willen nicht Folge zu leisten." Die Geschichte wurde immer wunderlicher und hatte Karl in seinen Bann gezogen, aber besonders ein Wort hatte ihn aufhorchen lassen. Hatte der alte Mann nicht von einem handbeschriebenen Büchlein gesprochen? Was sollte das anderes sein als ein Tagebuch? Das wäre für sie vielleicht eine wahre Goldgrube. „Und Sie haben sich nie gefragt, warum er seinen Nachlass wie einen Schatz hütete und verborgen halten wollte?" „Natürlich habe ich mich das gefragt, aber ich kam zu keiner befriedigenden Antwort." „Könnte es sein, dass die Briefe einer gewissen Dame dabei eine Rolle gespielt haben könnten? Hatte er vielleicht ein Verhältnis, das nicht ans Tageslicht gelangen sollte, um seine Ehre zu bewahren und die Dame nicht zu kompromittieren?" Der alte Mann lachte, als wäre dieser Gedanke mehr als abwegig. „Nein, das glaube ich nicht. In unseren Familiengeschichten gibt es auf jeden Fall keinen Hinweis darauf." Er schaute auf seine Armbanduhr. „So, jetzt habe ich Sie eine ganze Zeit lang vollgequatscht und Sie haben immer noch nichts zu trinken. Darf ich Ihnen vielleicht doch einen Kaffee oder einen Tee zubereiten? Es würde allerdings etwas dauern, da ich nicht im Besitz eines neumodischen Kaffeeautomats bin. Wenn Sie also ein klein wenig Geduld hätten. Ich bin ein alter Mann, an Zeit mangelt es mir nicht." Karl überlegte kurz, Gedanken schossen durch seinen Kopf: Wortfetzen wie „Sekretär", „Tagebuch", „Geheimfächer", „es dauert etwas" wirbelten durcheinander. Sie verdichteten sich zu einem spontanen Plan — einem schändlichen Plan. „Oh ja, einen starken Kaffee könnte ich jetzt gut gebrauchen", sagte er und schaute dabei verschwörerisch zu Paula hinüber. Die verstand das Zeichen und schloss sich an. „Gut, dann gehe ich mal in die Küche, fühlen Sie sich wie zuhause." Damit stand ihr Gastgeber auf und stakste aus dem Zimmer. „Was hast du denn vor?", erkundigte sich Paula im Flüsterton. Er antwortete nicht, sondern lenkte seinen Blick stattdessen auf den Sekretär. „Nein, du willst doch nicht etwa…?" Sie sah ihn mit einem so bösen Blick an, wie er ihn bei ihr noch nie gesehen hatte. „Dieser Mann ist so liebenswert und hilfsbereit und du willst das schamlos ausnutzen?" „Meinst du, ich hätte dabei kein schlechtes Gewissen, aber andererseits haben wir keine Wahl, wenn wir endlich mal vom Fleck kommen wollen. Gibt es bezüglich einer letzten Verfügung nicht eine Art Verjährungsfrist? Beethovens Freund ist fast 200 Jahre tot und wir wollen ihm doch schließlich auch nichts Böses. Im Gegenteil. Und der alte Mann muss doch nie etwas davon zu erfahren." Paulas Blick hatte sich von einem bösen in einen sehr ernsten verwandelt. „Ich verspreche dir, dass er nichts davon merkt und ich das Buch ordnungsgemäß an seinen angestammten Platz zurückbringen werde. Nur müssten wir jetzt schnell handeln. Auch er wird nicht ewig für die Zubereitung seines Kaffees brauchen." Paula gab den Widerstand nicht ohne eine vorwurfsvolle Miene auf. „Na gut, dann beeil dich, ich gehe lieber in die Küche, um dich rechtzeitig zu warnen." Als Erstes nahm Karl sich die beiden großen Schubladen am Rumpf des Tisches vor. Verdammt, beide waren verschlossen. Nach einem Schlüssel zu suchen, war wohl zwecklos. So machte er sich an die beiden Fächer, die sich oberhalb des Aufsatzes befanden. Erstaunlicherweise ließen sie sich öffnen. Karl entdeckte allerdings nichts, was von großer Bedeutung zu sein schien: ein Tintenfass, eine Schreibfeder, kleine Zettel mit Notizen und Notenblätter, allerdings gedruckte, in die von Breuning anscheinend einiges hineingekritzelt hatte. Das waren aber sicherlich keine Skizzen zu einem Requiem. „Geheimfächer", kam ihm in den Sinn. Wären die nicht der ideale Ort, um etwas sehr Wertvolles oder auch Brisantes zu verstecken? Er hatte für ein Seminar einmal ein Buch über antike Möbel gelesen und er erinnerte sich an ein Kapitel, das sich „Die Kunst des Geheimfachs" nannte und die verschiedenen Möglichkeiten beschrieb, an welchen Stellen eines Möbels man sie anbringen konnte. Er versuchte sich die Bilder in dem Buch vor sein inneres Auge zu projizieren. „Nr. 1: der Klassiker. Die Schublade mit dem doppelten Boden." Da sich die Schubladen nicht öffnen ließen, versuchte er sein Glück von unten und fühlte, ob man von dort einen Abstand fühlen konnte. Allerdings ohne Erfolg. Ebenfalls ein Klassiker war ein Geheimfach, das sich zwischen zwei Brettern befand, die die beiden oberen Fächer trennten. Davor war dann eine breitere Blende angebracht, die den Hohlraum verbarg. Er hielt seine Finger von beiden Seiten an das Brett, hatte aber nicht das Gefühl, dass dazwischen noch viel Platz übrigblieb. Irgendwo musste es doch so ein verdammtes Geheimfach geben. Er versuchte sich noch einmal an das Buch zu erinnern. Dann fiel ihm eine Variante ein, die er schon beim Lesen des Buches als relativ raffiniert empfunden hatte. Er sah sich die Front des Sekretärs an und ließ seinen Blick über die Verzierungen wandern. Nur wenn man ganz genau hinschaute, erkannte man an einer Stelle einen minimalen Luftschlitz. Das musste es sein! Er fasste mit beiden Händen an die vorstehenden Schwunghölzer und siehe da, es kam ein kleines Schubfach zu Tage. Karl konnte sein Glück kaum fassen. In ihm befand sich ein kleines, handliches Büchlein, das das Fach fast vollständig ausfüllte. Er schaute sich zur Tür um und nahm es erst dann vorsichtig heraus. Er schloss das Schublädchen und steckte das Buch in seine Jackentasche. Er war aufgeregt, da er am liebsten sofort einen Blick hineingeworfen hätte, aber auch erleichtert, dass er es rechtzeitig entdeckt hatte, ohne selbst entdeckt zu werden. Er setzte sich schnell wieder in seinen Sessel und hörte die auffallend laute Stimme Paulas, die ihn warnen sollte. Er bemühte sich um einen entspannten Blick und lächelte den alten Mann besonders freundlich an. Als er das tat, überkam ihn ein schlechtes Gewissen. Er hatte die Gastfreundschaft des so liebevollen Gastgebers ausgenutzt und den armen Mann hintergangen. Zudem hatte er mit einer langen Tradition gebrochen, sich aus Ehrfurcht vor einem Toten streng an seine Verfügung zu halten. Hatten nicht die Archäologen und Grabräuber, die in die Pyramiden eingedrungen waren, Ähnliches getan, als sie die Totenruhe willentlich gestört hatten? Waren nicht viele von ihnen wegen eines Pharaonenfluches jämmerlich gestorben? Er musste an die Worte des alten Mannes denken: „Wir sind aufgeklärte Menschen und ich bin wahrlich nicht abergläubisch, aber irgendwie hätte ich doch ein ungutes Gefühl, seinem Willen nicht Folge zu leisten." Karl hoffte, dass es noch einen Unterschied gab, zwischen dem Fluch der Grabstätten mächtiger mumifizierter Herrscher und dem letzten Willen eines Normalsterblichen. In Gedanken verloren bemerkte er nicht, dass sich ihr Gastgeber schon wieder gesetzt hatte und ein frisch aufgebrühter Kaffee vor ihm stand. Er musste sich jetzt wieder konzentrieren, seine kurze geistige Abwesenheit sollte ja nicht unhöflich erscheinen. Der alte Mann nahm einen vorsichtigen Schluck aus der sichtlich heißen Tasse, stellte sie wieder auf den Untersetzer und fuhr mit dem unterbrochenen Gespräch fort.

„Leider kann ich Ihnen nicht viel mehr über meinen Vorfahren erzählen als gemeiniglich bekannt ist. Meine Familie stammte aus Bonn und bewohnte zu dieser Zeit ein stattliches Haus am Münsterplatz, Sie kennen sich ja in Bonn aus." Er schaute sie freundlich an. Die beiden lächelten bestätigend zurück. „Stephan von Breuning und Beethoven haben sich dort im Jahre 1785 kennengelernt.

Beethoven gab seinen Geschwistern Klavierunterricht und mit der Zeit haben sie sich dann angefreundet. Es wurde eine lebenslange, treue Freundschaft. Mein Vorfahre folgte Beethoven auch, als er nach Wien übersiedelte, sie haben zeitweise sogar zusammengearbeitet. Er hat darüber hinaus etwas zu dem Libretto von „Fidelio" beigetragen. Sie hielten immer Kontakt, der sich mit der Verschlechterung des Gesundheitszustandes von Beethoven noch intensivierte. Mein Vorfahre hat sich rührend um seinen alten Freund gekümmert. Er hat ihn auch bis zum Ende begleitet und wurde sogar zu seinem Nachlassverwalter bestimmt. Und gut zwei Monate nach Beethovens Tod ist auch er leider gestorben."

„Vielen Dank, dass Sie sich Zeit für uns genommen haben. Das war sehr aufschlussreich. Uns interessiert vor allem die Zeit kurz vor und nach Beethovens Tod.“ „Ich freue mich, dass ich Ihnen weiterhelfen konnte. Übrigens, wenn Sie das nächste Mal das wunderschöne Violinkonzert hören, dann denken Sie daran, dass er es seinem Freund von Breuning gewidmet hat. Es muss eine sehr innige Freundschaft gewesen sein.“ Er machte eine kurze Pause und sein Blick verriet Paula und Karl, dass er von der ungewöhnlichen Beziehung der beiden gerührt war. „Ich wünsche Ihnen auf jeden Fall viel Erfolg bei Ihren Nachforschungen.“ Sie verabschiedeten sich und waren zuversichtlich, dass ihnen das kleine Büchlein von großem Nutzen sein würde. Paula hatte gar nicht bemerkt, wie Karl seinen Schlüssel auf einen Beistelltisch gelegt hatte. Das würde es ihm ermöglichen, unter einem Vorwand zurückzukehren und das Büchlein wieder dorthin zu bringen, wo es die letzten 200 Jahre friedlich gelegen hatte.

Der Besuch hatte länger gedauert, als sie gedacht hatten, aber es war dennoch einiges vom Tage übrig und deshalb schlug Karl einen Museumsbesuch vor. Paula schien von der Idee angetan. Es war gut, auch mal auf andere Gedanken zu kommen. Nichts war geeigneter, um sich abzulenken und dem Alltag für eine Weile zu entfliehen als die Inspiration durch die Welt der Kunst. Und so machten sie sich auf den Weg. Die Wahl fiel, wenig überraschend, auf das Kunsthistorische Museum der Stadt, das sich direkt hinter der Hofburg befand.

Kapitel XXVI

Das Museum bot nicht nur dem ausgewiesenen Kenner eine beeindruckende Bandbreite an Skulpturen und Gemälden verschiedener Epochen. Die Ausstellung enthielt hochkarätige Bilder, die man bereits aus Schulbüchern und Publikationen kannte. Paula und Karl nahmen sich Zeit und konzentrierten sich auf die Ausstellungsstücke, die sie besonders ansprachen. Karl hatte sich fest vorgenommen, vor ihr nicht als fachkundiger Experte und Kunstführer aufzutreten. Er genoss es, einmal ganz unbefangen, ohne analytischen Ballast, an die Werke heranzugehen und schlichtweg ihre Schönheit auf sich wirken zu lassen. Mal ging jeder für sich allein durch die Ausstellung, ein anderes Mal setzten sie sich zusammen auf eine Bank und betrachteten still das vor ihnen befindliche Meisterwerk. Karl gesellte sich wieder einmal zu Paula, die sich neugierig ein Bild anschaute, das es ihr offenbar besonders angetan hatte. Er nahm neben ihr Platz und sah sich das ihm unbekannte Gemälde von Hans von Aachen „*Venus, Amor und Satyr*" an. Womit wir wieder beim Thema wären, dachte Karl. Das Bild gefiel ihm. Es zeigte eine wunderschöne, barbusige Venus, die von einem Satyr von hinten umarmt wurde. Zur Linken stand dort der kleine Amor, speckig wie eine Putte. „Ich fühle mich diskriminiert", warf Paula unvermittelt ein, ohne den Blick vom Bild abzuwenden. „Alle Frauen, die ich bis jetzt gesehen habe, hatten kleine, straffe Brüste, einen wohlbeleibten Körperbau und eine blasse Haut. Das ist so ziemlich das genaue Gegenteil von mir." Karl musste innerlich schmunzeln, sagte aber mit betont ernster Miene: „Du hättest zu dieser Zeit wohl keinen Mann abgekriegt." Er machte eine kurze Pause. „Na sagen wir, ein alter, zahnloser Bauer wäre vielleicht drin gewesen. Oder du wärst im Kloster gelandet und ungeküsst gestorben." Karl wartete, wie lange es dauern würde, bis Paula auf diese Unverschämtheiten reagieren würde. Sie drehte auch prompt ihren Kopf zu ihm, schlug ihm als offensichtliche Strafe auf sein linkes Knie und erhob sich mit gespielter Entrüstung. „Du bist unmöglich, Karl." Er lachte und folgte ihr. „Im nächsten Raum müsste ein Gemälde hängen, das ich mir gerne genauer ansehen möchte. Ich benutze es in meinem Barockseminar. Ich verspreche auch, kein Sterbenswörtchen über den tieferen Sinn des Bildes zu verlieren." Dabei nahm er einen imaginären Schlüssel und verschloss damit seinen Mund. „Na gut, überredet, ich hoffe, es ist nicht eins dieser langweiligen Stillleben." Noch während sie das aussprach, standen sie auch schon vor dem Bild und Karl war froh, dass sich eine Bank davor befand. Sie setzten sich wieder nebeneinander und betrachteten es in aller Stille. Das Gemälde hatte den Titel: *Die drei Lebensalter und der Tod* und stammte von Hans Baldung. Es war eine Frau in den verschiedenen Stadien ihres Lebens festgehalten, als speckiges Baby, als junge, hübsche Frau und als faltige, dürre Greisin. Über die drei, die vermutlich dieselbe Person darstellten, hielt der Tod, dargestellt als unheimlicher Knochenmann, eine Sanduhr, durch deren schmale Öffnung der Sand rieselte. Die junge Frau betrachtete sich eitel im Spiegel, während die alte versuchte die Sanduhr mit beiden Händen von sich zu weisen. Vielleicht wollte sie dem Tod bedeuten, dass das obere Glas noch gar nicht leer sei und ihr noch etwas Lebenszeit verbliebe. „Die Frau in der Mitte hat ja wohl große Ähnlichkeit mit unserer Venus. Das muss das Schönheitsideal der Barockbarbie gewesen sein." Karl fand die Ausdrucksweise etwas flapsig, aber auch erfrischend unverkrampft. Vielleicht sollte man die Kunstwerke nicht immer mit zu großer Ehrfurcht betrachten. „Was glaubst du, wie ist das? Nachdem die junge Frau alt und faltig geworden ist, wird sie von ihrem Mann noch genauso geliebt werden?" Nach ihren ironischen Bemerkungen zuvor klang das jetzt sehr ernst. „Nicht, wenn du so aussiehst wie die alte Schachtel auf dem Bild." Als sie ihm einen bösen Blick zuwarf, merkte er, dass ihr die Frage tatsächlich sehr wichtig war. „Im Ernst, ich glaube, wenn die Beziehung funktioniert und man sich auch nach Jahren noch gegenseitig schätzt und liebt, dann wird der äußere Verfall, oder sagen wir lieber die äußere Veränderung, keine Rolle mehr spielen. Natürlich kann man dann noch sagen, früher war sie objektiv hübsch und heute entspricht sie nicht mehr dem Schönheitsideal. Aber ich glaube, man verliebt sich, wenn man lange zusammen ist, in das Wesen, also den Charakter des Partners. Die Aura des Schönen bleibt, egal wie das Äußerliche sich verändert. Ich denke da an Leute, die ich kennengelernt habe, die objektiv alles andere als schön waren. Aber im Laufe der Freundschaft, wenn man die Person liebgewinnt, dann sieht man quasi, das klingt vielleicht etwas pathetisch, durch sie hindurch in ihre Seele. Umgekehrt habe ich wunderschöne Frauen kennengelernt, die sich als dumm und unsympathisch erwiesen. Dann merkt man schnell, dass auch die Wahrnehmung der äußeren Hülle darunter leidet und ich fragte mich, wie ich diese Person jemals attraktiv finden konnte." Er merkte, dass er ein bisschen viel erzählt hatte. Paula aber hatte anscheinend geduldig und nachdenklich zugehört. Karl überlegte kurz, ob er die Situation nutzen sollte, um ihr ein kleines Kompliment zu machen. Er hätte ihr jetzt aus voller Überzeugung sagen können, dass sie schön sei und für ihn auch immer schön bleiben werde, egal wie alt sie werden würde. Da verließ ihn aber doch der Mut. „Und, hast du dich satt gesehen?", fragte Paula. „Ich bin auf jeden Fall froh, einmal das Original zum Greifen nah gesehen zu haben. Diese Wirkung kann keine noch so gute Kopie ersetzen." Sie schlenderten jeweils für sich durch die letzten Räume und blieben noch vor dem einen oder anderen Bild kurz stehen. Karl hatte das Gefühl, als sei die Zeit für einen Moment stehengeblieben, als sie schließlich den Ausgang des Museums erreichten. Er schaute sie fragend an: „Wie wäre es noch mit einem kleinen Getränk im Museumscafé? Ein Freund hat es mir wärmstens empfohlen." „Ja, gerne." Als sie eintraten, staunten sie und Paula rief begeistert: „Wow, dein Freund hat nicht zu viel versprochen. Das ist ja wunderschön!" Das Café war ein schlossartiger Rundbau mit acht Meter hohen Decken. An der Wand ragten Säulen aus weißem und schwarzem Marmor empor. Der Boden bestand aus in Schwarz und Weiß gehaltenen Mosaiken. Aber der architektonische Clou bestand in einer von einer offenen, durchlässigen Balustrade aus Marmor umgebenen Öffnung, durch die man einen Blick in die untere Etage werfen konnte. Die beiden konnten sich kaum von dem Anblick des Cafés trennen, als sie nach einer geschlagenen Stunde das Museum verließen und sich auf den Rückweg zum Hotel machten. Karl hatte den Nachmittag mit Paula sehr genossen.

Als sie wieder im Hotel angekommen waren, beschlossen sie, sich nach einer kurzen Erfrischungspause unten an der Bar zu treffen. „Wer nimmt unser kleines Büchlein in Beschlag?", fragte Karl. „Wenn du nichts dagegen hast, nehme ich es mit aufs Zimmer. Ich verspreche auch, dass ich nicht ohne dich hineinschaue."

Kapitel XXVII

Karl war zuerst in der Bar und setzte sich automatisch an die Theke. Da Paula noch nicht in Sicht war, schaute er sich etwas um. Die zugleich klassische als auch gemütliche Einrichtung der Bar gefiel ihm. Es gab dort kleine gemütliche Sitzecken, ein altmodisches Piano und eine unendlich große Zahl an Spirituosen, die in einem Regal hinter der Theke ordentlich aufgereiht waren. Unwillkürlich blieb sein Blick an einer Frau hängen, die gerade die Bar betrat. Paula hatte sich mächtig in Schale geworfen und Karl fand, dass sie umwerfend aussah. Sie trug ein rotes Kleid mit einem knielangen, ausgestellten Rock. Der Neckholder ließ ihre Schultern frei. Vorne hatte das Kleid einen eleganten Faltenwurf über der Brust, der ihr schönes Dekolleté betonte. Dazu trug sie hochhackige Sandaletten und sie hatte sich auffälliger als üblich geschminkt. Karl kannte Paula schon lange, aber so elegant hatte er sie noch nie gesehen. Er war hingerissen. Als sie auf die Theke zuging, merkte er, wie sie die Blicke der Männer auf sich zog. Für die Vernachlässigung ihrer Tischpartnerinnen wurden sie mit bösen Blicken bestraft. Schuldbewusst wandten sie sich wieder ihren Frauen zu, während diese Paula noch eine Weile argwöhnisch musterten. Ein wenig stolz war er in diesem Moment schon, dass sich diese wunderschöne Frau gerade zu ihm setzen würde. Karl wollte es mit Komplimenten aber nicht übertreiben und sagte statt „Du siehst wunderschön aus“ nur „Du siehst heute Abend aber elegant aus. Ich hoffe, dir ist der Platz an der Bar recht, oder ist dein Kleid nicht dafür geeignet?“ Sie lächelte. „Kein Problem, der Platz gefällt mir. Ich hatte einfach Lust auf etwas Eleganz. Wir sind schließlich in einem Wiener Hotel.“ Ihre Schönheit und Lässigkeit machten ihn nervös. Er versuchte, ein möglichst unverfängliches Thema anzuschneiden. „Wie läuft es mit deiner Habilitation?“ „Oh, ich bin die letzten Wochen etwas in Verzug. Ich bin viel mit meinen Seminaren und anderen Verpflichtungen beschäftigt.“ Paula war mit ihren 36 Jahren für eine Geisteswissenschaftlerin durchaus noch im Soll mit ihrer Karriereplanung. Sie hatte vor dem Studium bereits in der Musikbranche gearbeitet, wollte allerdings dem zunehmenden Druck in der freien Wirtschaft entgehen. Sie beschäftigte sich mit den Wurzeln der modernen Musik im 19. Jahrhundert. Daher kannte sie sich auch mit Karls Lieblingskomponisten Beethoven, Mahler und Bruckner besonders gut aus. „Kannst du dir ein Musikstück von Mahler überhaupt noch anhören, ohne darauf zu achten, was für deine Forschung nützlich sein könnte?“

„Gegenfrage: Wie geht es dir mit Bildern, wie z.B. heute im Museum?

Kannst du sie unbefangen betrachten, ohne an die Epoche, die Biographie des Malers oder die verwandten Stilmittel zu denken?"

„Touché. Gut pariert. Ja, ich denke schon", sagte er aus voller Überzeugung. „Es gab tatsächlich eine Zeit zu Beginn meiner beruflichen Laufbahn, als ich merkte, dass ich Kunstwerke nur noch analytisch betrachtet und darüber ihre Schönheit ganz vergessen habe. Es ist an der Universität ein Berufsrisiko mit der Zeit völlig zu verkopfen. Irgendwann habe ich die Werke zu Tode analysiert, bis wenig von der eigentlichen Bedeutung übrigblieb. ‚*Habe alle Stücke in meiner Hand, fehlt am Ende nur das geistige Band.*' Ich liebe Mephisto. Ich glaube, er hat in seiner Parodie als Professor keineswegs übertrieben. Heute kann ich ein Bild betrachten und einen Film anschauen und die Machart dabei ganz vergessen."

„Bei mir sind es, glaube ich, meine italienischen Wurzeln, die mich davor bewahren, dass deutsche Ernsthaftigkeit und Rationalität überhandnehmen. Ich kann mich, zum Glück, immer noch einer Symphonie und einer Oper ganz hingeben, besonders, wenn sie von Puccini stammt. Meine Liebe zur Musik habe ich nie verloren."

Vertieft in ihr Gespräch war ihnen nicht aufgefallen, dass inzwischen das Klavier besetzt war und ein Barpianist Klassiker aus den 40er und 50er Jahren zum Besten gab. Karl mochte diese stimmungsvolle Livemusik und ganz besonders, wenn es sich dabei um ein Klavier handelte. Er beobachtete den Pianisten, der mit scheinbarer Leichtigkeit und zeitweise in die Runde lächelnd, Klassiker von Nat King Cole, Frank Sinatra oder Louis Armstrong spielte. Ein wenig beneidete er ihn darum. Ohne es zu bemerken, summte er einen alten Hit aus den 40er Jahren vor sich hin und hatte dabei die Stimme Johannes Heesters im Kopf: „Man müsste Klavier spielen können, wer Klavier spielt, hat Glück bei den Frauen". Paula erkannte die Melodie und musste lachen. Ihm war es allerdings wieder mal peinlich. Freud lässt grüßen, dachte er. Während er seinen Blick schweifen ließ, beobachtete er einen Mann, der sie, oder wahrscheinlich eher Paula, schon seit geraumer Zeit anstarrte, aber immer in dem Moment, in dem sich ihre Blicke trafen, wieder auf sein Glas sah. Er saß allein am Tisch. Vielleicht war er ein Vertreter auf der Durchreise, in dem Fall allerdings ein Vertreter mit schlechten Manieren. Wenn Paula Karls Frau gewesen wäre, hätte er die unverhohlenen Blicke des Mannes für unverschämt und schamlos gehalten und den Mann zur Rede gestellt. Obwohl er sich dessen auch nicht ganz sicher war. Die Zeiten um Satisfaktion zu bitten, waren definitiv vorbei. Sie saßen noch bis Mitternacht zusammen und beschlossen dann, auf ihre Zimmer zu gehen. Karl bezahlte die Rechnung und bot Paula seinen Arm an. Als sie sich dem Ausgang näherten, konnte Karl gerade noch erkennen, wie der Mann, dem er am liebsten die Meinung gegeigt hätte, sein Handy nahm und zu telefonieren begann. Sie fuhren mit dem Fahrstuhl in den dritten Stock. Auf dem Flur kam ihnen ein Gast entgegen, der ihren Gruß aber nicht erwiderte. Als sie vor Paulas Tür angekommen waren, standen sie sich noch einen kurzen Moment gegenüber und Karl hatte die stille Hoffnung, dass sie jetzt sagen würde: Kommst du noch auf einen Wein mit aufs Zimmer? Stattdessen wünschte sie: „Gute Nacht. Schlaf schön." Immerhin. Er erwiderte artig „Gute Nacht. Bis Morgen." und ging den Flur weiter bis zu seinem Hotelzimmer. Doch dann vernahm er einen leisen Aufschrei. Er drehte sich sofort um und sah Paula ganz aufgelöst vor ihrer Tür stehen. „Was ist los?" „Die Tür – sie steht ein Stück auf. Ich habe sie ganz bestimmt abgeschlossen." „Vielleicht war der Zimmerservice gerade da und hat schlichtweg vergessen, die Tür zu schließen." Karl fand seine Erklärung selbst nicht sonderlich überzeugend. Deshalb bot er ihr an, sich das Zimmer anzusehen. Ihm war zwar nicht wohl dabei, aber er wollte auch nicht ängstlich erscheinen. Also spielte er den Gentleman und Beschützer. Vorsichtig schob er die Tür auf, er hätte jetzt gerne einen Baseballschläger oder Ähnliches in der Hand gehabt. Er knipste das Licht an, konnte aber nicht das ganze Zimmer überblicken. Er drehte sich noch einmal um und sah, dass Paula etwas Abstand genommen hatte und ihm ängstlich zusah. Langsam und in größter Alarmbereitschaft ging er zwei Schritte vor und ließ seinen Blick durch das Zimmer wandern, in dem aber zum Glück niemand zu sein schien. Langsam ging er auf die Badezimmertür zu, behielt aber gleichzeitig die Kleiderschränke im Blick. Er drückte vorsichtig die Klinke, als wollte er nicht bemerkt werden, riss sie mit einem Schwung auf und trat vorsichtshalber einen Schritt zurück. Die Erwartung, dass ihn jemand mit einer Waffe bedrohen oder niederschlagen würde, bewahrheitete sich zum Glück nicht. Er war sichtlich erleichtert und sein Gesicht bekam wieder etwas Farbe. Er ging zurück zum Flur und gab Paula Entwarnung. Sie kam zögerlich herein und sah sich aufmerksam um. Auf den ersten Blick sah das Zimmer unberührt aus. Paula erkannte aber schnell, dass einige Dinge ihren Platz verändert hatten. Sie schaute, ob etwas Wichtiges fehlte. Als Erstes sah sie unter der Matratze nach. Gott sei Dank, das Büchlein war noch an seinem Ort. Auch der Schmuck in der Schublade war auf den ersten Blick vollständig. „Das war kein normaler Einbrecher", stellte sie mit leicht zittriger Stimme fest, „der hat etwas Bestimmtes gesucht" und dabei wedelte sie mit dem Buch in der Hand. „Ich finde es langsam mehr als beängstigend. Irgendjemand hat etwas gegen unsere Ermittlungen." Karl überlegte kurz, was genau an diesem Abend passiert war und langsam fügte sich eins zum anderen. „Eben, als wir in der Bar waren, da saß doch ein Mann allein am Tisch und hat uns die ganze Zeit beobachtet, ich dachte er würde dich anstarren, aber vielleicht hat er uns überwacht. Als wir hinausgingen, sah ich noch, wie er sein Handy nahm und telefonierte. Er könnte jemanden gewarnt haben, dass wir auf unsere Zimmer zurückkehren." „Uns ist doch eben ein Mann entgegengekommen. Im Nachhinein fällt mir auf, dass er es sehr eilig hatte und seinen Kopf leicht von uns abgewendet hat, als er an uns vorbeigegangen ist. Vielleicht war *er* bei mir im Zimmer und hat es nach dem Anruf fluchtartig verlassen und dabei vergessen, die Tür hinter sich zu schließen. Ich habe Angst, Karl." Er nahm sie tröstend in den Arm, mit dem Gedanken, dass auch er die Situation äußerst beklemmend fand. „Ich glaube, ich kann heute nicht allein sein. Kann ich bitte bei dir schlafen?" Karl überlegte, ob sie gerade gefragt hatte, ob sie bei ihm übernachten könne. War er wieder seinen Tagträumen auf den Leim gegangen? „Kann ich heute Nacht bei dir bleiben?", wiederholte sie leise, aber mit Nachdruck. „Natürlich. Kein Problem." Er kam sich schäbig vor, dass er sich so freute, obschon die Situation, die er sich so gewünscht hatte, doch ihrer Not geschuldet war. „Komm, pack die wichtigsten Sachen, die du brauchst, dann gehen wir zu mir." Wie in Trance suchte sie einige Sachen zusammen, schloss die Tür hinter sich und folgte Karl gedankenverloren. Er sah, dass seine Tür zumindest verschlossen war, aber das musste nichts bedeuten. Vielleicht hatte sich dieser Kerl auch bei ihm umgesehen. Also ließ er Vorsicht walten und öffnete ganz langsam die Tür, schaltete abermals das Licht an und sah sich prüfend um. Es schien alles in Ordnung zu sein. Auch im Bad befanden sich nur sein Kulturbeutel und einige Handtücher. „Nimm du das Bett, ich werde es mir auf dem Sofa gemütlich machen." Abwesend und ohne Einwände antwortete sie nur: „Danke." Er half ihr das Bett aufzudecken und richtete es sich selbst mit Hilfe einer Tagesdecke und einem kleinen Kissen halbwegs komfortabel auf dem Sofa ein. Paula zog ihr Nachthemd an, um sich umgehend aufs Bett zu werfen und sich im Bettzeug zu vergraben. Karl versuchte es sich auf dem viel zu kurzen Sofa bequem zu machen. „Und wie geht es dir jetzt?" „Besser. Hier fühle ich mich sicher, danke." Damit schmiegte sie ihren Kopf in das Kissen und zog die Bettdecke ganz über ihre Schultern. Schnell war sie eingeschlafen. Bei Karl hingegen war an Schlaf vorerst nicht zu denken. Das unschöne Erlebnis und die Nähe zu Paula ließen ihm keine Ruhe. Er wälzte sich hin und her und schaute immer wieder auf den Wecker, das letzte Mal um vier Uhr morgens. Erst dann fiel auch er in einen tiefen, traumlosen Schlaf.

Kapitel XXVIII

Karl wurde erst gegen neun Uhr wach und fühlte sich erstaunlich ausgeruht. Er schaute als Erstes, ob Paula schon wach war. Sie schlief tief und fest. Ihr Gesicht verriet, dass es ein seliger Schlaf sein musste, der sie vielleicht nach den aufwühlenden Ereignissen der gestrigen Nacht wieder zur Ruhe bringen konnte. Er entschloss sich schon in den Frühstückssaal zu gehen und machte sich möglichst leise zurecht, um sie nicht zu wecken. Er warf noch einen Blick auf die schlafende Paula und schrieb ihr noch eine kurze Nachricht, dass er bereits beim Frühstück sei und verließ auf leisen Sohlen das Zimmer. Im Frühstückssaal waren noch nicht viele Tische besetzt, vermutlich reizten viele die Zeit bis zum Ende des Buffets um 11 Uhr aus. So hatte er wenigstens seine Ruhe. Er sah sich ein wenig um und entdeckte neben einigen Gemälden, die vermutlich keine Originale waren, eine wunderschöne Biedermeiervitrine, in der sich alte antiquarische Bücher befanden. Sofort musste er an das kleine Büchlein denken, das er auf so unanständige Weise entwendet hatte. Ihn plagte immer noch das schlechte Gewissen. Aber inzwischen war die Spannung groß und er konnte es kaum erwarten, es mit Paula in Augenschein zu nehmen. Vielleicht waren sie die Ersten, die seit dem Tod von Breunings seine Aufzeichnungen zu Gesicht bekamen und vielleicht enthielt es für sie wichtige Hinweise auf die Existenz des Requiems. Er sah, wie sich der Kellner seinem Tisch näherte. Karl musste innerlich schmunzeln, als er das kleine Tablett auf dem Tisch abstellte und eine Verbeugung andeutete. Die Wiener lebten hier wirklich in einem anderen Jahrhundert, aber es gefiel ihm. Ein gutes Frühstück war alles, was es zu seinem Glück brauchte. Und natürlich die Anwesenheit der jungen Frau, die gerade auf ihn zukam.

Paula machte, in Anbetracht des Vorfalls am Abend zuvor, einen erstaunlich gefassten Eindruck, der Schlaf hatte ihr gut getan. „Guten Morgen, wie geht es dir?“, erkundigte er sich fürsorglich. „Ganz gut, der Schlaf, die Dusche und das sonnige Wetter haben mich wieder aufgebaut. Bei den Sorgenfältchen musste ich mit etwas Kosmetik nachhelfen.“ Sie lächelte. Frauen hatten diesen großen Vorteil, dass sie die Müdigkeit mit etwas Geschick aus dem Gesicht schminken konnten, dachte Karl. „Ein Croissant und ein besonders starker Espresso und die Welt sieht wieder anders aus.“ Sie ging direkt zum Buffet und kam umgehend mit einem Teller und einer kleinen Tasse wieder.

Sie nahm einen genussvollen Schluck und biss herzhaft in das Croissant. „Ich hoffe, du hast das Buch nicht oben gelassen?“, fragte er zur Sicherheit nach und war erleichtert, als sie weiterkauend mit dem Kopf schüttelte und auf ihre Handtasche deutete. „Ich bin doch nicht verrückt, gestern hatten wir großes Glück und das Glück sollte man nicht zu oft herausfordern." „Ich kann es gar nicht erwarten, darin zu stöbern." „Mir geht es genauso, aber ich denke, die Grundlage für unsere Forschungsarbeit ist ein gutes Frühstück."

Als sie dieses beendet hatten, verließen sie den Saal und gingen hinauf zu Karls Zimmer, um endlich in dem Tagebuch zu lesen. „Willst du es zuerst aufschlagen?", bot Karl an. „Aber gerne doch." Sie ließen sich nebeneinander auf dem Sofa nieder und Paula holte das Büchlein vorsichtig aus ihrer Tasche hervor. Mit einer Mischung aus Ehrfurcht und unbändiger Neugier schlug sie es auf. Bereits auf der ersten Seite befand sich ein handgeschriebener Eintrag. Paula konnte mit Mühe entziffern, dass es sich bei der Überschrift um ein Datum handelte. Dann starrten beide auf den Text. Keiner sagte etwas. Beide hofften, dass der andere vielleicht erkannte, was dort stand. Doch es stellte sich heraus, dass diese Schrift völlig unleserlich war.

„Also ich kann kein einziges Wort entziffern", stellte Paula mit großer Enttäuschung fest. „Dagegen muss die Entschlüsselung der Hieroglyphen ein Kinderspiel gewesen sein." „Was sollen wir jetzt machen? Wir müssen das Buch in den nächsten Tagen wieder dahin bringen, wo es hingehört." Karl dachte nach, ohne zu reagieren, als er plötzlich einen Einfall hatte. „Ich glaube, ich kenne da jemanden, der uns weiterhelfen kann. Und das Gute ist, er arbeitet hier in Wien." „Und wer ist dieser Jemand?" „Sozusagen ein alter Schulfreund, wobei Freund schon etwas übertrieben ist, eher ein Schulkamerad. Gerd und ich haben in Latein und Altgriechisch nebeneinandergesessen. Er war mir damals eigentlich gar nicht so sympathisch. Er war so eine Art Nerd, ein Sonderling." „Und was ist aus ihm geworden?" „Heute lebt er mit seiner Frau und zwei Kindern in Wien, arbeitet im österreichischen Staatsarchiv und ist für genealogische Nachforschungen zuständig. Wenn du wissen willst, ob deine Vorfahren adlig waren oder als Ketzer verbrannt worden sind, dann findet er es heraus. Er hat mir hier und da schon mal geholfen, Dokumente zu transkribieren oder zu übersetzen. Er ist ein wahres Sprachengenie." „In unserem Fall ist es wohl entscheidender, dass er sich mit alten Texten und Schriften auskennt. Könntest du schnell Kontakt zu ihm aufnehmen? Wir haben ja nicht gerade Zeit im Überfluss, bis wir wieder abreisen."

Kapitel XXIX

Sie hatten Glück. Karls Schulfreund hatte sogar noch am Nachmittag Zeit für ein kurzes Treffen. Das Archiv war nicht gerade zentral gelegen. Als Paula und Karl aus dem Taxi stiegen, erhob sich vor ihnen ein relativ moderner, mehrstöckiger Bau, dessen Architektur den Charme der 80er Jahre versprühte. Paula legte den Kopf in den Nacken und sah sich die Fassade an. „Das hatte ich mir aber anders vorgestellt", merkte sie enttäuscht an, „ich dachte bei einem Archiv mehr an ein altehrwürdiges Gebäude aus der Habsburger Zeit." Karl schmunzelte. „Es tut mir leid, dich enttäuschen zu müssen, aber wir sind ja schließlich auch nicht zum Sightseeing hier." Wenig später betraten sie die Eingangshalle und steuerten direkt den Pförtner an. „Grüß Gott, wie kann ich Ihnen weiterhelfen?" „Guten Tag, wir sind mit Herrn Dr. Fischer verabredet." Der Pförtner warf einen flüchtigen Blick auf den Monitor. Er wies mit einer Hand in Richtung Fahrstuhl. „Oberste Etage, Zimmer 811."

„Ist dein Bekannter ein hohes Tier, oder warum arbeitet der in der Chefetage?", erkundigte sich Paula neugierig. „Nicht, dass ich wüsste, lassen wir uns überraschen."

Als sich die Türen des Aufzugs wieder öffneten, sahen sie schon einen hochgewachsenen Mann auf sich zukommen. Das Lächeln, das er ihnen entgegenbrachte, verriet Paula, dass es sich um Karls Bekannten handeln musste. „Herzlich willkommen in meinem Reich." Er gab zunächst Paula und dann Karl einen festen Händedruck. „Schön, dich zu sehen, ist schon verdammt lange her, dass wir uns getroffen haben. Sind Sie Karls ...?" Paula musste schmunzeln. „Nein, ich bin nur eine Kollegin. Paula Lanzini, sehr erfreut." Die beiden sahen sich an, als schienen sie sich zu mustern. Nach Karls Geschmack etwas zu lang. Er musste zugeben, dass aus Gerd mit seiner kräftigen Statur, seinen dunklen Haaren und seinem ordentlich gestutzten Bart ein attraktiver Mann geworden war. Es kam ein Gefühl in ihm auf, dass er lange nicht mehr empfunden hatte: Eifersucht. Konnte man wegen jemandem eifersüchtig sein, der einem gar nicht genommen werden konnte, da er gar nicht zu einem gehörte? Er fragte sich, wie eifersüchtig er erst wäre, wenn er mit Paula verheiratet wäre. „Karl, alles klar bei dir?" Karl schreckte innerlich auf. „Ja, natürlich, ich bin nur etwas angespannt. Wir hoffen, dass du uns in einer wichtigen Sache weiterhelfen kannst." „Kommt doch erstmal in mein Büro, dann kannst du mir ja noch einmal genau erklären, worum es geht." Wie von einem Verwaltungsgebäude zu erwarten, war der Arbeitsplatz ziemlich funktional eingerichtet. Ein großer

Schreibtisch, drei Stühle und der Rest bestand aus mit Büchern und Akten gefüllten Wandregalen. Nur ein paar Utensilien, ein Foto zweier Kinder, eine Topfpflanze und eine Glaskugel mit einer Miniatur des Stephansdoms verliehen dem Raum einen Hauch Persönlichkeit. Bei aller Kargheit, bot sich allerdings ein atemberaubender Ausblick auf die Stadt. Gerd setzte sich an seinen Schreibtisch. „Eine schöne Aussicht, nicht wahr? Während die Büros gegenüber Richtung Autobahn gelegen sind, kann ich mir die Wiener Innenstadt jeden Tag von oben anschauen. Es gibt schlimmere Arbeitsplätze", stellte er fest und sah Paula mit einem ganz speziellen Lächeln an. Wie konnte aus diesem streberhaften Trottel nur ein solcher Charmebolzen werden. Paula schienen seine Flirtversuche zu allem Unglück auch noch zu gefallen. „Also, wie kann ich euch helfen?" Karl räusperte sich und überlegte, wie er die Sache angehen sollte. Konnte er ganz offen sprechen? Er musste sich in jedem Falle, falls das Tagebuch etwas Außergewöhnliches preisgab, auf seine Diskretion verlassen können. „Wir recherchieren gerade etwas, das von großer Brisanz ist. Ein Kollege von mir ist tot und da gibt es so einiges, was uns stutzig gemacht hat. Dieser Kollege hat jedenfalls im Auftrag des Beethovenarchivs einige Nachforschungen über den berühmten Sohn Bonns betrieben. Wir glauben, dass er auf etwas sehr Aufsehenerregendes gestoßen ist, was uns auch nach Wien geführt hat. Es geht um eine bislang unbekannte Komposition Beethovens und wir erhoffen uns hiervon", er zog das kleine Buch aus seiner Tasche, „wichtige Hinweise auf den Verbleib der Notenskizzen. Es handelt sich um ein Tagebuch eines sehr engen Freundes Beethovens." Gerd sah ihn mit einem interessierten, aber zugleich fragenden Blick an. Karl war sich nicht sicher, ob er die Sachlage einigermaßen verständlich dargelegt hatte. Aber er musste ja schließlich auch nicht jedes Detail kennen. „Das klingt ja alles sehr geheimnisvoll." Auffordernd steckte sein Bekannter ihm die Hand entgegen. „Lass mich mal sehen, was das für ein Buch ist. Es muss ja gut 200 Jahre auf dem Buckel haben." Berufsbedingt fasste er es mit größter Vorsicht an, sein Blick verriet große Neugier. Anscheinend macht er seine Arbeit immer noch mit Herzblut, dachte Karl. Dann schlug er die erste Seite auf und betrachtete sie. Paula fragte mit einer gewissen Ungeduld in der Stimme: „Können Sie seine Schrift entziffern? Außer den Zahlen und Daten haben wir nicht viel erkennen können. Aber Sie sind doch sicherlich solche Hieroglyphen gewöhnt, oder?" Wollte Paula ihm mit ihrem Blick schmeicheln, um ihn geschickt zu motivieren oder war es echte Bewunderung. Er reagierte zunächst nicht und nahm die Buchseite wieder in Augenschein. Karl hoffte inständig, dass seine Leseprobe erfolgreich sein würde. „Und?", fragte er deshalb ungeduldig. „Ich will nicht zu viel versprechen, aber ich denke, das kriege ich hin. Mir sind schon tausende Dokumente untergekommen, bis jetzt ist es mir noch immer gelungen." „Gibt es heute denn nicht schon eine Möglichkeit, alte Schriftstücke zu scannen und vom Computer transkribieren zu lassen?", mischte sich Paula noch einmal in das Gespräch ein. „Sie meinen eine digitale Schrifterkennung? Ja, die gibt es, aber sie ist noch nicht so weit, dass derartig komplexe und individualisierte Schriftarten richtig erkannt werden können. Wir sind bei weitem noch nicht bei einer Erfolgsquote wie der nahezu fehlerfreien Spracherkennung, die mit Hilfe von digitalen Netzwerken entwickelt worden ist. Aber die Forschung schreitet mit großen Schritten voran. Für uns wäre es natürlich ein Quantensprung bei der Digitalisierung alter Dokumente, die derzeit noch sehr mühsam ist. In eurem Fall muss ich aber noch auf meine Erfahrung vertrauen. Wie viel Zeit gebt ihr mir denn?" Karl druckste herum. „Naja, wir sind nur noch zwei Tage hier, es wäre also nett, wenn…" „Das ist recht sportlich, ich tue, was ich kann." „Wir vermuten, dass der Zeitraum wenige Wochen vor Beethovens Tod und kurz danach von Bedeutung sein könnten. Es wäre sinnvoll, wenn du nach den Wörtern ‚Testament' oder ‚Requiem' Ausschau halten könntest." „Das klingt ja sehr geheimnisvoll. Ich werde gleich heute Abend damit beginnen. Wenn es so spannend ist, wie ihr vermutet, dann könnte es sein, dass ich die Nacht durchmache. Als Kind war ich ständig übernächtigt, weil ich abends nicht aufhören konnte zu lesen. Da musste ich mich schon mal mit der Taschenlampe unter der Bettdecke verkriechen. Früher hat mich meine Mutter ermahnt, heute tut das meine Frau." „Deinen Schulleistungen hat es jedenfalls nicht geschadet", stellte Karl fest. „Das Lesen oder die Müdigkeit?" Beide lachten. Gerd wandte sich Paula zu. „Sie müssen wissen, dass Karl in Latein und Altgriechisch neben mir saß und nicht, weil er mich so sehr mochte, sondern weil er bei den Klausuren unverblümt abgeschrieben hat." Karl wusste nicht, ob er die Bemerkung in Paulas Gegenwart lustig oder eher peinlich finden sollte, lachte aber gequält mit, um sich keine Blöße zu geben. Paula sah ihn mit gespielt entsetztem Blick an, als hätte sie ihn bei etwas Verbotenem ertappt: „Dann wollen wir mal hoffen, dass Ihre Studenten nie Wind davon bekommen, Herr Professor", feixte sie. „Jeder hat seine Leichen im Keller", konterte Karl betont locker, musste aber gleich bei dem Wort „Leiche" an den Tod Rosenbergs denken, der schließlich der Grund für das Ganze hier war. Er hätte sich vor wenigen Wochen nicht träumen lassen, dass er innerhalb so kurzer Zeit mit dem Tod eines Kollegen konfrontiert würde, selbst um sein Leben fürchten musste und jetzt mit Paula in Wien war, um etwas zu suchen, was vielleicht gar nicht existierte. Während er vor sich hin sinnierte, hatten Paula und sein Bekannter ein Gespräch begonnen. Es war an der

Zeit, schleunigst aufzubrechen. Abrupt unterbrach er die beiden: „Wir wollen dich nicht länger von der Arbeit abhalten, du hast bestimmt gut zu tun." „Ich habe mich sehr gefreut, dich mal wiederzusehen, du solltest öfter nach Wien kommen, das ist immer eine Reise wert. Ach ja, ich werde dir, wenn ich nicht scheitere, die Transkription der wesentlichen Passagen so schnell wie möglich durch einen Boten zukommen lassen. In welchem Hotel seid ihr denn untergekommen?" „Das wäre großartig, wir sind im Hotel Metternich. Also, vielen Dank für deine Hilfe, ich hoffe, es lohnt sich. Wenn du Bonn mal wieder einen Besuch abstattest, werde ich mich erkenntlich erweisen." Gerd begleitete sie noch zum Aufzug und verabschiedete sich mit einer Umarmung. Als sie das Gebäude verlassen hatten, konnte Paula es nicht lassen Karl aufzuziehen: „Und ich dachte, du wärst in der Schule der reinste Streber gewesen, stattdessen hast du dich durchgemogelt." Karl fand das gar nicht witzig.

„Ich finde, er hat da ein wenig übertrieben, ich war durchaus nicht auf seine Hilfe angewiesen."

Paula grinste vielsagend. „Außerdem hat sich dein kleiner, hässlicher Streber inzwischen zu einer imposanten Persönlichkeit gemausert", bemerkte Paula mit einem leicht schwärmerischen Unterton.

„Kann sein", raunte Karl griesgrämig.

„Ich finde, er ist alles andere als unattraktiv."

„Mhm."

„Er hatte ein wenig was von George Clooney, findest du nicht?"

Jetzt übertreibt sie, dachte Karl und hoffte das Thema irgendwie beenden zu können. Diese Begeisterung für einen anderen Mann kränkte ihn zutiefst. Er überlegte, wie er dieser nervigen Schwärmerei begegnen konnte.

„Und, was macht dein Mann so?"

Paula lachte. „Ich bin verheiratet, aber nicht blind."

Diese Frau war einfach zu schlagfertig, er gab sich geschlagen. Es fiel ihm schwer, gleichzeitig zu schmollen und dabei geistreich zu kontern. „Da vorne ist ein Taxistand", verkündete Karl, als sei es die rettende Insel zu einem schnellen Ende ihres für ihn so unerquicklichen Gesprächs.

Sie kehrten zum Hotel zurück und verbrachten den Rest des Tages lesend auf ihren Zimmern. Sie hatten das Gefühl, untätig warten zu müssen und dabei ungeduldig auf den nächsten Tag zu warten, an dem sich entscheiden würde, ob sie einen Schritt weiter wären oder in einer Sackgasse gelandet waren. Erst abends klopfte Karl zaghaft an Paulas Tür, um sie auf einen Drink in der Hotelbar einzuladen. „Ich glaube, wir sind beide etwas nervös, vielleicht kann uns ja ein Cocktail etwas auflockern." „Oder zwei", stellte Paula gut gelaunt fest. Es wurde ein schöner Abend, an dem ihr Alkoholkonsum weit über die zwei Cocktails hinausging. Beschwipst, aber seelisch gelöst, kehrten sie erst gegen 12 Uhr auf ihre Zimmer zurück. Karl bot ihr für die Nacht noch einmal an bei ihm zu nächtigen, aber Paula war der Meinung, dass sie schon allein zurechtkäme. So blieb es bei einer kurzen Umarmung und freundschaftlichen Gutenachtwünschen.

Kapitel XXX

Karl hatte es sich gerade auf seinem Bett gemütlich gemacht, als plötzlich sein Handy klingelte. Wer rief ihn um diese Zeit noch an? „Hallo?“, fragte er mit müder Stimme in den Hörer. „Hallo Karl, ich bin’s.“ „Paula? Ist was passiert?“ „Nicht direkt, aber ich kann nicht einschlafen, irgendwie macht mir der Vorfall von gestern doch noch zu schaffen. Würde es dir etwas ausmachen, bei mir zu übernachten?“ Paula druckste etwas herum, da es ihr peinlich war, Karls Angebot nicht angenommen zu haben. Karl war zwar extrem müde, aber die Aussicht, eine weitere Nacht bei Paula zu verbringen, vertrieb augenblicklich seine Müdigkeit. „Nein, natürlich nicht, ich habe es dir doch angeboten.“ „Das ist nett. Ich bin noch kurz im Bad. Komm einfach rein, die Tür lasse ich auf.“ Karl packte seinen Kulturbeutel und zog sich hastig einen Bademantel über, da er in seinem Pyjama keinem der Hotelgäste über den Weg laufen wollte. Dann schlich er schnell über den Gang und betrat Paulas Zimmer. Er sah sich um. Irgendetwas irritierte ihn, irgendetwas fehlte, aber was? Das Zimmer hatte kein Sofa. Er geriet in Schockstarre, als Paula auch schon aus dem Bad kam. „Was ist los? Hast du einen Geist gesehen?“ „Nicht direkt, eher habe ich keinen… Nein, ist alles gut. Wo genau soll ich denn schlafen?“, fragte er mit einem leicht irritierten Unterton. „Na wo schon, das ist ein Kingsize-Bett, ich mache dir gleich etwas Platz.“ „Aber…“, Karl wusste nicht, was er sagen sollte. „Was, aber? Ach, jetzt verstehe ich. Keine Sorge, ich werde schon nicht über dich herfallen.“ Paula lachte in ihrer unbekümmerten Art und Karl kam sich wiedermal vor wie ein verklemmter Trottel. Als wenn die Nachricht, die Nacht neben Paula zu verbringen nicht schon ausgereicht hätte, ihn völlig aus der Fassung zu bringen, musste Paula auch noch umwerfend gut aussehen. Erst jetzt nahm Karl ihr Negligee wahr. Es war kurz und aus Seide, die sich an ihren Körper schmiegte, sodass wenig Phantasie nötig war, um ihre wunderschönen Rundungen zu erkennen. Vor ihm stand die personifizierte Sünde. Wie sollte er dieser Versuchung nur widerstehen? „Möchtest du noch länger Wurzeln schlagen oder sollen wir langsam mal schlafen?“ Ohne auf eine Reaktion Karls zu warten machte sie sich daran, eine Hälfte des Bettes frei zu räumen. „Ich hoffe, die linke Seite ist für dich okay.“ Karl befand sich noch im Starre-Modus und reagierte nicht. Diese Frau brachte ihn noch um den Verstand. Nach Stunden, wie es schien, gelang es ihm sich zu fassen und seine kommunikative Krise zu beenden. „Ja, natürlich, ich kann überall schlafen.“ Wenn nicht gerade eine der schönsten Frauen des Universums direkt neben mir liegt, hätte er wahrheitsgemäß hinzufügen müssen. Als Paula sich in ihr Bett kuschelte, zog er wie in Trance seinen Bademantel aus und setzte sich auf den Bettrand, wo er einige Sekunden regungslos verharrte. „Kleiner Tipp, im Liegen schläft's sich besser", hörte er eine Stimme hinter sich, die ihn zu verspotten schien. „Ich habe nur noch über das eine oder andere nachgedacht", versuchte er sein merkwürdiges Verhalten zu rechtfertigen. „Ist ja viel passiert in den letzten Tagen." Dann legte er sich auf seinen Rücken und trug Sorge dafür, möglichst nah an der Bettkante und möglichst weit entfernt von Paula zu liegen. „Karl?" Karl schreckte auf und sah zu ihr rüber. Sie hatte sich zu ihm herüber gebeugt und in seinem Gesichtsfeld erschienen zwei, wenn auch etwas müde, aber wunderschöne, braune Augen und ein Dekolletee, das seinen Atem stocken ließ. „Gute Nacht, Karl und danke", flüsterte sie, gab ihm einen Gutenachtkuss auf die Wange und verschwand unter ihrer Decke. Das war nicht einer dieser flüchtigen Begrüßungsküsse. Karl fand, dass er intensiver war, er fühlte sich warm und liebevoll an. Wie lange hatte ihn niemand mehr auf diese Weise geküsst. „Gute Nacht", sagte er abwesend, aber Paula schien blitzartig in den Schlaf gefallen zu sein. Er sah sie noch einige Zeit an. Er hätte so die ganze Nacht verbringen können, aber er dachte auch an den nächsten Tag, an dem sie voraussichtlich noch einiges zu erledigen hatten. Schlaf wäre dann sicherlich nicht von Nachteil. Er sah auf den Wecker, der mit seinen grellroten Ziffern verriet, dass es bereits nach 1 Uhr war. Er zog seine Decke hoch und schlief trotz seiner aufwühlenden Gedanken überraschend schnell ein. Als er die Augen am Morgen öffnete, noch völlig schlaftrunken und von wilden Träumen erschöpft, sah er an sich herunter. Er sah eine Hand, aber sie war feingliedrig und zart. Diese Hand war definitiv nicht die seine. „Paula", schoss es ihm durch den Kopf. Es ist Paulas Hand. Er bewegte sich nicht und versuchte, einen klaren Gedanken zu fassen. Was war gestern passiert? Hatten sie etwa im Rausch miteinander…? Nein, das war nicht möglich. Erst jetzt spürte er etwas, dass sich an seinen Rücken presste. Oh Gott, Paula hatte sich an ihn geschmiegt. Als er noch mit Carla verheiratet war, hatte er diese Lage immer gemocht, auch wenn er in der Regel hinten lag. Wie oft waren sie so zusammen eingeschlafen. Die Gedanken kreisten wieder in seinem Kopf. Hatte Paula sich absichtlich zu ihm gelegt oder war sie schlaf- oder gar volltrunken und nicht Herr ihrer Sinne gewesen? Hielt sie ihn im Halbschlaf etwa für ihren Ehemann, den sie aus Gewohnheit umarmte, oder war es sogar ihr unbewusstes Verlangen, das sie insgeheim steuerte. Um sich alle Interpretationen offen zu lassen, entschied er, es sei das Beste, sich vorsichtig wie widerwillig aus dieser so wohligen Umarmung zu lösen. Wenn Paula aufwachte, konnte sie ihm immer noch zu verstehen geben, wie er das Ganze aufzufassen hatte.

Er genoss noch einen Augenblick die Nähe und Wärme ihres Körpers, den er vielleicht nie wieder so hautnah erleben würde. Behutsam rollte er sich aus ihrer zarten Umklammerung zum Rand des Bettes und erhob sich. Was für eine Nacht!

Kapitel XXXI

Als Paula endlich wach wurde, räkelte sie sich und setzte sich dann auf die Bettkante. „Guten Morgen, die Dame." „Guten Morgen, der Herr", gähnte Paula. Karl blickte sie unsicher und erwartungsvoll an. Würde jetzt irgendeine Erklärung, vielleicht sogar eine Liebeserklärung von ihr kommen? Hatte sie überhaupt mitbekommen, dass sie sich ganz dicht an ihn gedrückt hatte? Oder wollte sie die Sache lieber übergehen? Doch nichts dergleichen passierte. „Ich habe super geschlafen und jetzt riesigen Hunger." Paula machte einen völlig ungezwungenen Eindruck. Da war kein Anzeichen von Scham oder Reue oder was auch immer eine solche Situation auslösen konnte.

„Dann sollten wir langsam mal frühstücken, es ist schon spät. Und vielleicht haben wir schon Post erhalten."

Heute ließen sie sich mit ihrem Frühstück wenig Zeit. Zu neugierig und aufgeregt waren sie. Auf dem Weg zurück zu ihren Zimmern, gingen sie an der Rezeption vorbei. Sie strahlten, als die Empfangsdame ihnen einen großen Umschlag überreichte. Sie teilte ihnen mit, dass er erst vor einer Stunde abgegeben worden sei. Schnell eilten sie damit hoch zu Karls Zimmer.

Als sie sich gesetzt hatten, öffnete Karl hastig den Umschlag, der das Tagebuch enthielt und vier weitere Zettel mit einem eng bedruckten Text. Sie atmeten erleichtert auf, das war schon mal ein gutes Zeichen. Seinem Bekannten war es offensichtlich gelungen, von Breunings Hieroglyphen zu entziffern. Er übergab die Zettel Paula, die laut zu lesen begann:

4. Januar 1827

„Heute eröffnete mir mein lieber Freund Ludwig, dass er trotz seines jämmerlichen Zustandes die Absicht habe, ein Requiem zu schreiben. Er sah mein überraschtes Gesicht, bekräftigte jedoch abermals seinen Wunsch. Ich gab zu bedenken, dass ihn ein solches Werk gesundheitlich zu sehr angreifen würde, doch er ließ sich nicht davon abbringen. Er bat mich um meine Hilfe, ihm, da er nun einmal bettlägerig sei, bei der Niederschrift zu assistieren. Ich solle ihm doch bitte seinen Reisesekretär, Notenpapier und eine Feder bringen. Er wolle sofort damit beginnen. Die Zeit, und damit meinte er seine verbleibende Lebenszeit, dränge ihn, sein Vorhaben unverzüglich umzusetzen. Ich hatte, ehrlicherweise, den Eindruck, dass ihn ein solches Werk in seinem jetzigen Zustand überfordern würde, aber ich konnte ihm seinen Wunsch auch nicht abschlagen und sagte ihm meine Hilfe zu."

Karl musste das Ganze erst einmal sacken lassen, um die Tragweite dieser Aufzeichnungen zu verstehen. „Das ist unglaublich! Es handelt sich also tatsächlich nicht um eine Fälschung. Die Existenz des unbekannten Meisterwerks ist keine Erfindung." Paula war mit einem Male emotional völlig aufgewühlt und fuhr mit dem Lesen fort.

3. April 1827

„Als heute das Testament verkündet wurde, übergab mir der Notar ein Schreiben, das nur für mich bestimmt war. Ich konnte es nicht glauben. Nachdem sich Ludwig die letzten Wochen seines Lebens noch einmal zu einer solchen Kraftanstrengung aufgerafft hatte, bat er mich, so sein letzter Wille, die Skizzen, die er zum Teil noch selbst geschrieben oder mir diktiert hatte, der Nachwelt vorzuenthalten. Er halte sie für nicht gelungen und maß sich mit Mozart, den er, im Gegensatz zu sich, ‚dem passablen Compositeur' als Genie bezeichnete. Am sichersten sei es, die Notenskizzen unverzüglich zu verbrennen. Ich kann nicht beschreiben, in welchem Dilemma ich mich befinde. Es ist meines Erachtens ein großartiges Werk geworden, das sich würdig in die Reihe seiner großartigen Messen einreiht. Aber kann man einem Toten, dazu einem so guten Freund, seinen letzten Willen versagen? Ich bin verzweifelt."

Damit endete der Eintrag, Karl war von seinen Gefühlen überwältigt. Das Requiem wurde vollendet, auch das stand fest. Die wichtigste Frage war aber noch nicht beantwortet: Wie hatte sich von Breuning entschieden? Hatte er dem Willen seines Freundes oder dem Recht der Nachwelt auf ein solches Kulturgut größere Bedeutung beigemessen? Ungeduldig forderte er Paula auf weiterzulesen.

„Nach einer quälenden Zeit des Nachdenkens habe ich mich dazu entschlossen, dem Willen meines guten Ludwigs auf halbem Wege entgegenzukommen. Ich werde das Werk, wie er es gewünscht hat, der Mitwelt zunächst vorenthalten. Was aber, wenn mich die Nachwelt dafür verurteilt, dass ich das geniale Werk dieses einzigartigen Komponisten vernichtet habe? Ich werde es also nicht verbrennen. Stattdessen habe ich beschlossen, es in einer Kiste zu deponieren, die ich an einem sicheren Ort aufbewahren werde. So soll das Schicksal darüber entscheiden, ob sein Requiem jemals ans Tageslicht kommen wird. Ich glaube, damit werde ich sowohl seinem letzten Willen als auch dem Anspruch der Menschen, die nach uns kommen, gerecht. Gott steh mir bei."

„Hier endet der letzte Eintrag." Die beiden sahen sich an und sprachen es im Chor aus: „Das Requiem existiert." „Das ist", stellte Paula fest, „mit Rosenbergs Worten, tatsächlich eine Sensation." Nachdem sie die unglaubliche Nachricht verdaut hatten, gab Karl zu bedenken: „Es existiert. Die Frage ist nur: Wo?" „Vielleicht finden wir im Haus, in dem von Breuning zuletzt gelebt hat, einen Hinweis, oder wer weiß, vielleicht gibt es dort auch ein Geheimversteck, in dem sich die Schatulle mit den Notenblättern befindet." Das war sehr optimistisch gedacht, ging es Karl durch den Kopf. Er wollte aber auch Paulas Enthusiasmus nicht trüben. „Ja, das könnte sein." In ihrer Aufregung konnten sie jetzt nicht untätig bleiben und machten sich auf den Weg zum Haus der von Breunings.

Kapitel XXXII

Als sie dort angekommen waren, sahen sie ein großes Messingschild mit der Inschrift: „Hier wohnte von 1818 bis 1827 Stephan von Breuning.“ Sie hatten gestern und heute, auf dem Weg hierhin, unzählige solche Schilder an den Hausfassaden gesehen: *Hier ging Stefan Zweig zur Schule*; *In diesem Gebäude residierte Gustav Mahler*; *In diesem Café trank Egon Schiele einmal eine Melange*. Die Wiener schienen sich einen Sport daraus zu machen, jeden aber auch wirklich jeden, der irgendwie bekannt gewesen war oder mit jemandem zu tun hatte, der bekannt gewesen war, auf den entsprechenden Gebäuden zu verewigen. Vielleicht sollte es die Bedeutung der Stadt als Kulturmetropole, in der sich Künstler aller Art ein Stelldichein gaben, unterstreichen. Karl kam das übertrieben und albern vor. Er beugte sich leicht zu einer Mauer herunter, die sich an das Haus anschloss und einen Garten umfriedete und las Paula ein imaginäres Schild vor: „An diese Mauer pinkelte von Zeit zu Zeit der Hund des großen Komponisten Ludwig van Beethoven.“ Paula musste lachen. „Du hast recht, die übertreiben es wirklich mit diesen Tafeln. Du wirst es nicht glauben, aber in einem kleinen österreichischen Dorf gibt es einen Gedenkstein an der Stelle, an der der junge Mozart angeblich die Postkutsche verlassen hat, um auszutreten.“ Dann wurde sie wieder ernst. „Das Haus haben wir gefunden. Aber an wen sollen wir uns wenden?“ „Ich schlage vor, wir schellen einfach bei der unteren Wohnung, in der Hoffnung, dass uns eine nette alte Dame öffnet und uns verrät, wer hier der Hausverwalter oder Hausmeister ist.“ Paula diskutierte den Vorschlag erst gar nicht, sondern drückte die unterste Klingel. Auf dem Klingelschild stand „Hofstätter“, ein typisch österreichischer Name. Schon bald wurde die Haustür, begleitet von einem Summen, geöffnet. Eine halbe Etage höher lugte tatsächlich eine ältere Dame etwas misstrauisch aus der Tür. Sie sollten jetzt einen sehr seriösen Eindruck machen, wenn sie nicht riskieren wollten, dass die Dame ihnen, im Glauben, sie seien die Zeugen Jehovas, die Tür vor der Nase zuschlug. „Guten Tag, wir sind von der Universität Bonn und forschen über Stephan von Breuning, der hier früher einmal gelebt hat. Könnten Sie uns sagen, ob es einen Hausmeister oder Verwalter gibt, den wir sprechen könnten?“ „Da müssen Sie schon in den dritten Stock, dort hat unser Hausmeister, Herr Laschke, seine Wohnung. Er kennt sich im Haus am besten aus.“ „Vielen Dank für die Auskunft. Wir werden es dort versuchen.“ Die Frage, wo sich hier der Fahrstuhl befand, war in einem Haus, das vor über 200 Jahren gebaut worden war, wohl mehr als fruchtlos. Also stiegen sie die Treppen herauf und stellten fest, dass das dritte gleichzeitig auch das oberste Stockwerk war. Sie wollten auf gut Glück schellen, auch auf die Gefahr hin Herrn Laschke, direkt vor seiner Wohnungstür stehend, zu verschrecken. Karl hoffte auf den guten Eindruck, den Paula in der Regel hinterließ. „Taktik?“, fragte sie, bevor sie die Klingel betätigte. „Bleiben wir doch, soweit wie möglich, bei der Wahrheit.“ Es öffnete ein Mann, dessen Äußeres offensichtlich machte, dass es sich um einen Hausmeister handelte. Wenn man seinen Kindern erklären wollte, wie ein Hausmeister aussieht, hätte man von ihm gesagt: „So, Kinder, sieht ein Hausmeister aus.“ Er war vielleicht Mitte Fünfzig, das Haar war ordentlich gescheitelt, er hatte eine dicke, altmodische Hornbrille auf der Nase und trug tatsächlich einen grauen Kittel, wie Karl ihn seit den 80er Jahren nicht mehr gesehen hatte. In der Hand hielt er eine Bohrmaschine. „Guten Tag. Entschuldigen Sie die Störung“, begann Paula. „Wir sind von der Universität Bonn und forschen über Beethoven und dessen Freund Stephan von Breuning, der ja in diesem Haus, wie Sie sicher wissen, gelebt hat.“ Zu Karls Erstaunen zückte sie als Beleg ihrer seriösen Absichten einen Ausweis der Universität Bonn, auf dem ihr Name Frau Dr. Paula Lanzini, wie auch ein Foto von ihr zu sehen war. Was zum Teufel war das für ein Ausweis? Er hatte so einen jedenfalls nicht. Es erinnerte ihn an die Krimis, in denen der Kommissar den Leuten eine Polizeimarke unter die Nase hielt. Es schien aber bei Hausmeister Laschke Eindruck zu schinden. Der legte die Bohrmaschine zur Seite und fragte mit einer freundlichen Reserviertheit: „Wie kann ich Ihnen behilflich sein?“

Karl ergriff jetzt das Wort: „Wir haben bei unseren Nachforschungen einen Hinweis darauf gefunden, dass sich“, das war jetzt immerhin nur eine halbe Lüge, „eine Kiste mit Schriftstücken Beethovens in diesem Haus befindet bzw. früher befunden hat. Wissen Sie zufällig, in welcher Wohnung von Breuning gelebt hat?“

„Ja, natürlich, er wohnte in der untersten Etage. Ich kann mir aber kaum vorstellen, dass dort etwas sein sollte, was bisher nicht entdeckt worden ist. Ich habe die Wohnung erst vor zwei Jahren von Grund auf renoviert samt Putz und neuem Parkett. Wenn dort ein Geheimfach sein sollte, in dem er die Kiste versteckt hat, dann wäre es mir ganz bestimmt nicht entgangen.“

„Was ist mit dem Keller?“

„Naja, das wäre schon eher möglich, der ist weitestgehend noch in dem Zustand, in dem er bei dem Bau des Hauses gewesen sein muss.“

„Gibt es auch einen Dachboden?“ Die Frage beantwortete sich, als sie gleichzeitig zur Decke schauten.

„Ja, wie Sie sehen, ist da oben die Luke, die zum Dachboden führt. Man kann sie öffnen und eine Leiter herausziehen, was aber schon seit Längerem nicht passiert ist. Der Dachboden durfte, solange ich zurückdenken kann, aus statischen Gründen nicht betreten werden. Deshalb gibt es das Vorhängeschloss. Es ist ein halbhoher Spitzdachboden, den man nur gebückt oder kriechend begehen kann."

Das klingt vielversprechend, dachte Karl. „Wäre es möglich, dass wir dort einmal einen Blick hineinwerfen?"

„Dann aber auf eigene Gefahr, die Bodenbretter sind zum Teil morsch oder gar nicht mehr vorhanden."

„Natürlich - auf eigene Gefahr."

„Dann hole ich den Schlüssel. Es dauert ein wenig. Ich habe ihn erst ein einziges Mal verwendet."

„Danke, wir warten."

Er kam schneller zurück als erwartet und hatte in der einen Hand eine kleine Leiter und in der anderen einen Schlüssel. „Der müsste es sein." Die Leiter reichte ausgezogen gerade soweit, dass ein normal großer Erwachsener die Falltür erreichen konnte. Karl schätzte die Höhe der Flurdecke auf gut vier Meter. Er stieg die Stufen der Leiter vorsichtig herauf und versuchte, dabei nicht nach unten zu sehen. Als er oben angekommen war, hielt er inne. „Das Vorhängeschloss ist bereits geöffnet, der Bügel ist gar nicht eingerastet", stellte er überrascht fest. „Das ist merkwürdig. Ich bin, soweit ich weiß, der einzige, der noch einen Schlüssel besitzt", stellte Laschke verblüfft fest. Karl zog den Bügel aus der Öse und öffnete vorsichtig die Luke. Als er weitere Stufen hinaufstieg und die Luke langsam herunterzog, kam eine Holzleiter zum Vorschein, die er Stück für Stück herausziehen konnte. Sie sah nicht gerade vertrauenserweckend aus, aber sie war wenigstens lang genug, um auf den Dachboden zu gelangen. Karl wechselte die letzten Stufen auf die Holzleiter und wälzte sich schließlich durch die Öffnung auf den Dachboden. Etwas mehr Fitness wäre ihm jetzt zugutegekommen. Die Höhe des spitzen Firstes bot stehend höchstens Platz für einen Kleinwüchsigen. Als er sah, wie marode der Boden aussah, beschloss er, sich auf Knien vorwärts zu bewegen, um sein Gewicht besser zu verteilen. Hier sah es in der Tat so aus, als wäre der Raum seit 200 Jahren nicht betreten worden, unzählige Spinnennetze und Staub ließen jedenfalls darauf schließen. In den Ecken standen alte Kartons, eine antike Kommode, die schon bessere Zeiten gesehen hatte und diverses anderes Gerümpel. Dann entdeckte er, genau am anderen Ende des Dachbodens, eine schwarze Kiste. „Mein Gott, das könnte sie sein", flüsterte er aufgeregt vor sich hin. Seine Neugier, vielleicht auf einen Schatz zu stoßen und seine Angst, einen Sturz durch den morschen Boden zu riskieren, führten zu einem kurzen inneren Konflikt, und Karl war selbst überrascht, dass die Neugier den Sieg davontrug.

Aber sie hatten ja schließlich die ganze Reise unternommen, um vielleicht genau das hier zu finden. Das motivierte ihn, behutsam vorwärts zu robben, immer mit dem Gefühl, dass der Boden unter ihm jederzeit nachgeben könnte. Hier fehlte ihm die Übung, da er schließlich nicht gedient hatte und seine Erfahrungen im Kriechen über 40 Jahre zurücklagen. Er hoffte, dass hier niemand eine Falle gestellt hatte. Dann endlich war der Kasten zum Greifen nah und er verlagerte sein Gewicht nach vorne, um ihn mit seiner rechten Hand zu greifen. Doch plötzlich vernahm er ein zunächst leises und dann lauter werdendes Knirschen. Der Balken unter ihm gab ruckartig nach. Wie eine Klappe öffnete sich der Boden unter ihm und er hing mit seinem Oberkörper vornüber nach unten und starrte mit panischem Blick vier Meter in die Tiefe. Seine Hände bekamen gerade noch etwas Festes zu greifen, um nicht direkt kopfüber durch das Loch zu fallen. Von unten hörte er einen lauten Aufschrei und er konnte Paula sehen, die entsetzt nach oben schaute. Dann fühlte er einen höllischen Schmerz in beiden Armen, die nicht dafür ausgelegt waren, ein Gewicht von 85 Kilo plus Bewegungsenergie abrupt abzubremsen. Während Paula hilflos herum stand, nahm der Hausmeister geistesgegenwärtig seine Leiter und stellte sie an die gegenüberliegende Wand, von der aus er Karl besser erreichen konnte. Karl war froh über die nahende Hilfe, aber er konnte jetzt keine seiner Hände loslassen, er musste seine Füße nach vorne bekommen, um an die Stufen der Leiter zu gelangen. Mit einem Kraftakt und unter Schmerzen schaffte er es schließlich die Beine nacheinander anzuziehen und mit seinen Füßen nach einem festen Halt zu suchen. Der Hausmeister balancierte die Leiter so, dass Karl Fuß fassen konnte. Dann endlich fand er einen festen Tritt. Der Hausmeister lehnte die Leiter langsam wieder an die Wand und half ihm beim Heruntersteigen. Karl stand unter Schock, war aber erleichtert, als er zur Decke hinaufschaute und sich ausmalte, wie ein Sturz kopfüber aus dieser Höhe hätte enden können. „Vielen Dank für die Hilfe, ich hätte mich nicht mehr lange halten können." Karl stöhnte vor Erschöpfung. „Kein Problem", murmelte der Hausmeister, sah aber andererseits nicht so aus, als wäre er bei allem Mitgefühl erbaut von dem Chaos, das Karl angerichtet hatte. „Die Kiste, sie befindet sich direkt neben dem Loch, ich hatte sie fast in meinen Händen." Er wandte sich an den sichtlich überforderten Hausmeister. „Ich weiß, dass wir Ihnen damit sehr viele Umstände bereiten, aber wäre es möglich, eine größere Leiter zu besorgen? Ich glaube, dass wir gefunden haben, wonach wir suchen." Entgegen jeglicher Erwartung verschwand der Hausmeister, auch er stand vermutlich noch unter Schock, und kam mit einer Ausziehleiter zurück, die die Höhe bis zur Decke spielend überwinden konnte. „Traust du dich noch einmal hoch?", fragte ihn

Paula ungläubig. „Ja, ist schon in Ordnung, außer ein paar Schürfwunden und der ein oder anderen Zerrung ist ja nichts." Karl war über sein heldenhaftes Auftreten selbst überrascht, er erkannte sich nicht wieder. „Ich wäre nur dankbar, wenn jemand die Leiter festhalten könnte. Dann stieg er die Stufen abermals hinauf und griff mit der rechten Hand durch das Loch. Er tastete sich voran, bis er an einen kantigen Gegenstand stieß. Das musste die Kiste sein. Er griff vorsichtig zu, um sie nicht versehentlich noch weiter nach hinten zu schieben und holte sie vorsichtig hervor. Bevor er hinabstieg, sah er noch einmal kurz auf das aufgerissene Loch in der Decke. Der Balken, der unter ihm nachgegeben hatte, war an seiner Bruchstelle völlig glatt. „Das ist merkwürdig", dachte er, wandte dann aber seine volle Aufmerksamkeit wieder der Leiter zu. Er kletterte langsamen Schrittes die Stufen hinunter, um nicht, mit der Kiste in der Hand, das Gleichgewicht zu verlieren. Erleichtert gewann er wieder festen Boden unter den Füßen. Mit einem triumphierenden Lächeln und einem gewissen Stolz ob seines Mutes übergab er Paula die Kiste. Als sie den Staub vom Deckel wischte, traten einige goldene Initialen hervor. Ein großes S, ein kleines v und ein großes B. „Stephan von Breuning", ergänzte sie leise. „Das muss die Kiste sein, die er in seinem Tagebuch erwähnt hat." Sie war anscheinend nicht verschlossen, obwohl ein kleines Schloss sie zierte, zu dem ein passender Schlüssel gehören musste. Paula war aufgeregt und schaute noch einmal in die Gesichter der beiden Männer, als müsste der feierliche Moment hinreichend zelebriert werden. Ungeduldig öffnete sie schließlich den Deckel. Doch statt einer Sammlung von Notenblättern befand sich in der Kiste lediglich ein Zettel. Ansonsten war sie leer: kein Inhalt, kein doppelter Boden. Paulas Enttäuschung war unermesslich. Auch Karl war mehr als frustriert. Sie waren ihrem Ziel schon so nah gekommen und jetzt.... Als Paula den Zettel umdrehte, fand sie einen kurzen Text: „Neugierde ist der Anfang von allem. Und manchmal bedeutet sie auch das Ende." Mit einem schockierten Blick übergab sie ihn Karl. Der ließ die Worte auf sich wirken und ein Gefühl der Angst durchströmte ihn. „Das klingt für mich irgendwie nach einer Drohung", stellte er mit unsicherer Stimme fest. „Und wir können wohl davon ausgehen, dass sie uns gilt." Sie sahen sich schweigend an. Karl brauchte einige Zeit, um wieder einen klaren Gedanken fassen zu können. Doch dann fügte sich allmählich eins zum anderen.

Das Vorhängeschloss an der Luke war nicht verschlossen gewesen, die Kiste war leer. Das konnte nur bedeuten: Irgendjemand war ihnen zuvorgekommen. Er sah unbewusst nach oben zur Decke. Jetzt war ihm auch klar, warum der Balken derart unnatürlich abgebrochen war. Irgendjemand musste ihn vorher bearbeitet haben. Es war nur die Frage, ob dieser jemand die Falle bereits vor 200 Jahren oder erst vor kurzem präpariert hatte. Er wandte sich an den Hausmeister: „Kann es sein, dass hier in letzter Zeit doch jemand anderes hochgegangen ist." „Nein, das wüsste ich. Aber Moment! Wenn ich recht überlege. Gestern kam ich nach Hause und mir sind Kratzer am Türschloss aufgefallen. Ich dachte erst an einen Einbruch, aber es wurde, soweit ich das sehen konnte, nichts aus meiner Wohnung entwendet. Deshalb habe ich die Sache auf sich beruhen lassen. „Geklaut hat derjenige nichts", stellte Karl fest. „Aber vielleicht hat er etwas gesucht, auf das er steigen konnte, um an die Luke zu kommen und hat sich Ihre Leiter ausgeliehen. Und wenn sie nicht zuhause waren, dann hat in den unteren Etagen niemand etwas mitbekommen, oder die Nachbarn unten haben den Lärm, den die Unbekannten erzeugt haben, als sie den Balken ansägten, auf Handwerker zurückgeführt." Der Hausmeister schaute völlig verdutzt, als müsse er Karls Ausführungen noch sacken lassen. „Dann wende ich mich wohl besser doch noch an die Polizei. Ich glaube, auch die Versicherung dürfte daran interessiert sein, warum der Dachboden eingestürzt ist."

Karl hatte ein schlechtes Gewissen, sie hatten dem Hausmeister schließlich ziemliche Umstände bereitet. Andererseits war so erst aufgefallen, dass jemand in seine Wohnung eingedrungen war.

Karl sah Paula an, deren Blick gleichermaßen Enttäuschung und Entsetzen verriet. Es gab jemanden, der dasselbe gesucht hatte wie sie. Und das war vermutlich auch derjenige, der sie die letzte Woche über verfolgt hatte. Wer auch immer diesen Zettel in die Kiste gelegt hatte, er war ihnen nicht nur zuvorgekommen, er stellte anscheinend auch eine ernstzunehmende Gefahr für sie dar. „Und manchmal auch das Ende", flüsterte Paula kaum hörbar.

Kapitel XXXIII

In einem Zustand zwischen Frustration und Niedergeschlagenheit verließen die beiden das Haus, in dem Bewusstsein, dass sie nur ein wenig zu spät gekommen waren, um diesen musikalischen Schatz zu heben. Ihnen war klar, dass es jemand mit großer krimineller Energie gewesen sein musste, der ihnen zuvorgekommen war. Was würde dieser mit dem Vermächtnis Beethovens anstellen? Würde es weiterhin, wenn auch auf ganz andere Weise, der Nachwelt vorenthalten bleiben? Aber in ihnen regte sich auch das starke Gefühl von Trotz und sie beschlossen, die Suche nicht aufzugeben, bis alle Fragen beantwortet waren.

„Ich weiß, dass du mehr als niedergeschlagen bist, Paula. Aber lass uns den letzten Abend in Wien noch genießen. Wir können im Moment nichts tun und wir sollten, wenigstens eine Zeit lang, auf andere Gedanken kommen." „Du hast recht, es würde vielleicht unseren Kopf freimachen und morgen überlegen wir, wie es weitergeht." Nachdem sie den bisherigen Weg gedankenlos nebeneinanderher geschlendert waren, ohne ihre Umgebung wahrzunehmen, bemerkten sie erst jetzt, dass sie sich im Zentrum der Stadt befanden. Die Straßen waren voll von Einheimischen und Touristen, der Blick nach rechts und links bot dem aufmerksamen Betrachter eine endlose Aneinanderreihung prachtvoller Bauten. Die Stadt selbst, ging es Karl durch den Kopf, war das eigentliche kunsthistorische Museum Wiens. Außer vielleicht in Florenz oder Rom gab es kein schöneres Freilichtmuseum. Sie blieben immer dort stehen, wo Straßenkünstler musizierten oder Pantomimen ihre Kunst zeigten und ihren Schabernack mit dem Publikum trieben. „Kommen Sie doch bitte her und versuchen Sie Ihr Glück." Der Mann, der sie von der Seite ansprach, stand am Straßenrand vor einem Geschäft und trug Frack und Zylinder. Er hatte seine Aufforderung direkt an Paula gerichtet. „Bitte kommen Sie doch, schönes Fräulein, und drehen Sie an unserem Glücksrad. Sie können die schönsten Preise gewinnen: einen Einkaufsgutschein, eine Fiaker-Rundfahrt oder sogar Karten für die Salzburger Festspiele." Das hatte gewirkt. Die Chance auf Karten für die Festspiele, die sonst nur schwer zu bekommen waren, reizte Paula ungemein. Sie stellte sich vor das Glücksrad, fasste es oben an und hielt kurz inne, wie ein Sportler, der sich konzentriert, um die beste Leistung zu erbringen. Sie drehte es mit einem energischen Schwung. Es nahm Geschwindigkeit auf und die Blechzunge klapperte über die Stahlstifte auf dem Rad. Dann wurde es immer langsamer und es sah so aus, als nähere sie sich dem Feld für die Freikarten. Doch eine winzige Drehung ließ die Zunge erst im nächsten Feld zum Stillstand kommen. Paula war die Enttäuschung anzusehen. Auf dem Feld war eine Kutsche abgebildet. „Sie haben Glück, gnädige Frau, sie haben eine romantische Fahrt mit dem Fiaker gewonnen. Ich gratuliere." Nach dem ersten Moment der Enttäuschung freute sich Paula dann aber doch über die Aussicht auf eine unvorhergesehene Abendunterhaltung. Die Tour sollte in zwei Stunden am Opernplatz beginnen. Statt noch einmal zurück zum Hotel zu gehen, suchten sie nach einem Restaurant, in dem sie auch draußen sitzen konnten. In der Altstadt gab es unzählige Bars und Cafés und jedes hatte seinen eigenen Charme. Dann fiel ihnen ein sehr typisches, kleines Wiener Bistro auf, in dem man sowohl eine Melange mit Sachertorte als auch warme Speisen der österreichischen Küche bestellen konnte. Es gefiel beiden sofort und sie ergatterten einen schönen Tisch, von dem aus man die vorbeiziehenden Menschen beobachten konnte. Der Kellner war ein Wiener Original mit einer Halbglatze, ernstem Gesicht und frackartigem Anzug. In tiefstem Wiener Dialekt fragte er: „Was wünschen die gnädigen Herrschaften?" Dabei betonte er alle Umlaute und Vokale und zog sie möglichst lang. Er gab ihnen das Gefühl in die Vergangenheit der Königlichen und Kaiserlichen Monarchie zurückversetzt worden zu sein. Alles wirkte auf sympathische Weise altmodisch, hatte adliges Flair und war dabei doch stilvoll. Nachdem sie bestellt hatten, beobachteten sie die Passanten, die an ihrem Tisch vorbeizogen und machten sich einen Spaß daraus, ihre Kommentare zu schön, extrovertiert oder einfach schlecht gekleideten Einheimischen und Touristen abzugeben. Erst als das Essen kam, merkten sie, dass sie der lange Tag ziemlich hungrig gemacht hatte, weshalb sie ihr Mahl nahezu schweigend einnahmen. Da noch etwas Zeit blieb, bestellten sie zwei Grappa und unterhielten sich über ihre Wiener Eindrücke, den Dialekt, das Auftreten und die scheinbare Arroganz der Wiener. „Die Wiener halten sich schon für etwas Besonderes", erzählte Karl, „ein Freund, der einige Zeit in Wien gelebt hatte, sagte mir einmal, dass sie eigentlich keine wirklichen Österreicher seien, sondern eben Wiener. Das nennt man Selbstbewusstsein." „Oder auch Selbstgefälligkeit", bemerkte Paula. Sie sah auf ihre Uhr. „Wir sollten langsam zu unserer romantischen Fiakertour aufbrechen." „Bis zur Oper ist es noch eine gute Viertelstunde Fußweg." Obwohl Karl klar war, dass das „romantisch" ironisch gemeint war, fand er doch Gefallen daran. Sie zahlten die Rechnung und gaben dem Ober, insbesondere für seine schauspielerischen Qualitäten, ein großzügiges Trinkgeld. Als sie am Opernplatz angekommen waren, sahen sie schon eine zweispännige Kutsche, die offenbar nur auf sie gewartet hatte. Die Fiakertouren, dachte Karl, konnte man, ähnlich wie die Gondelfahrten in Venedig, als romantisch oder aber auch als äußerst kitschig ansehen. Schnulzig hin oder her, mit Paula würde er sich auch dem größten Kitsch hingeben. Sie sprachen den Kutscher an und Paula zeigte ihm den Gutschein, den sie am Nachmittag gewonnen hatte. „Oh, wie scheen, ein Liebespaar. Nehmens Platz, die Herrschaften". Paula und Karl sahen sich an. Paula grinste und Karl lief wieder mal rot an. „Schatz lass uns einsteigen, was für eine schöne Hochzeitsreise", sagte Paula in einer Lautstärke, dass es der Kutscher auch mitbekam und schaute Karl verschwörerisch an. Sie nahmen nebeneinander auf der gemütlichen, mit rotem Leder bezogenen Rückbank Platz und hörten schon die Peitsche knallen. Dann ging es los. Es dämmerte bereits, die Straßen waren deutlich leerer als zuvor und die ersten Straßenbeleuchtungen und Strahler waren angestellt, wodurch die Gebäude in ein schönes gelbes Licht getaucht wurden. Eine Kutschfahrt war eine schöne, in der heutigen Zeit leider aus der Mode gekommene Art der Fortbewegung. Das Schaukeln der komfortablen Kutsche hatte eine beruhigende Wirkung. Das offene Verdeck ermöglichte einen guten Rundumblick und der Wind, der einem ins Gesicht wehte, war erfrischend. Dann sahen sie zur Rechten den Stephansdom in voller Größe vor sich aufragen. Er war aus dieser Perspektive sehr imposant, zumal er so angestrahlt wurde, dass seine Architektur noch besser zur Geltung kam. Sie bogen nach links ab und kamen zum Graben, einer wahren Prachtstraße mit herrschaftlichen Häusern, die allein aufgrund ihrer Größe, so kam es Karl in den Sinn, selbst die Villen der Bonner Südstadt in den Schatten stellten. Sie genossen den Blick auf immer neue Fassaden und konnten sich gar nicht satt sehen. Aber eigentlich genoss es Karl Seite an Seite neben Paula zu sitzen. Und schon bald nahm er die wundervolle Aussicht auf die Fassaden der Häuser kaum noch wahr. Es hätten auch die ägyptischen Pyramiden, die griechischen Tempel oder die Ausgrabungen Trojas an ihnen vorbeiziehen können. Er würde sie nicht beachten. Er stellte sich vor, er würde mit Paula in einem Schlitten sitzen und durch die verschneiten Weiten Russlands fahren. Er dachte, wie schön es wäre, wenn dies tatsächlich ihre Flitterwochen wären, er sie umarmte, seinen Kopf zu ihr drehte und sie… Eine ruckartige Bewegung der Kutsche riss ihn aus seinen Träumen. Er schreckte auf und sah zu Paula. Noch für eine Millisekunde, im Nachhall seiner Tagträume, sah er in ihr seine geliebte Braut. Diese sog still und wie ein neugieriges Kind alle Eindrücke in sich auf. Als Karl die Umgebung wieder wahrnahm, passierten sie gerade das alte Rathaus und gelangten schließlich zum berühmten Burgtheater, dessen Vorderansicht überwältigend war. Hier war die Fahrt dann leider auch schon zu Ende. Karl sah auf die Uhr. Sie waren eine gute Dreiviertelstunde unterwegs gewesen, aber ihm kam es wie ein flüchtiger Augenblick vor. Karl musste abermals an Einsteins Erläuterung der Relativitätstheorie denken: „Eine halbe Stunde in den Armen einer schönen Frau ist relativ kurz." Wie wahr, auch wenn man nur neben einer schönen Frau saß. So gut er konnte, ahmte er die galanten Wiener nach, machte einen Diener und bot Paula mit einer ausladenden Geste seinen Arm an: „Darf ich bitten, gnädiges Fräulein?" Paula hob süffisant die Augenbraue und musste lachen: „Sehr gerne, der Herr." Sie verabschiedeten sich von ihrem Kutscher, der ihnen einen „Schee Abend" wünschte. „Das war doch eine schöne Überraschung. Ich habe halt Glück im Spiel …" Sie stockte, aber Karl war klar, was sie bewusst oder unbewusst nicht aussprechen wollte.

Kapitel XXXIV

Am nächsten Morgen trafen sie sich zum Frühstück. Als Karl Paula gut gelaunt auf sich zukommen sah, mit ihrem eleganten Gang und ihren schönen, strahlenden Augen, dachte er bei sich, dass er sich das jeden Tag gefallen lassen könnte. „Guten Morgen, junge Frau, setzen Sie sich doch zu mir." „Gern, der Herr, wenn es sich geziemt, ich kenne Sie ja kaum." Sie nahmen sich heute viel Zeit und kosteten das reichhaltige Frühstücksbuffet weidlich aus. Paula hatte zwei Wiener Zeitungen besorgt. Sie hatten sich in den letzten Tagen und Wochen nur wenig mit dem befasst, was in der Welt vor sich ging. Karl war angetan von dem kulturellen Angebot der Stadt. Er hätte gerne noch den Wiener Musikverein besucht, in dem die Wiener Philharmoniker heute Abend ein Konzert mit Werken von Gustav Mahler geben würden. Man hätte sicherlich noch Karten an der Abendkasse bekommen können. Leider hatten sie dafür nicht mehr genug Zeit, da er schon den Nachtzug gebucht hatte, wofür er sich innerlich verfluchte. Dieses Mal hatte er darauf geachtet, dass es sich um einen *Schlaf-* und nicht einen *Liege*wagen handelte. Sie würden am späten Abend in den Zug steigen und hoffentlich ausgeruht morgens am Bonner Hauptbahnhof einfahren.

„Was machen wir denn heute noch mit unserem angebrochenen Tag?", fragte Paula, als es schon fast Mittag war.

„Was immer du willst." Karl fand, dass ihre Gespräche eher denen eines jungen Ehepaares ähnelten und über die zweier Freunde weit hinausgingen. Vielleicht war aber auch nur der Wunsch der Vater des Gedankens.

„Ich schlage vor, dass wir unsere Sachen packen, das Tagebuch seinem angestammten Besitzer zurückgeben und dann noch ein wenig durch Wien, vielleicht auch durch die Wiener Geschäfte, wandeln."

„Das klingt verdächtig nach einer Shoppingtour", argwöhnte Karl.

Paula lachte. „Durchschaut. Es soll hier sehr schöne Geschäfte geben. Aber wenn dir das zu anstrengend…"

„Nein, ich komme gerne mit. Du brauchst doch einen fachlich versierten Berater, dessen Charakter Geschmack und Stilsicherheit in sich vereint."

„Du und Mode? Na, da mache ich wohl den Bock zum Gärtner." Paula musterte seinen eigenwilligen Aufzug.

„Ich habe eben einen sehr individuellen Stil und renne nicht jedem Modetrend hinterher. Die Großen in der Modewelt sind immer ihren eigenen Weg gegangen und die anderen sind ihnen irgendwann gefolgt."

„Na, dann werde ich ja vor jeder Geschmacksverirrung bewahrt", bemerkte Paula mit einem leicht ironischen Unterton.

„Vorher werde ich aber noch meinen Schlüssel wiederholen und unser Büchlein zurückbringen. Ich muss mir nur noch überlegen, wie ich den alten Herrn wieder für einen Moment in die Küche lotsen kann. Ich bin froh, wenn ich es hinter mir habe."

„Dich plagt wohl das schlechte Gewissen. Das ist nur die gerechte Strafe."

„Ja, ich weiß. Treffen wir uns dann in einer Stunde unten im Foyer?"

„Ich werde da sein."

Als sie am Abend ins Hotel zurückkehrten, hatte Karl drei prallgefüllte Tüten in der Hand. Es war zwar anstrengend gewesen, aber ihm hatte es gefallen, Paula in ihren verschiedenen Kleidern mustern zu dürfen, ohne dabei sein heimliches Interesse für sie preisgeben zu müssen. Sie holten ihre Koffer und checkten aus. Das Taxi wartete bereits und brachte sie zum Bahnhof. Noch ein letztes Mal fuhren sie an den schönen Sehenswürdigkeiten Wiens vorbei.

Als sie am Bahnhofsgebäude angekommen waren, suchte sich Karl einen Gepäckwagen, da sich ihre Habseligkeiten auf wundersame Weise nahezu verdoppelt hatten. Dann hielten sie Ausschau nach ihrem Bahnsteig. Pünktlicher als erwartet fuhr der Zug ein. Karl achtete auf die richtige Waggonnummer, damit sie die Koffer nicht erst durch überfüllte Gänge vorbei an übergewichtigen Menschen schleppen mussten. Sie stiegen ein. Ihre Schlafkabinen lagen direkt in der Nähe des Einstiegs. „Wenn ich bitten darf? Das ist Ihre Unterkunft für heute Nacht. Meine befindet sich direkt gegenüber. Ich hoffe, Sie finden alles zu Ihrer vollsten Zufriedenheit." Der Wiener Schmäh war wirklich ansteckend. Karl trug ihr Gepäck in die Kabinen und verabschiedete sich für die Nacht. „So eine Shoppingtour ist doch ganz schön anstrengend", stieß Paula mit einem Stöhnen hervor, das mehr Zufriedenheit als Erschöpfung zu bedeuten schien. „Ich glaube, ich werde schlafen wie ein Stein." Karl konnte dem nach seiner heutigen Tätigkeit als Packesel kaum widersprechen. „Gute Nacht, Paula." Sie umarmten sich kurz.

Karl richtete es sich in seiner kleinen Kabine ein, immerhin gab es ein abgetrenntes, allerdings räumlich sehr überschaubares Bad. Er machte sich kurz frisch und legte sich in bequemer Kleidung auf das Bett. Was für eine Wohltat, ging es ihm durch den Kopf, als er an die harten Pritschen des Liegewagens auf der Hinfahrt denken musste. Er wollte eigentlich noch etwas lesen, aber in seinem Kopf kreisten die Gedanken der letzten Tage, die schönen und weniger schönen Erlebnisse, die sie gehabt hatten. Der Zug war bereits losgefahren und Karl genoss die angenehm einlullende Wirkung des sanften Schaukelns. Er liebte das Zugfahren, es war so schön altmodisch und es war, wenn man nicht gerade den falschen Zug gebucht hatte, ein entspanntes Reisen, eine Entschleunigung. Karl musste daran denken, wie Paula jetzt nur wenige Meter neben ihm auf ihrem Bett lag. Er fragte sich, woran sie wohl dachte. Er verstieg sich in den Gedanken, dass sie vielleicht sogar an ihn dachte, an die schönen Tage, die sie miteinander verbracht hatten. Er musste an die romantische Vorstellung aus der griechischen Mythologie denken, dass es in der Vorzeit ein kugelförmiges Mischwesen bestehend aus einem männlichen und einem weiblichen Teil gegeben habe. Als dieser Vormensch zu hochmütig wurde, beschloss Zeus, die Kugelwesen in zwei Teile zu trennen. Daher sucht bis heute jeder Mensch voll Sehnsucht nach seiner zweiten Hälfte. Wenn er sie findet, kann er sich, in körperlicher wie geistiger Hinsicht, für immer mit ihr vereinen. Karl hoffte, dass Paula bei ihrer ersten Suche an die falsche Hälfte geraten war und er eigentlich der Teil war, der ursprünglich zu ihr hatte gehören sollen. Mit diesem bittersüßen Gedanken und dem eigenartigen Bild eines Kugelmenschen vor Augen schlummerte er, von dem Schaukeln des Zuges in den Schlaf gewiegt, selig ein.

Doch bald begann er unruhig zu werden und böse Bilder tauchten ungewollt aus seinem Unterbewusstsein auf. Er träumte, er befände sich in einem Museum und würde von zwei Männern verfolgt. Er kann nur in Zeitlupe laufen, seine Füße scheinen zäh am Boden festzukleben. Er flüchtet in einen gläsernen Fahrstuhl und hat das Gefühl eines Déjà-vus. Er drückt hektisch alle Knöpfe, damit sich die Türen schließen, und er in Sicherheit ist. Die beiden Männer kommen immer näher und näher, aber die Türen bleiben, wo sie sind. Als einer der beiden mit einem langen, blanken Messer auf ihn zu in die Fahrstuhlkabine springt, wacht er schweißgebadet auf. Er brauchte einige Sekunden, um den schrecklichen Albtraum abzuschütteln und in die Realität zurückzukehren. Um sich zu vergewissern, wo er war, schaute er sich in seiner Kabine, die zeitweise von der vorbeihuschenden Straßenbeleuchtung hell erleuchtet wurde, um. Er war erleichtert, dass ihn nur böse Erinnerungen eingeholt hatten. Sein Museumsbesuch hatte ihm wohl mehr zu schaffen gemacht, als er sich eingestanden hatte. Irgendwie war sein Blick aber noch verschwommen, immer wenn es wieder hell aufleuchtete, hatte er einen Schleier vor den Augen. Er rieb sie mit den Außenflächen seiner Hand, öffnete sie weit und schloss sie, um wieder klar sehen zu können. Aber das änderte nichts. Unvermittelt weitete er seine Nasenflügel, es roch merkwürdig. Den Geruch kannte er irgendwoher. Dann war er plötzlich hellwach. „Gas!", platzte es aus ihm heraus. Er hatte es schon einmal gerochen, als im Keller seines Wohnhauses die Gasleitungen undicht waren. Er suchte hektisch den Lichtschalter, den er aber in seiner

Aufregung nicht finden konnte. Er schaute zur Tür und wartete, bis wieder Licht in sein Abteil fiel. Auf dem Boden stand eine kleine Metallflasche, die wie eine Miniaturausgabe der Gasflaschen aussah, die er früher beim Grillen benutzt hatte. Jetzt hörte er auch ein leises Zischen. Er sprang von seinem Bett und drehte wild an dem Knopf der Gasflasche, bis er sicher war, dass das Geräusch nicht mehr zu hören war. Der stechende Gasgeruch trat durch die Aufregung derart in seine Lungen, dass er von einem unkontrollierten Husten geschüttelt wurde. Panisch wollte er die Tür öffnen, aber so fest er auch an beiden Seiten zog, sie öffnete sich nur einen kleinen Spalt breit. Die Luft wurde immer dünner, das Gas schien den Sauerstoff in dem Abteil weitestgehend verbraucht zu haben, und er hielt sich sein T-Shirt vor Mund und Nase, was den stechenden Geruch milderte, aber nicht dazu führte, dass er mehr Sauerstoff in seine Lungen bekam. Mit einer Hand zog er am Fenster, das zwar klemmte, sich aber mit einer großen Kraftanstrengung langsam nach unten ziehen ließ. Er hielt seinen Kopf weit nach draußen und hoffte, dass ihm nicht gerade jetzt irgendetwas am Streckenrand entgegenkam, das seinen Kopf zermalmen würde. Mit tiefen Atemzügen sog er die frische Luft ein. Er wartete einige Minuten, bis er das Gefühl hatte, dass das Gas im Abteil halbwegs nach draußen geströmt war. Er zog den Kopf wieder ein und roch erneut mit geweiteten Nasenflügeln. Das Gas war kaum noch wahrzunehmen. Er wollte gerade erneut den Lichtschalter suchen, um das gespenstische Dämmerlicht zu beseitigen, als er innehielt. Er fragte sich, was gewesen wäre, wenn er den Schalter kurz zuvor betätigt hätte. Er erinnerte sich an den Handwerker, der ihn darauf aufmerksam gemacht hatte, dass man auf gar keinen Fall den Lichtschalter anknipsen soll, sollte man bemerken, dass Gas ausströmt. Wenn ihn das Gas nicht irgendwann erstickt hätte, wäre er spätestens dann mit seinem gesamten Abteil in die Luft geflogen, nur ein kleiner Funke hätte dazu ausgereicht. Hier hatte es jemand mit aller Konsequenz auf ihn abgesehen. Auf ihn? Verdammt, vermutlich nicht nur auf ihn, sondern möglicherweise auch auf Paula. Schockiert vergaß er seinen desolaten körperlichen Zustand voller Angst um sie, die vermutlich ruhig und ahnungslos in ihrem Abteil schlummerte. Was war, wenn jemand auch dort eine Gasflasche platziert hatte? Dann hätte das Gas nun vielleicht schon den letzten Sauerstoff in ihrer Kabine verdrängt. Was sollte er jetzt tun? Die Notbremse ziehen? Es würde viel zu lange dauern, bis der Schaffner feststellen würde, wo Gefahr im Verzug war. Zudem könnte Paula von dem Lärm geweckt werden, und würde vermutlich instinktiv das Licht anschalten. Um sich zu vergewissern, versuchte er erneut die Türen mit aller Kraft auseinander zu ziehen, doch auch jetzt bewegten sich die beiden Flügel nur wenige Zentimeter auseinander. Er konnte im Spalt ein weißes Band erkennen, mit dem die beiden Seiten vermutlich zusammengehalten wurden. Mal blockierten Stresshormone alle Denkversuche, aber jetzt schien es Karl, als wäre er geistig in Habachtstellung. Er erinnerte sich, dass er sein Schweizer Taschenmesser mitgenommen hatte. Eigentlich benötigte er auf Reisen nur den Korkenzieher oder den Flaschenöffner. Er sprang ins Bad und wühlte in seinem Kulturbeutel. Ganz zuunterst befand sich darin das rote Taschenmesser, das inzwischen etwas aus der Mode gekommen war. Er wollte eigentlich eine Klinge herausziehen, als er zum ersten Mal eine Minisäge entdeckte. Auch gut, dachte er sich. Dann suchte er nach einem Gegenstand, der nur wenige Zentimeter breit war. Er sah sich in der Kabine um. Als wieder einmal ein Lichtschein den Raum erhellte, entdeckte er ein Feuerzeug, das jemand offensichtlich hatte liegen lassen. Das müsste gehen. Er legte es, dort wo die beiden Türen aufeinandertrafen, auf den Boden, holte tief Luft, zog die Flügel wieder soweit wie möglich auseinander und schob mit seinem Fuß das Feuerzeug behutsam in den Spalt. Er wartete kurz, um zu sehen, ob es dem Druck standhalten würde. Dann schob er die Säge durch die Öffnung, positionierte sie auf dem Band und machte kleine, aber kräftige Sägebewegungen. Er wurde immer nervöser und dachte an die verlorene Zeit und an Paula. Ihr durfte auf gar keinen Fall etwas zustoßen. Er hoffte inständig, dass sie noch nicht erstickt war, oder gerade jetzt aufwachen und den Lichtschalter betätigen würde. Er durfte keinen Lärm machen, der sie hätte wecken können. Er war schweißgebadet. Da endlich merkte er, wie die Spannung ruckartig nachließ und das Band, das scheinbar aus Plastik bestand, auseinanderriss. Die Türen ließen sich öffnen. Karl schob sie langsam und so leise wie möglich zur Seite. Als er auf der gegenüberliegenden Seite sah, dass auch an Paulas Kabine ein Kabelbinder angebracht war, holte er erneut sein Messer, sägte und bemühte sich dabei möglichst wenig Geräusche zu erzeugen. Sobald er das Band durchtrennt hatte, schob er die beiden Türen vorsichtig zur Seite. Der Geruch des Gases stieg ihm sofort wieder in die Nase und er entdeckte eine Gasflasche, wie sie auch in seinem Abteil gestanden hatte. Hoffentlich war es noch nicht zu spät. Er zog sie behutsam heraus, drehte am Knopf, bis kein Gas mehr herausströmte und stellte sie vorerst im Gang ab. Dann erst öffnete er die Tür sperrangelweit, hielt sich abermals sein T-Shirt vor die Nase und riss das Fenster mit einem Ruck auf. Sofort entstand ein enormer Luftzug mit frischem, wohltuendem Sauerstoff. Karl sah Paula regungslos auf ihrem Bett liegen. Voller Sorge hielt er sein Ohr über ihr Gesicht und horchte. Gott sei Dank, sie atmete noch. Sie hatte wohl tatsächlich einen guten Schlaf … und wäre beinahe nicht mehr aufgewacht, ging es ihm durch den Kopf. Er hätte sie jetzt am liebsten vor Freude umarmt und geküsst, seine Augen wurden ein wenig feucht. Seine Anspannung suchte sich ein Ventil. Der Gedanke, dass Paula das vielleicht nicht überlebt hätte, machte ihm noch einmal bewusst, wie viel sie ihm bedeutete und dass sie bisher jedes Mal unterschätzt hatten, in welcher Gefahr sie schwebten. Er wartete noch einen Moment, bis er sich gefasst hatte. Dann rüttelte er ganz sanft an ihren Schultern. Paula blinzelte ihn an, immer noch im Zustand zwischen Schlafen und Wachen.

„Wach auf, Paula." „Was ist denn los? Sind wir schon da?" Sie war völlig verwirrt. Karl wollte sie nicht direkt mit der Tatsache konfrontieren, dass sie beide nur knapp dem Tod entronnen waren.

„Werde erst einmal richtig wach, dann reden wir weiter." Paula setzte sich auf.

„Warum bist du hier? Warum sind die Türen und Fenster auf?", fragte sie schläfrig.

„Warte noch einen Augenblick." Erst jetzt traute er sich, das Licht anzuknipsen. Paula wurde geblendet und hielt kurz ihre Hand schützend vor die Augen. „Tut mir leid, dass ich dich geweckt habe, aber ich glaube, da wollte wieder einmal jemand ..." Karl überlegte, wie er sich möglichst schonend ausdrücken konnte. „Uns loswerden? Meinst du das?", fragte Paula und war überraschenderweise gefasst oder noch nicht wieder ganz bei sich.

„Ja, irgendjemand wollte einen Anschlag auf uns verüben. Ich bin Gott sei Dank gerade noch rechtzeitig wach geworden."

Karl fiel erst jetzt wieder sein Alptraum ein. Was für eine Ironie des Schicksals, dass er gerade davon geträumt hatte ermordet zu werden, und dadurch ein wirklicher Mord verhindert wurde.

„Das war wohl derselbe, der uns schon einmal verfolgt hat. Ich fürchte jetzt werden wir kein Auge mehr zumachen können."

„Schließ du dich ein und ich werde schnell dem Schaffner Bescheid geben. Er soll die Bahnpolizei informieren, vielleicht befindet sich unser potentieller Mörder noch im Zug und sie können ihn am nächsten Bahnhof abfangen." Er sah auf seine Uhr, es war bereits fünf Uhr morgens. „Ich komme gleich wieder."

Als es nach kurzer Zeit an die Tür klopfte, vergewisserte sich Paula, dass es kein ungebetener Gast war.

„Karl?"

„Ja, ich bin es, du kannst aufmachen." Karl setzte sich neben sie. „Die Bahnpolizei weiß Bescheid, sie werden alle aussteigenden Fahrgäste kontrollieren. Zwei Beamte werden sich in unseren Abteilen umsehen und nach Spuren suchen." Paula sah an sich herunter und ihr wurde erst jetzt bewusst, dass sie nur Unterwäsche trug.

„Ich glaube, dann ziehe ich mich mal besser an."

Sie machte eine Drehbewegung mit ihrer Hand. Karl war schwer von Begriff, es dauerte einen Moment, bis er verstand, dass er sich umdrehen sollte. Um der Höflichkeit Genüge zu tun, schaute er aus dem immer noch offenen Fenster und versuchte nach dem Schock der letzten Stunde wieder zur Ruhe zu kommen. „Bin fertig, kannst dich wieder umdrehen. Es wäre schön, wenn wir zusammenbleiben könnten, bis die Beamten kommen."

„Na klar, mir ist jetzt auch nicht danach, ganz allein vor mich hin zu grübeln."

Er setzte sich neben Paula, die ihren Kopf erschöpft an seine Schulter lehnte. „Ich glaube, wir haben verdammtes Glück gehabt." „Das kannst du laut sagen."

Kapitel XXXV

Eine gute halbe Stunde vor Bonn, Paula war in seinen Armen eingenickt, klopfte jemand an die Tür. Karl schreckte aus dem Dämmerzustand, in dem er sich befand, auf. „Ja, bitte?"

„Hier ist die Bahnpolizei, sie können jetzt öffnen." Karl schloss die Tür vorsichtig auf, für den Fall, dass doch jemand Ungebetenes vor der Tür stünde, der sich nur als Polizeibeamter ausgegeben hatte.

„Ich bitte Sie, sich fertig zu machen, wir erreichen gleich den Hauptbahnhof Bonn, dort können wir in Ruhe über alles reden." Inzwischen war auch Paula wach geworden und sah verwirrt um sich.

„Haben Sie denn jemand Verdächtigen festnehmen können?", fragte Karl hoffnungsvoll.

„Nein, tut mir leid, aber die Personen haben den Zug vermutlich schon vor Ihrem Alarm verlassen. Würden Sie sich dann bitte bereithalten? Ich begleite Sie." Paula hatte inzwischen ihre Müdigkeit abgeschüttelt, ging in ihre Kabine und begann ihren Schlafdress und den Kulturbeutel in den Koffer zu packen. Auch Karl war schnell damit fertig, hatte er sich doch mit seiner normalen Kleidung zum Schlafen gelegt. Da kamen schon zwei Polizeibeamte, die offensichtlich Spuren sichern wollten. „So, kommen Sie, wir sind in fünf Minuten in Bonn." Sie warteten an den Zugausgängen auf den Halt des Zuges. Karl schaute sich instinktiv um und musterte misstrauisch die anderen Mitreisenden. Dann verlangsamte sich das Tempo und sie hörten das Quietschen der Bremsen. Nachdem der Zug zum Stehen gekommen war, stiegen sie nacheinander aus. Der Beamte folgte und zeigte ihnen die Richtung. Sie betraten die belebte Bahnhofshalle und bogen nach rechts in einen Gang ab. Der Polizeibeamte ging auf eine Tür zu, auf der ein Schild verriet, dass sich hier das Büro der Bahnpolizei befand. Sie traten in einen Raum mit einer Theke, hinter der ein Beamter an einem Computer arbeitete. Hinter der Theke befand sich ein weiterer Raum, in dem ein Tisch mit vier Stühlen und ein Regal voller Akten standen. „Nehmen Sie Platz. Wir müssen noch einen Augenblick warten, bis der Herr von der Kripo kommt." Paula und Karl stellten ihre Koffer an der Seite ab und setzten sich. Karl wünschte sich nach Hause in sein Bett, er hatte in der Nacht kaum ein Auge zugemacht. „Wenn Sie möchten, dann besorge ich Ihnen Kaffee, ich glaube Sie könnten einen gebrauchen." Paula und Karl nickten einmütig. Wenige Minuten später kam der Beamte mit zwei Tassen in der Hand herein. Direkt hinter ihm folgte ihm ein weiterer Mann, den Karl auch vom Sehen kannte. Er hatte ihn schon an Carlas Arbeitsstätte gesehen. Er begrüßte die beiden und setzte sich auf den verbliebenen Stuhl. „Guten Tag, mein Name ist Reuter. Ich weiß, Sie stehen immer noch unter Schock, aber berichten Sie mir bitte ganz genau, was heute Nacht im Zug passiert ist.“

Karl begann mit seinem Bericht. Er versuchte, sich trotz seiner Müdigkeit an den Ablauf der Ereignisse und an jedes Detail zu erinnern. Bei deren Schilderung wurde ihm noch einmal klar, wie knapp sie dem Tode entronnen waren. Paula hörte ebenfalls gespannt zu, da Karl ihr das Ganze noch nicht in allen Einzelheiten erzählt hatte. Sie hatte das meiste davon zum Glück verschlafen und wurde erst geweckt, als die Gefahr bereits gebannt war. „Sie haben sehr umsichtig gehandelt, sie wären nicht die ersten gewesen, die einem Gasanschlag zum Opfer gefallen wären. In den 70er und 80er Jahren, so haben es mir ältere Kollegen erzählt, waren häufig Kriminelle auf der Italienroute unterwegs, die den Menschen im Schlafwagenabteil ein Narkosemittel verabreichten, um sie dann in Allerseelenruhe ausrauben zu können. Man hatte es dabei allerdings nicht, wie bei Ihnen, auf das Leben der Fahrgäste abgesehen. Ihren Aussagen entnehme ich, dass Sie keinen blassen Schimmer haben, wer das getan haben könnte, geschweige denn, dass Sie irgendeinen Verdächtigen gesehen haben.“

„Nein, gesehen habe ich niemanden. Als ich mein Abteil verließ, war niemand im Gang zu sehen. Ich war in dem Moment allerdings auch nicht ganz zurechnungsfähig. Mit einer Personenbeschreibung kann ich leider nicht dienen.“

„Haben Sie denn einen Verdacht, wer es auf Sie abgesehen haben könnte?“

Karl überlegte, was er von ihren Ermittlungen erzählen sollte. In Anbetracht der ernsten Lage wollte er nichts verheimlichen. Sie brauchten jetzt dringend die Hilfe der Polizei. Wer auch immer dahintersteckte, er hatte bereits zweimal versucht sie aus dem Weg zu räumen, warum nicht auch noch ein drittes Mal. So berichtete er dem Beamten, was sie bisher herausgefunden hatten und erzählte von der Suche nach den Dokumenten, die für einige anscheinend von so großem Interesse waren, dass sie vielleicht auch bereit waren, dafür über Leichen zu gehen. „Sie sind sehr mutig, oder sagen wir besser leichtsinnig. Ich kann Ihnen nur raten, Ihre Nachforschungen sofort einzustellen und uns die Sache zu überlassen. Wir haben es hier anscheinend nicht mit irgendwelchen harmlosen Kleinkriminellen zu tun. Hier waren eindeutig Profis am Werk. Denken Sie an meinen Rat.“ Paula und Karl sahen betreten nach unten, wie zwei Kinder, die wegen eines Streiches zurechtgewiesen wurden. Im Grunde hatte er ja recht, dachte Karl, sie hatten sich eigenmächtig zu sehr in eine Sache eingemischt, die ihnen über den Kopf gewachsen war und sie beinahe denselben gekostet hätte.

„Danke, wir werden Ihren Rat beherzigen. Es wäre trotzdem nett, wenn Sie herausfinden könnten, wer die Attentate auf uns verübt hat." „Wir geben unser Bestes. Ich würde Sie dann sofort informieren. Schönen Tag noch."

Ohne ein Wort zu wechseln, verließen die beiden das Büro und schließlich die Bahnhofshalle. Draußen wurden Karls müde Augen vom grellen Sonnenlicht geblendet.

„Ich schlage vor, wir nehmen uns ein Taxi und fahren zuerst zu deiner Wohnung. Ist dein Mann zuhause?"

„Ja, müsste er eigentlich."

„Ich werde mich erstmal aufs Bett werfen und etwas Schlaf nachholen. Danach werde ich mir ausnahmsweise einen starken Kaffee zubereiten und dann sieht die Welt schon wieder anders aus."

„Sollen wir uns morgen im Café treffen, ich glaube, es gibt einiges, was wir in Ruhe und ausgeschlafen besprechen sollten."

„Ja, das ist eine gute Idee", stimmte Karl mit schläfriger Stimme zu.

Sie liefen zum vordersten Taxi, ließen ihr Gepäck verstauen und stiegen in den Wagen. Jetzt wollten sie beide wirklich nur noch nach Hause und schlafen.

Kapitel XXXVI

Nach den aufwühlenden Ereignissen während ihrer Wienreise und der Rückfahrt nach Bonn war es schwer, sich wieder in den Alltag in Bonn einzufinden. Karl hatte, völlig erschöpft, bis zum nächsten Morgen durchgeschlafen, musste aber am Vormittag wieder seine Vorlesung halten, auch wenn es das Letzte war, wonach ihm gerade zumute war. Für nachmittags hatten Paula und er sich im Café verabredet, um das Vergangene Revue passieren zu lassen. Sie saßen im „Café Fleur“ und sahen aus dem Fenster auf den Blumenmarkt. Karl nahm einen großen Schluck von seinem Cappuccino. „Lass uns bitte noch einmal durchgehen, was wir wissen und was wir *nicht* wissen. Alles begann mit einem Todesfall. Rosenberg fiel aus dem Fenster, soviel steht fest. Es könnte ein Unfall gewesen sein, was eher unwahrscheinlich ist, ein Selbstmord oder…“ „…ein Mord“, ergänzte Paula. Sie spann den Faden weiter: „Wenn es Selbstmord gewesen sein sollte, müsste es einen geschäftlichen oder auch privaten Grund dafür geben. Entweder hat es mit unseren Beethovendokumenten zu tun, die offensichtlich sehr begehrt sind, oder er nahm sich das Leben, weil ihm nach der Vergewaltigung, wenn sie denn stattgefunden hat, klar wurde, dass er zu weit gegangen war und er bei Bekanntwerden nicht nur seinen Ruf, sondern wohl auch seine Freiheit eingebüßt hätte. Oder er hat seine Tat schlichtweg bereut und wusste keinen anderen Ausweg.“

Karl sah aus dem Fenster, ohne die Außenwelt wirklich wahrzunehmen. „Wenn es Mord war, gibt es auch verschiedene Möglichkeiten. Ist er ein Opfer derselben Leute, die uns seit einiger Zeit nach dem Leben trachten, und zwar genau seitdem auch wir uns für die „Sensation“ interessiert haben? Diese Leute haben eine große kriminelle Energie und auf einen Mord mehr oder weniger scheint es ihnen nicht anzukommen.“

„Und unser japanischer Musikliebhaber spielt vielleicht *eine* oder sogar *die* entscheidende Rolle dabei. Was aber, wenn unsere vermeintlich missbrauchte Studentin es mit der Wahrheit nicht so genau nimmt. Vielleicht hat sie ja das Büro nie verlassen und nur darauf gewartet, es ihm heimzuzahlen. Oder die Geschichte mit den K.O.-Tropfen ist reine Erfindung und sie hat ihn aus verschmähter Liebe ans Fenster gelockt und mit einem kleinen Schubs herausgestoßen. Sie hat sich auf jeden Fall verdächtig verhalten. Mir ist nicht klar, warum sie nicht sofort zur Polizei gegangen ist, wenn sie die Wahrheit sagt. Es ist jedenfalls ein merkwürdiger Zufall, dass Rosenberg angeblich eine Frau missbraucht hat und er am nächsten Tag tot im Innenhof der Uni liegt.“

Karl folgte Paulas Ausführungen aufmerksam.

„Was wäre, wenn sie mit Rosenberg aus freien Stücken in jener Nacht zusammen war. Sie hörten Geräusche auf dem Flur und sie unterbrachen ihr Tête-à-Tête. Aus Angst, jemand könnte sie entdecken, versteckt sie sich in seinem Büro und muss mit ansehen oder eher anhören, wie Rosenberg von jemandem bedroht und getötet wird. Vielleicht rührt daher ihre Angst, zur Polizei zu gehen. Sie kann möglicherweise Hinweise auf die Täter geben, die völlig skrupellos zu sein scheinen und eine Mitwisserin garantiert beseitigen würden." Es trat eine kurze Stille ein. Paula rührte mit ihrem kleinen Löffel gedankenverloren in der Espressotasse ohne zu bemerken, dass sie bereits nur noch Bodensatz enthielt.

„Es könnte aber auch sein, dass unsere Witwe sich ganz bewusst so offen gegeben hat. Nichts wirkt unschuldiger, als von sich aus zuzugeben, dass man keine gute Beziehung zum Opfer hatte. Wer so ehrlich ist, dem glaubt man auch, dass er mit einem Mord nichts zu tun hat."

„Du hast recht. Vielleicht sind wir ihr auf den Leim gegangen. Sie wirkte wie ein Opfer, möglicherweise aber ist sie einfach eine gute Schauspielerin, die mit ihrer Leidensgeschichte bei uns und der Polizei Mitleid erwecken wollte." Er machte eine kleine Pause und sah in Gedanken versunken durch Paula hindurch. Dann fuhr er fort: „Wir gehen immer davon aus, dass zwei Dinge, die in einem kurzen zeitlichen Abstand geschehen, ursächlich zusammenhängen. Es könnte genauso gut sein, dass weder die jüngsten Forschungen, die Rosenberg betrieben hat, noch sein Verhältnis mit der Studentin irgendetwas mit seinem Tod zu tun haben."

„Ehrlich gesagt, schwirrt mir inzwischen der Kopf von der ganzen Sache. Irgendwie weiß ich jetzt, was Schlegel damit meinte, als er sagte: ‚*Mit dem Wissen nimmt das Unwissen im gleichen Grade zu.*' Ich habe das Gefühl, je mehr wir herausfinden, desto mehr verrennen wir uns." Paula sah sichtlich verzweifelt aus.

„Und ich weiß jetzt", entgegnete Karl, „was Sokrates meinte, als er behauptete: ‚Ich weiß, dass ich nichts weiß.'" Zum ersten Mal, seit sie im Café zusammensaßen, mussten sie beide über ihren Zustand der Verwirrung lachen.

Dann fuhr Karl fort: „Du hast recht, wir sollten eine kleine Denkpause einlegen. Oft bekommt man gerade dann einen Geistesblitz, wenn man sich nicht verbissen mit einer Sache beschäftigt, sondern sie erst einmal ad acta legt. Zündende Ideen entstehen selten mit Gewalt. Wenn man sie in Ruhe lässt, kommen sie oft von selbst. Wie wäre es heute Abend mit einem Kinobesuch? Ich reserviere die Karten und übernehme das Popcorn."

„Liebend gerne!"

Kapitel XXXVII

Der Abend mit Paula war, wie erwartet, schön gewesen, der Film unterhaltsamer, als Karl gedacht hätte. Die weibliche Hauptdarstellerin hatte ihm gefallen, aber er fand, dass Paula noch eine Spur hübscher war als Drew Barrymore. Es war schön gewesen, im Sitz versunken neben ihr zu sitzen und sich die riesige Popcorntüte zu teilen. Manchmal beobachtete Karl sie von der Seite. Er liebte es, wenn sie bei komischen Szenen lachte und ihre kleine, spitze Nase noch mehr hervortrat und auch wenn sie bei melodramatischen Momenten einen ernsten Blick aufsetzte und sich ihre schönen braunen Augen dabei leicht verengten. Er hatte sich gefragt, was für ein Ehemann das war, der seine Frau mit einem fremden Mann so viel Zeit verbringen ließ. Er wäre vor Eifersucht gestorben. Entweder war die Liebe nicht mehr sehr groß oder er liebte sie derart, dass er ihr blind vertraute. Nach der Vorstellung waren sie noch ein wenig durch die Innenstadt geschlendert und hatten sich die beleuchteten Geschäftsauslagen angesehen. Paula zog ihn immer wieder am Arm, wenn sie etwas entdeckte, das ihr zusagte. Karl hatte sich jedes Mal geehrt gefühlt, wenn sie ihn fragte, wie ihm dieses oder jenes gefiele. Sie war so herrlich unbefangen gewesen und ahnte vermutlich nicht im Geringsten, was für Gefühlswallungen sie bei ihm auslöste. Die Erinnerung an diesen schönen Abend nahm er noch mit in seine Träume.

Jetzt allerdings begann wieder der Alltag mit all seiner wohltuenden Normalität, aber auch all seinen Verpflichtungen. Karl hatte ein schlechtes Gewissen, weil er in der letzten Woche außerstande gewesen war, seine Vorlesungen ordentlich vorzubereiten. Er hoffte, dass Ken seine Arbeit übernommen hatte und er sich mit Hilfe des Materials schnell orientieren konnte. Es war ein ungutes Gefühl die Universität zu betreten, in deren Innenhof vor gut einer Woche noch ein Toter gelegen hatte. Es würde noch lange dauern, bis man an diesem Ort nicht mehr daran erinnert würde. Normalität und Gewohnheit konnten manchmal doch sehr angenehm sein. Er begrüßte seinen Doktoranden, der ihm sofort den USB-Stick mit der vorbereiteten Powerpoint-Präsentation in die Hand drückte. „Danke, das rettet mich, ich hatte dieses Wochenende keine Zeit zur Vorbereitung.“ Karl steckte den Stick in seinen Computer und arbeitete sich, so gut es ging, in das Thema ein. Die Bilder, die er exemplarisch ausgesucht hatte, kannte er zum Glück in- und auswendig. Den Rest würde er mit einer großen Portion langjähriger Routine meistern. „Nach der Vorlesung“, sagte er zu Ken gewandt, „werde ich dir in aller Ruhe berichten, was wir heraus- oder auch nicht herausgefunden haben. Ich denke, das wird dich interessieren.“ Er verließ das Büro und machte sich auf den Weg zum Hörsaal, in zehn Minuten würde die Vorlesung beginnen. Er lief gerade über den Flur, als plötzlich sein Handy klingelte.

„Ja, hallo?“, fragte er ungeduldig.

„Ich bin‘s“, Karl erkannte die Stimme seiner Exfrau.

„Meine Kollegen sind im Fall Rosenberg etwas ins Stocken geraten. Ich wollte fragen, ob du bei deinen, wie ich gehört habe nicht ganz ungefährlichen Nachforschungen etwas herausgefunden hast, was ihnen weiterhelfen könnte. Du weißt: Eine Hand wäscht die andere und so.“

„Ja, wir haben uns unsere Gedanken gemacht. Es kann sein, dass wir deinem Kollegen…“

„Du meinst Kommissar Reuter“, half ihm Carla auf die Sprünge.

„Ja, dass wir ihm einige Vermutungen, die wir angestellt haben, vorenthalten haben. Das mag daran gelegen haben, dass wir an dem Morgen gleichermaßen geschockt und übermüdet waren. Ich möchte dich ungern abwürgen, aber ich muss in nicht einmal 10 Minuten in meiner Vorlesung sein. Kann ich dich direkt danach zurückrufen?“

„Ja, kein Problem. Bis später.“ Jetzt musste er sich ranhalten. Er hatte sich bereits eine halbe Stunde nach der Vorlesung mit Paula verabredet, um im Café „Uni-Versum“, einem auch von den Studenten gern frequentierten Café, das direkt gegenüber der Universität gelegen war, das weitere Vorgehen mit ihr zu besprechen. Jetzt musste er auch noch seine Ex zurückrufen, der er ja durchaus verpflichtet war, und er hatte Ken versprochen, ihm ebenfalls von den Nachforschungen in Wien zu berichten. Das würde er einfach nicht mehr schaffen. Also lief er noch einmal zum Büro zurück und entschuldigte sich bei Ken, dass ihm etwas dazwischengekommen sei und er ihn am nächsten Tag auf den neuesten Stand bringen würde. Ken reagierte mit der ihm eigenen Gelassenheit und bedankte sich für die Information.

In der Vorlesung sollte es heute um das Motto des *Carpe diem* gehen, das er in der Einführung bereits angesprochen hatte. Diese Gedichte waren auf eine gewisse Art modern und vielfach mehr als unanständig, was die Studenten oft überraschte. Einige Männer im Zeitalter des Barock hatten das *Carpe diem* Motto dazu missbraucht, Frauen auf möglichst schnelle Art in ihr Bett zu bekommen. Zeilen wie „Ach Liebste, lass uns eilen“ vermittelten der Jungfrau, dass sie jetzt noch ganz frisch und knackig sei, sie aber schon bald alt und hässlich sein würde, sodass sie kein Mann mehr anrühren würde. Dass sich das Leben der Noch-Jungfrau nach dem Beischlaf schlagartig ändern könnte, da sie mit ihrer Unschuld auch ihr gesellschaftliches Ansehen verlieren würde, unterschlugen sie tunlichst. Neben der freien Liebe wurde aber auch dazu aufgerufen, die schnöden Bücher fortzuwerfen, das trockene Studium zu beenden und sich ganz den schönen Dingen des Lebens zuzuwenden, ganz nach dem Motto des teuflischen Mephisto: ‚Grau ist alle Theorie und grün des Lebens goldener Baum.' Der Aufruf zur Völlerei bezog sich nicht nur auf die Frauen, sondern auch auf den Alkohol. Nicht der christliche Gott, sondern Bacchus, der Gott des Weines und des Rausches, war hier der Angebetete. Das war doch eine sehr lebenslustige Auslegung des *Memento mori*-Gedankens.

Manchmal verstanden die Studenten die unanständigen Metaphern und Anspielungen nicht, weil sie diese den Dichtern der Zeit des 17. Jahrhunderts einfach nicht zutrauten. Sie zeigten zu viel Respekt vor den Künstlern, die eben auch Männer und damit zuweilen triebgesteuert waren.

„Das nächste Mal wird es wieder etwas seriöser und anständiger zugehen. Dann geht es um den alternativen Weg — darum, ein Leben in christlicher Demut und Bescheidenheit zu führen. Der christliche Glaube war von jeher allem Fleischlichen abgeneigt, waren doch die fleischlichen Gelüste nach Meinung aller Theologen und Kirchenväter verantwortlich für das lasterhafte Verhalten der Menschen. Augustinus war es, der sich nach einem Leben in Saus und Braus bekehrte und entschied, dass fleischliche Begierden der Urgrund aller Sünden sei. Trotzdem hatten auch Barockgedichte mit diesem Thema ihren Reiz, auch wenn der strenge Glaube heute für viele, gerade auch für junge Leute wie Sie, schlecht nachzuvollziehen ist. Dies wird aber erst Thema der nächsten Vorlesung sein. Danach werden wir den Ausflug in die Barocklyrik beenden und uns den regelhaften und formalisierten Strukturen der barocken Architektur zuwenden, die nicht zuletzt auf den Einfluss der aufblühenden Naturwissenschaften mit ihrem Sinn für mathematische Formeln und Naturgesetze zurückzuführen sind. Sie können aber auch als eine psychologische Kompensation verstanden werden, in einer Zeit, in der Kriege und Epidemien das Leben der Menschen in ein Chaos zu stürzen drohten. Ich danke Ihnen."

Die Vorlesung verlief überraschend gut. Oft birgt gerade eine zu intensive Vorbereitung auch die Gefahr, dass man sich zu strikt am Konzept festbeißt, versuchte er seine mangelnde Vorbereitung vor sich selbst zu rechtfertigen. Die Spontaneität hatte ihre Vorzüge und daraus ergaben sich so manches Mal die besten Vorlesungsstunden. Die Studenten verließen ob des anrüchigen Inhalts der Gedichte schmunzelnd den Hörsaal. Nachdem er seine Tasche gepackt hatte, verließ er eilig den Saal, da er ja bereits in einer halben Stunde mit Paula vor dem Haupteingang verabredet war. Auf dem Weg dorthin hatte er das Handy bereits am Ohr. Seine Ex meldete sich, wie immer, bereits nach dem ersten Klingeln.

„Ich höre", sagte sie, um keine Zeit zu verlieren. Karl wusste nicht so genau, was er ihr mitteilen und was er ihr besser vorenthalten sollte.

„Also, wir, ich meine ich, tappen auch noch im Dunkeln. Wir haben allerdings zwei Kandidaten, die etwas mit dem Tod Rosenbergs zu tun haben könnten, wenn es sich denn um einen Mord handelt. Da ist einmal ein geleckter Adliger aus einem Auktionshaus in Köln, dem ich einen Besuch abgestattet habe, der uns bezüglich seiner Telefonkontakte zu Rosenberg schlichtweg angelogen hat. Außerdem sind wir, sagen wir, durch eine kleine List ..."

„... die sich hoffentlich im Rahmen der Gesetze bewegt", unterbrach sie ihn in einem Ton, der klarmachte, dass sie nicht wirklich daran glaubte.

„Auf jeden Fall! Also, wir sind auf einen Mann gestoßen, einen stinkreichen Japaner, der sich für alles interessiert, was mit Beethoven zu tun hat. Sein Name ist Haito Osaka, er hat ein riesiges Anwesen in Hahnwald, dem exklusivsten Viertel von Köln. Er kauft auch Schriftstücke auf, deren Erwerb sich nicht unbedingt, wie drücktest du dich aus ‚im Rahmen der Gesetze' bewegt. Ich vermute, dass ein originales Schriftstück von Beethoven eine wichtige Rolle spielt."

„Und irgendjemand ist euch nach wie vor auf den Fersen und wünscht euch nichts Gutes."

„Ja, so sieht es leider aus. Mehr kann ich dir auch nicht sagen."

„Das ist doch schon mal etwas, wir werden uns um die Sache kümmern. Du solltest dich ab jetzt aus der Sache heraushalten. Ich habe gehört, dass du dich in letzter Zeit häufiger mit einer jungen Kollegin herumtreibst. Es ist nicht zufällig die kleine Italienerin, die neulich bei uns auf dem Präsidium war? Sehr hübsch übrigens." Karl überlegte, ob er mit der abgedroschenen Phrase „Unser Verhältnis ist rein beruflich" kontern sollte, dachte aber dann, dass es seine Ex eigentlich einen feuchten Kehricht anging.

„Ich muss unser Gespräch jetzt leider beenden." Schmunzelnd setze er aber noch hinzu: „Die junge Kollegin wartet auf mich."

„Dann will ich dich nicht länger aufhalten und...", sie zögerte, „pass auf dich auf!" Ihre Stimme hatte einen ungewöhnlich ernsten Ton angenommen. Anscheinend machte sie sich wirklich Sorgen um ihn.

Kapitel XXXVIII

Trotz aller Widrigkeiten war er rechtzeitig an dem verabredeten Ort vor dem Haupteingang der Universität, wo viele Studenten, aber keine Paula zu sehen waren. Ihre Verspätungen kannte er inzwischen nur zu gut. Sie sagte einmal, sie habe ein abstraktes Verhältnis zur Zeit. Das war zwar witzig formuliert, aber grundsätzlich hasste er Unpünktlichkeit, da es für ihn auch immer ein Zeichen von Respekt und Wertschätzung war, jemanden nicht warten zu lassen. Vielleicht war er auch nur ein verkrampfter, überdisziplinierter Preuße und sie eine spontane und lebenslustige Italienerin. Aber auch für ihre Verhältnisse war es ungewöhnlich spät. Er hatte jetzt schon eine halbe Stunde herumgestanden und fühlte sich wie bestellt und nicht abgeholt. Als Karl gerade überlegte, Paula eine SMS zu schreiben, um ihr mitzuteilen, dass er schon ins Café gehen würde, hielt plötzlich ein Taxi neben ihm auf der Busspur. Der Taxifahrer winkte ihm mit vorgebeugtem Kopf zu und bedeutete ihm offenbar, die Beifahrertür zu öffnen. Karl beugte sich leicht vor.

„Haben Sie ein Taxi bestellt?"

„Nein, das muss ein Irrtum sein. Ich habe ganz bestimmt kein Taxi bestellt."

„Sie *haben* ein Taxi bestellt, da sind wir uns ganz sicher", schaltete sich eine energische Stimme hinter ihm ein. Er drehte sich um und erschrak. Er sah zwei Männer, bei denen es sich mit an Sicherheit grenzender Wahrscheinlichkeit um die beiden Ganoven handelte, die ihn im Museum belagert hatten. Der Tonfall in der Stimme und die Hand in der Tasche machten ihm klar, dass eine Diskussion jetzt relativ sinnlos war. Er überlegte kurz, aufzuschreien und um Hilfe zu rufen, es waren immerhin viele Menschen in der Nähe, aber er entschied sich dagegen. Diese Männer würden nicht lange fackeln, wenn sie jemanden, und sei es auf offener Straße, niederstrecken wollten.

Also ließ er sich auf den Beifahrersitz drängen. Die beiden Männer stiegen hinten ein und der Wagen fuhr zügig los. Er bekam keine Fesseln, keine Mund- oder Augenbinde. Offensichtlich erwarteten sie keinen Fluchtversuch und es machte ihnen auch nichts aus, wenn er wusste, wohin sie fuhren. Karl stellte sich allerdings die Frage, ob das ein gutes oder schlechtes Zeichen war. Sie verließen bald die Innenstadt und fuhren in Richtung Köln auf die Stadtautobahn auf. Er überlegte, ob er unauffällig die Hand in der Tasche verschwinden lassen konnte, um einen Notruf abzugeben. Ihm fiel ein, dass er die Nummer seiner Ex vom letzten Anruf noch auf dem

Display haben müsste. Das bedeutete, er müsste nur zweimal die Taste mit dem grünen Hörer drücken und hätte eine direkte Verbindung zur Kripo. Das machte ihm gewisse Hoffnung, unversehrt aus dieser Situation herauszukommen. Bevor er es wagte, nach dem Handy in seiner Jackentasche zu tasten, schaute er mehrmals unauffällig zum Fahrer rüber. Der starrte mit ernster Miene stur geradeaus. Da blitzte ein Gedanke in ihm auf. Irgendwo hatte er diesen Kerl schon mal gesehen. Es konnte noch gar nicht so lange her sein und da erschien schon das Bild eines Mannes, der seinen Wagen polierte, vor seinen Augen. Ja, das war er, der Chauffeur, den er vor Osakas Haus gesehen hatte. Jetzt war ihm klar, wohin die Reise ging. Sie waren vermutlich auf dem Weg zu dem Anwesen, das er nur zu gut kannte. Er versuchte, sich seine Erregung nicht anmerken zu lassen und schaute scheinbar unbeteiligt aus dem Fenster. Dann wagte er den Griff zu seinem Handy. Wo war verdammt noch mal die grüne Taste? Er hatte das Gerät jeden Tag in der Hand und drückte die Tasten ohne darüber nachzudenken, völlig automatisch, aber jetzt in seiner Aufregung verschwamm die Aufteilung des Tastenfeldes vor seinem inneren Auge. Er war in jedem Fall froh, dass es sich um ein altmodisches Handy mit richtigen Tasten handelte, die man erfühlen konnte, sonst wäre es ein aussichtsloses Unterfangen gewesen. Er entschied sich für die linke Taste und drückte sie dann zweimal hintereinander. Zum Glück gab das Handy kein Geräusch von sich. Hätte er aus Versehen die Freisprechanlage gedrückt, wäre das wohl fatal gewesen. Langsam zog er die Hand wieder hervor. Jetzt konnte er nur hoffen, dass er die richtige Taste betätigt hatte, und der Notruf seine Exfrau erreichen würde. Die Hoffnung stirbt zuletzt, dachte er, und hoffentlich nicht nach ihm.

Jetzt galt es, gesetzt den Fall, dass sein Anruf funktioniert hatte, seiner Ex den Ernst seiner Lage deutlich zu machen, und ihr mitzuteilen, wohin die Reise ging. Er versuchte möglichst laut und deutlich zu sprechen.

„Was haben Sie mit mir vor? Ist das eine Entführung?“

„Wir machen nur eine kleine Spritztour.“ Ein süffisantes Lachen war zu hören. „Könnte es sein, dass wir Herrn Osaka in seiner Nobelvilla besuchen?“ Da niemand reagierte, vermutete er, dass er goldrichtig lag. Er überlegte, ob die Kripo in der Lage wäre die richtige Adresse herauszufinden. Bei Osakas Geheimniskrämerei war es eher unwahrscheinlich, dass er im Telefonbuch stand. So nahm er sich vor, kurz vor dem Ziel zur Sicherheit die Straße zu nennen. Er durfte das Spiel nicht zu auffällig treiben, also schwieg er zunächst. In nur 20 Minuten hatten sie den Süden Kölns erreicht. Der Wagen verließ die Autobahn und fuhr auf eine Bundesstraße. Ab jetzt kam ihm der Weg bekannt vor, hier war er erst vor einer Woche mit Ken entlanggefahren. Kurz bevor sie in die Straße abbogen, in der Osaka sein Anwesen hatte, sagte er in einem möglichst gelassenen Ton: „Ich nehme an, dass wir jetzt in die Bismarckstraße abbiegen, wo mich wohl Herr Osaka erwartet." Keine Reaktion. Kurz darauf standen sie vor dem großen weißen Tor, das sich automatisch öffnete. Sie umrundeten den japanischen Garten und hielten vor der Villa. Beim Aussteigen versuchte er das Telefonat, das hoffentlich überhaupt stattgefunden hatte, wieder wegzudrücken. Hoffentlich erwischte er dieses Mal die rote Taste. Sie würden ihn sicherlich durchsuchen und ihm das Handy abnehmen. Dann würden sie seine List durchschauen und kurzen Prozess mit ihm machen, wenn sie, und das nahm er mittlerweile mit großer Gewissheit an, es wirklich ernst meinten. Sobald sie ausgestiegen waren, taten sie genau das, was er vermutet hatte. Ähnlich wie bei einer Leibesvisitation bei der Polizei klopften sie mit den Händen seine Hose und das Jackett ab, um verdächtige Gegenstände zu finden. Es kamen aber natürlich weder ein Messer, noch eine Pistole, sondern lediglich ein Portemonnaie und das Handy zum Vorschein. Karl versuchte zu erkennen, ob es tatsächlich noch an war. Da er keine nennenswerte Reaktion bei den beiden Männern erkennen konnte, ging er davon aus, dass es geklappt hatte. *Gott sei Dank!* dachte er bei sich und atmete, zumindest vorläufig, innerlich auf.

Kapitel XXXIX

Sie warteten kurz am Eingang, Karl blickte auf den japanischen Garten mit seinem Teich. Die Männer gaben ihm einen kräftigen Stoß in Richtung Haus und schoben ihn durch die imposante Tür und das Atrium direkt in den großzügigen Wohnraum. Er zuckte zusammen. Am Tisch saß nicht, wie erwartet, Osaka, sondern Paula. Das kann doch nicht sein, dachte er. Jetzt war ihm auch klar, warum sie nicht am Treffpunkt erschienen war, sie hatten sie anscheinend schon vorher im wahrsten Sinne des Wortes aus dem Verkehr gezogen. Sie bedeutete ihm mit ihrem Kopf, sich neben sie zu setzen, was auch keine der beiden Wachen verhinderte. Er streichelte ihr kurz beruhigend übers Knie und schaute sie mit einem trotz der Situation aufmunternden Blick an. Immerhin hatte er ja einen Plan, von dem er allerdings nicht wusste, ob er aufgehen würde. Vielleicht hatte Carla seinen Anruf nie angenommen oder sie war um diese Zeit schlichtweg nicht mehr im Dienst gewesen und das verwaiste Telefon hatte vor sich hin geläutet, ohne dass sich jemand darum scherte.

Sie saßen schweigend da, die zwei Gorillas im Rücken, die die Tür bewachten, und warteten auf was auch immer. Endlich erschien ihr ungebetener Gastgeber. Osaka trug dieses Mal professionelle Kochbekleidung, eine weiße Kochjacke mit einer Reihe goldener Knöpfe und dazu eine schwarze Hose. Wie gewohnt fing der Meister der nie müde werdenden Zunge ohne Begrüßung an zu reden:

„Sie dachten vermutlich, dass ich mir mehrere Köche halte. Weit gefehlt, das Kochen gehört, wie auch die Musik, zu meinen Leidenschaften. Ich lade Sie heute zu einem schönen Abendschmaus ein.“ Das Wort *Abendschmaus* beunruhigte Karl. Er assoziierte sofort *Leichenschmaus*, was wohl auch Osakas Absicht war. „Anschließend dürfen Sie sich noch ein Konzert wünschen. Sie Herr Jung, kennen ja bereits meinen bescheidenen Konzertsaal. Sie können frei wählen. Möchten Sie Beethovens 5. gespielt von den Berliner Philharmonikern unter der Leitung meines hochverehrten Karajan hören, oder soll es eine Mahlersymphonie sein, vielleicht interpretiert von unserem geschätzten Leonard Bernstein oder ist Ihnen mehr nach der grandiosen Einspielung der 8. Mahlersymphonie von Sir George Solti, eine überwältigende Aufnahme. Gern können Sie auch hören, wie es geklungen hätte, wenn Bruno Walter Richard Strauss‘ Alpensymphonie in der Elbphilharmonie aufgeführt hätte. Ich bin ganz up to date, wie die jungen Leute heute sagen. Alles ist möglich. Sie haben genug Zeit, es sich in Ruhe zu überlegen, der Abend ist noch lang.“ Dabei setzte er ein Lächeln auf, als sei man bei einem guten Freund zu Gast, der zu einem gemütlichen Abendessen eingeladen hat. Karl war allerdings klar, dass es das Grinsen eines Hais war, kurz bevor er sein Opfer mit Haut und Haaren verschlang. „Machen Sie es sich doch bequem, ich werde jetzt die Vorspeise für Sie bereiten."

Karl stellte sich auf einen Abend voller Monologe ein, aber dadurch konnten sie vielleicht wenigstens etwas Zeit gewinnen. Es war keine Frage, dass dies heute ihre Henkersmahlzeit sein sollte und das Konzert der letzte Wunsch eines zum Tode Verurteilten. Er fragte sich, ob Rosenberg ebenfalls hier sein letztes Mahl eingenommen hatte, bevor er zum eigentlichen Tatort gebracht wurde. Aber es blieb ein Funke Hoffnung, dass der Anruf seine Exfrau erreicht hatte und sie alles Menschenmögliche in die Wege leitete, um sie aus dieser für sie ausweglosen Situation zu befreien. Er sah Paula unauffällig von der Seite an, nickte leicht mit dem Kopf und zwinkerte ihr mit einem Auge zu. Sie sollte das Gefühl haben, dass zumindest er noch ein Minimum an Zuversicht besaß. Angst war immer ein schlechter Ratgeber, ließ sich aber in einer solchen Situation nur schwer verdrängen.

Nach einiger Zeit kam Osaka zurück und servierte seine Vorspeise auf professionelle Weise. „Zweimal Riesengarnelen mit gebratenen Jakobsmuscheln auf einem Salatnest. Wohl bekomm's." In ihrer Lage war Essen das letzte, wonach ihnen war. Angst schlägt nun einmal eben auch mächtig auf den Magen. Andererseits war beiden klar, dass sie ihren Gastgeber lieber nicht düpieren sollten. Also begannen sie, die Vorspeise lange und intensiv zu kauen, um sie dann widerwillig hinunterzuwürgen.

„Sie kennen sicherlich die Geschichte von Dr. Jekyll and Mr. Hyde? Ein wunderbares Buch und erst der Film mit Spencer Tracy, einfach genial. Warum ich Sie das frage?" Das war in der Tat eine gute Frage, dachte Karl. „In uns allen steckt doch etwas von beiden. Das Problem ist nur, dass die meisten Menschen dies nicht akzeptieren wollen. Sie sperren ihren Mr. Hyde in einen Kerker und beten, dass er sich doch bitte nicht befreien möge. Wie erlösend war es für mich, als ich meinen Doppelgänger Mr. Hyde kennenlernte, und ihn zu akzeptieren und sogar zu schätzen begann. Er war und ist schließlich ein Teil von mir. Wie heißt es doch in der Bibel: *Wer ohne Schuld ist, werfe den ersten Stein.* Die Romantik hat schon lange vor unserem verehrten Sigmund Freud entdeckt, dass unsere Seele gespalten ist. Freud hat dieser Tatsache nur noch einen Namen gegeben. Dr. Jekyll gab er den Namen *Über-Ich*, Mr. Hyde nannte er ganz schlicht *Es.* Natürlich wollen wir alle nur die Charaktereigenschaften unseres ehrenwerten Dr. Jekyll an den Tag legen. Wir fühlen uns gut, wenn wir anderen helfen, gutmütig und anständig sind und all das, weil unser Über-Ich eine moralische Instanz ist, die uns sagt, was sich gehört. Wir gefallen uns in dieser Rolle und werden von der Gesellschaft dafür hoch angesehen und geachtet. Aber irgendwann entwickeln wir eine Ahnung, dass in uns etwas nach oben drängt, das ebenfalls seine Wünsche an uns richtet. Wir fühlen, da gibt es noch einen Teil in uns, der sich von seinen gesellschaftlichen Ketten befreien möchte. Es ist der Mr. Hyde in uns, der irgendwo in den Kerker gesperrt wurde, gleich einem Monster, vor dem wir uns fürchten. Mr. Hyde oder nennen wir ihn einfach *Es* enthält unsere geheimen Wünsche und Triebe, destruktive Gedanken, all das, wofür wir uns schämen sollten. Freud war es, der feststellte, dass uns das auf Dauer krank macht. Die Unterdrückung unserer Triebe führt zu psychischen Anomalien, Neurosen, Psychosen, was auch immer, es gibt genug Verrückte auf der Welt." Das kann man laut sagen, ging es Karl durch den Kopf und er schaute zu Paula herüber, die vermutlich derselben Ansicht war. „Ich habe daraus gelernt, dass man seine sogenannte dunkle Seite als Teil seines Ichs annehmen sollte. Und ich kann aus eigener Erfahrung sagen, dass es dem seelischen Ausgleich und der psychischen Hygiene gut tut. Jetzt denken Sie sicher, was für ein kriminelles, moralisch verkommenes Wesen ich doch sei. Aber seien Sie ehrlich zu sich selbst. Tagsüber sind Sie der vorbildliche, vermutlich beliebte Professor, immer nett und hilfsbereit. Aber kommt Ihnen des Nachts nicht manchmal der Gedanke, dass Sie auf die Angebote Ihrer hübschen, jungen Studentinnen eingehen könnten wie Ihr geschätzter Kollege Rosenberg, Gott hab' ihn selig, um dann zu triumphieren, dass Sie Ihrem Trieb nicht nachgegeben haben. Haben Sie noch nie daran gedacht, Ihre hübsche Kollegin", dabei sah er Paula an, „etwa bei einer romantischen Kutschfahrt fest in den Arm zu nehmen und zu küssen, obwohl sie doch verheiratet ist." Big Brother is watching you, dachte Karl. Das war irgendwie unheimlich. Er wusste anscheinend alles über sie. Er fühlte sich in gewisser Weise ertappt und errötete, Paula schaute peinlich berührt nach unten. Jetzt war auch der letzte Zweifel ausgeräumt, dass Osaka sie von Anfang an von seinen Leuten hatte beschatten lassen. Seine Männer waren es gewesen, die ihn im Museum bedrängt, die Paula beim Laufen aufgelauert, die ihr Hotelzimmer durchsucht hatten und die sie im Zug beseitigen wollten. „Sie würden sehen", setzte Osaka seinen Monolog fort, „dass es gut tut, wenn Sie die Zügel einer von außen auferlegten Moral lockerlassen. Deshalb sind Sie kein Unmensch. Ich glaube, Sie und ich, sind uns ähnlicher als Sie denken." Endlich unterbrach Osaka seine Ausführungen. „Entschuldigen Sie mich, ich glaube, ich muss mich jetzt um die Hauptspeise kümmern." Und ging wieder in seine Küche. Wir haben keine Eile, hätte ihm Karl am liebsten nachgerufen.

Kapitel XL

Karl und Paula wagten es nicht, miteinander zu sprechen, sie spürten die misstrauischen Blicke der beiden Männer wie Stiche im Nacken. Ihre Gedanken drehten sich um ihre bedrohliche Situation und die Möglichkeit, ihr irgendwie zu entrinnen. Nach einer ihnen unendlich lang erscheinenden Zeit kam Osaka gut gelaunt wieder zum Vorschein und präsentierte einen Teller, der im Wesentlichen aus Fisch zu bestehen schien. Karl musste sofort an die fehlerhafte Zubereitung eines Kugelfisches denken. Es gab nur wenige Köche in Japan und noch weniger in Europa, die dazu in der Lage waren, den Fisch so zuzubereiten, dass man seinen Verzehr überlebte, nicht alle wohlbemerkt. Denn es kam immer wieder zu Todesfällen. Vielleicht hatte er genau diese Todesart für sie ausgewählt. „Wir Japaner können eben nicht ohne Fisch. Deswegen erreichen viele auch ein so hohes Alter. Die Europäer sollten sich daran ein Beispiel nehmen und auf das ungesunde Fleisch verzichten. Aber sterben müssen wir ja schließlich irgendwann alle." Er sah die beiden mit einem sarkastischen Lächeln vielsagend an. Paula und Karl wurde klar, dass an seinem Plan für den heutigen Abend nicht mehr zu rütteln war, er war entschlossen, sie für immer loszuwerden. „Apropos sterben, es handelt sich hierbei um „Fugu", eine ganz besondere japanische Delikatesse. Lassen Sie sich aber nicht von den Geschichten um die vielen Todesfälle beeindrucken. Wenn man das Muskelfleisch des Kugelfisches richtig zuzubereiten weiß, dann ist das Risiko einer Vergiftung gering. Ein wahrer Meister seines Faches hat mich in die Geheimnisse der Zubereitung eingeweiht. Sie können also ganz beruhigt sein. Ich wünsche einen guten Appetit." Das konnte Karl kaum beruhigen. Auch wenn der Irre selbst davon kostete, so bestand immer noch die Möglichkeit, dass er die giftigen Stellen, wo immer die sich bei diesem sonderlichen Fisch befanden, auf Paulas und seinem Teller servierte. Und selbst wenn er sich bemüht hatte, das Tier ordnungsgemäß zuzubereiten, dann glich der Verzehr des Fisches immer noch dem russischen Roulette.

Karl fürchtete und hoffte gleichermaßen, dass jetzt der zweite Monolog des Abends folgen würde, denn die Hauptspeise würde Osaka noch mehr Zeit zum Reden geben. Sie hatten es hier offensichtlich mit einem Mann zwischen Genie und Wahnsinn zu tun, wobei der Wahnsinn eindeutig die Oberhand gewonnen hatte.

Dann ließ Osaka den nächsten Monolog folgen. Hatte Rosenberg sich vor seinem Tod die gleiche unselige Lebensbeichte anhören müssen? War er vielleicht sogar freiwillig aus dem Fenster gesprungen? „Ich werde Ihnen nun etwas von meiner Kindheit erzählen, dann werden Sie meine Beweggründe für mein Handeln vielleicht besser verstehen. Ich war erst vier Jahre alt, als meine Eltern mich bereits im Klavierspiel unterrichten ließen. Ganze vier Stunden täglich musste ich üben, während meine Freunde draußen fröhlich herumtobten oder Fußball spielten. Mit sechs Jahren ging ich fünf Mal die Woche zu einer professionellen Klavierlehrerin und das Tagespensum wurde weiter erhöht. Mit Sieben schickten mich meine Eltern auf ein musisches Internat. Von diesem Zeitpunkt an sah ich sie nur noch einmal im Monat. Mit zehn Jahren war ich in meiner Virtuosität bereits so weit, um vor Publikum aufzutreten, ich galt als wahres Wunderkind. Meine Eltern sah ich nur noch zu den Konzerten, nur durch mein Klavierspiel bekam ich ihre Anerkennung. Wenn einem Kind nicht die bedingungslose Liebe und Anerkennung seiner Eltern widerfährt, kann es sich zwar ein ganzes Leben lang abstrampeln. Aus ihm kann ein bekannter Medienmogul werden, ein erfolgreicher Geschäftsmann, ein gefeierter Pianist, aber am Ende lechzt man nur nach eben dieser Liebe und Anerkennung, die immer verwehrt geblieben sind und die bis zum Tod verwehrt bleiben werden. Nichts, weder Reichtum noch Ruhm, können das jemals ersetzen. Das ist die niederschmetternde Erkenntnis." Osaka erstarb zum ersten Mal das leicht penetrante Grinsen im Gesicht und er starrte ernst vor sich hin. Karl glaubte sogar, Tränen in seinen Augen zu erkennen. Er atmete tief durch und fuhr fort: „So habe ich mich in die Welt der Musik geflüchtet. Beethoven, Mozart, Mahler, alle Komponisten waren mir näher und vertrauter als meine biologischen Erzeuger. Gerade Beethoven gab mir in den Stunden, in denen ich weinend auf meinem Bett im Internat saß, etwas Trost. Vielleicht können Sie jetzt meine bedingungslose Verehrung, ja Liebe zu Beethoven verstehen. Ich würde alles dafür tun, dass sein Gedenken in Ehren weiterbesteht." Er machte eine Pause und sah sie nachdenklich an. „Nichtsdestotrotz bin ich doch ein wenig stolz auf das, was ich, wenn auch nur in materieller Hinsicht, erreicht habe. Es ist die Eitelkeit, der wir uns alle nicht entziehen können. Es schwebt mir allerdings ein weiteres Ziel vor, das mir in dieser Hinsicht eine gewisse Befriedigung verschaffen würde. Ich würde mich gerne in die Forbesliste unter die 20 reichsten Unternehmer einreihen und ich bin davon nur noch ein kleines Stück entfernt." Karl meinte, sich an Kens Recherchen erinnern zu können, dass Osaka im letzten Jahr auf Rang 24 gestanden hatte. „Dies heilt zwar nicht die Wunden der Vergangenheit, aber kann den Schmerz ein wenig kompensieren oder sagen wir lindern." Er starrte auf seinen leeren Teller und machte den Eindruck, als würde er selbst nicht so recht daran glauben. Dann setzte er wieder sein verbindliches Haifischlächeln auf. „Ich hoffe, es hat Ihnen gemundet." Humor hatte er, allerdings einen besonders schwarzen, dachte Karl.

Kapitel XLI

Sie wollten sich um zehn vor der Kletterhalle treffen. Für die sechs Freunde war dies jede Woche ein fester Termin, den man nur aus gravierenden Gründen absagen konnte. Ken fand, dass das Klettern einen schönen Ausgleich zum universitären Leben, das nunmal durch Herumsitzen und Denkarbeit bestimmt wurde, bot. Da er viel vor dem Computer saß, brauchte er etwas, das ihn körperlich forderte. Als schließlich alle versammelt waren, gingen sie hinein zum Empfang. Die späte Stunde hatten sie bewusst gewählt, da es zu dieser Zeit oft schon angenehm leer war und manchmal, so wie heute, waren sie sogar die einzigen Gäste. Zudem galt zu dieser Uhrzeit der günstigste Tarif, was dem schmalen Geldbeutel eines Studenten entgegenkam. Sie hatten Christian erwartet, einen ihnen bekannten Studenten, der sonst zu dieser Zeit immer hinter dem Tresen stand. Heute war aber anscheinend nur eine Aushilfe vor Ort. Der Mann war nicht mehr ganz jung und sah nicht gerade wie jemand aus, dessen bevorzugter Sport das Klettern war. Dafür war er zu groß und muskulös, er hätte besser in ein Fitnessstudio gepasst. Er würde heute ihr Betreuer sein. Sie zogen sich um, ihr Betreuer händigte ihnen die Sicherungsseile aus und dann gingen sie hinüber zu den Kletterwänden. Immer paarweise übernahm einer die Sicherung, während der andere die Wand besteigen konnte. Ken war mit seinem Partner als erster mit den Vorbereitungen fertig und freute sich auf die körperliche Herausforderung. Er hatte sich das Sicherheitsgeschirr angelegt und machte die ersten Aktionen, die ihn schnell in eine gewisse Höhe beförderten. Er war schlank, aber kräftig. Das waren ideale Voraussetzungen für diesen Sport, bei dem jedes zusätzliche Kilo nur Ballast darstellte, den man mit sich herumschleppen musste. Ken war äußerst geschickt darin, jeweils die richtigen Überstände zu fassen, so dass er in nur wenigen Minuten schon fast das Ende der Wand erreicht hatte. Er befand sich in gut acht Metern Höhe. Dann plötzlich hörte er ein klackendes Geräusch und merkte, wie das Seil etwas nachgab. Er schaute auf seinen Sicherheitskarabiner herunter und sah, wie das Seil kurz davor war, sich daraus zu lösen. Instinktiv ergriff er mit der rechten Hand eine Ausbuchtung und hing plötzlich schaukelnd in der Luft. Sein Partner realisierte sofort, was passiert war. Er sah, dass Ken nicht in der Lage war, mit seinen Füßen Halt zu bekommen, seine rechte Hand musste das gesamte Körpergewicht tragen. Er schrie laut auf, um die anderen zu alarmieren und forderte sie auf, schnell nach etwas zu suchen, das einen Sturz abfangen könnte. Er schaute zum Tresen, aber der vermeintliche Angestellte war nicht zu sehen. Die Jungs liefen voller Panik los und durchsuchten die Räumlichkeiten. Ken wusste nicht, wie lange er sich noch halten konnte, vielleicht ein, maximal zwei Minuten. Seine Freunde suchten hektisch nach etwas Brauchbarem. Irgendwo musste es doch Matten geben, wie man sie beim Hochsprung benutzt, oder zumindest dünne Turnmatten, die man aufeinander stapeln könnte. Derartiges war aber nicht zu finden. Ken stöhnte währenddessen leise vor sich hin. Noch hatte er durch die Kreide einen halbwegs festen Griff, aber seine Finger begannen feucht zu werden und er drohte den Halt zu verlieren. Da entdeckte einer von ihnen in einem Nebenraum, der anscheinend gerade renoviert wurde, eine Malerplane auf dem Boden. Er prüfte kurz mit den Fingern die Stabilität des Kunststoffes und zog sie dann hastig heraus, wobei er einige Farbeimer umwarf. Er lief mit der Plane zur Kletterwand und bedeutete ihnen, sich so schnell wie möglich darum zu verteilen. Als jeder seinen Platz eingenommen und einen Zipfel der Plane ergriffen hatte, hoben sie die Plane gleichzeitig hoch und gingen so weit wie möglich auseinander, damit sie unter genügend Spannung stand. So entstand ein Sprungtuch, wie man es von der Feuerwehr kennt, nur dass in diesem Fall nicht klar war, ob die Folie stabil genug sein würde, um bei dem heftigen Aufprall Kens nicht zu reißen, und ob sie genug Kraft aufbringen würden, die Spannung auch bei der plötzlichen Belastung zu halten. Sie hatten sich gerade in Position gebracht, als Ken auch schon mit einem lauten Aufschrei losließ und acht Meter im freien Fall in die Tiefe stürzte.

Kapitel XLII

Osaka verließ indes zum dritten und vermutlich letzten Mal den Tisch, um die Nachspeise vorzubereiten. „Ich werde Sie mit einer Crème brûlée verwöhnen. Das ist der letzte Nachtisch, den ich bekommen habe, bevor ich auf das Internat geschickt wurde. Sie entschuldigen, dass ich dabei etwas sentimental werde. Es handelt sich nicht um eine gewöhnliche Crème brûlée, wie Sie sie kennen, sondern eine japanischer Art mit einem zarten Matcha-Tee-Aroma." Nach kurzer Zeit kehrte er mit einem Küchengerät in der Hand an den Tisch zurück. „Das ist ein Bunsenbrenner, ein schönes Spielzeug." Zum Beweis ließ er eine lange Stichflamme herausschießen. Karl fand, dass er eher die Ausmaße eines Flammenwerfers hatte und fürchtete, Osaka wolle jetzt sogleich mit der Folter beginnen, indem er sein Gesicht in Sekunden in das Phantom der Oper verwandelte. „Kommen Sie doch und schauen Sie zu, wie der Zucker karamellisiert. Ich habe als Kind gerne dabei zugesehen und war fasziniert, wie sich der schnöde, weiße Zucker in schönes bräunliches Karamell verwandelte. Für mich war das immer ein kleines Wunder." Paula und Karl leisteten der Aufforderung Folge und stellten sich in sicherem Abstand auf. Mit kindlicher Freude begann Osaka den Zucker auf der Crème mit der Flamme zu bearbeiten und wartete, bis eine feste, goldbraune Kruste entstanden war. Dann blickte er zufrieden auf. „Nehmen Sie doch wieder Platz, ich bringe das Dessert gleich zu Ihnen." Es folgte ein weiterer Monolog.

„Wenn der Löffel einbricht wie in gefrorenes Eis, dann ist es genau richtig. Versuchen Sie es. Aber kommen wir doch zum letzten Kapitel. Sie haben sicher erkannt, dass ich Sie bereits seit Wochen im Visier habe. Meine Mitarbeiter haben Sie auf Schritt und Tritt beobachtet. Der Versuch, Ihrer habhaft zu werden, scheiterte jedoch wieder und wieder. Sie haben sich nicht ungeschickt angestellt oder es waren meine Leute, die versagt haben. Sie hatten den Auftrag Sie zu mir zu bringen. Sie würden auch niemals jemanden töten, sondern sind vielmehr darin ausgebildet, sagen wir, den Menschen beim Sterben behilflich zu sein. Karl kam das Zitat von Max Liebermann in den Sinn: *Ich kann gar nicht so viel fressen, wie ich kotzen möchte.* „Und was genau hat Rosenberg getan, dass Sie ihm", Karl äffte Osakas sarkastische Ausdrucksweise nach, „‚beim Sterben behilflich' werden mussten?"

„Professor Rosenberg war einfach zu misstrauisch und sagen wir mal, sein Berufsethos und seine Moralvorstellungen waren ihm im Weg. Auf das Angebot einer äußerst großzügigen Abfindung für seine Mitarbeit und vor allem für seine Verschwiegenheit hinsichtlich des Sensationsfundes ist er leider nicht eingegangen. Er war der Meinung, das Werk sei, wenn es denn tatsächlich existierte, eine Art „Weltkulturerbe“ und müsse somit der Nachwelt zur Verfügung gestellt werden. Das entsprach nicht ganz meiner Vorstellung.“ Ein bösartiges Grinsen huschte über Osakas Gesicht.

„Und so kam es schließlich zu diesem bedauerlichen Unfall“, stellte er fest, als sei ihm das schlimme Schicksal dieses Mannes völlig unverständlich.

Paula und Karl sahen sich schockiert und fassungslos an. Sie wussten jetzt, dass und warum Rosenberg ermordet worden war. Aber was nützte es ihnen, dachte Karl, wenn sie in absehbarer Zeit dasselbe Schicksal ereilen würde. Wahrscheinlich würde das Verbrechen dieses Verrückten niemals aufgedeckt werden und er würde mit seinem Requiem glücklich bis ans Ende seiner Tage leben. Und auch von diesem Schatz des Jahrhunderts würde die Menschheit nie erfahren.

„Und dann traten ärgerlicherweise Sie auf den Plan und ich musste etwas unternehmen. Da wir Sie beschattet haben, waren wir Ihnen immer einen Schritt voraus. Wir hatten das Original des Dokuments in Rosenbergs Schreibtisch gefunden und die Fährte bereits aufgenommen. Sie haben zwar von Breunings Tagebuch vor uns gefunden, doch hat mein aufmerksamer Mitarbeiter in Ihrem Hotelzimmer die wichtigsten Seiten abfotografiert. Leider war er etwas unachtsam, als er die Tür nicht richtig ins Schloss zog. Wir waren, wie Sie vermutlich auch, enttäuscht darüber, dass die Schrift dieses Herrn von Breuning einfach nicht zu entziffern war. Zum Glück besitze ich ein eigenes Forschungszentrum, das sich derzeit mit der Entwicklung einer perfektionierten Schrifterkennung beschäftigt. Meinem Team ist es gelungen, den Text mit einer Trefferquote von 70 Prozent zu entschlüsseln. Das reichte aus, um den nächsten Schritt zu gehen. Den Rest kennen Sie, wir kamen zu dem gleichen Schluss wie Sie. Für meine gut ausgebildeten Mitarbeiter war es ein Leichtes das Schloss zum Dachboden zu knacken und die Dokumente an sich zu nehmen. Als kleine Aufmerksamkeit unsererseits ließen sie dann die leere Kiste zurück, mit einem kleinen Gruß von mir. Er sollte Ihnen unmissverständlich klarmachen, dass Sie besser Ihre Finger von der Sache lassen sollten. Wir waren im Vorteil und Sie sind, wenn auch nur um Haaresbreite, etwas zu spät gekommen.“ Er machte eine kurze Pause und fügte mit einer sichtlichen Genugtuung hinzu: „Das Leben ist manchmal ungerecht.“

Das selbstgefällige Gehabe dieses Menschen war unerträglich. In seiner Wut konnte Karl kaum einen klaren Gedanken fassen. Er versuchte trotzdem, die Geschehnisse der letzten Wochen, den Tod Rosenbergs, die

Nachforschungen in Wien und die Anschläge auf sie nachzuvollziehen. Langsam setzte sich Stein für Stein ein vollständiges Mosaik zusammen. Aber irgendetwas fehlte noch: von Arnsberg! Inwieweit war dieser unsympathische Kerl in die Sache verstrickt?

„Welche Rolle hat von Arnsberg in diesem Schmierentheater gespielt?"

„Schmierentheater? Was für ein unschönes Wort. Nennen wir es doch lieber eine Tragödie, eine Tragödie mit gutem Ausgang. Sie sind sehr neugierig und Neugierde ist der Anfang und manchmal… naja, sie wissen schon. Aber gut, ich bin ein ehrlicher und offener Mensch, also will ich es Ihnen gerne verraten. Von Arnsberg hatte mir schon seit Jahren das eine oder andere Werk vermittelt, bevor es auf den Auktionen der Konkurrenz in die Hände fiel. Ihm sollte es nicht zum Nachteil gereichen. Ich war, wie immer, äußerst großzügig und von Arnsberg konnte ein Leben führen, dass er als einfacher Angestellter eines Auktionshauses nie hätte führen können. Doch wer plötzlich zu Geld kommt, das ist eine alte Weisheit, verfällt schnell dem Laster. Er leistete sich ein Leben in Luxus, dessen Kosten bald auch seine zusätzlichen Einkünfte überstieg. Er begann sein Glück im Spiel zu suchen und verbrachte ganze Nächte in Aachen im Spielcasino. Aber, wie wir wissen, die Bank gewinnt immer. So häufte sich ein Berg von Schulden an. Er war inzwischen restlos von meinen Zuwendungen abhängig. Die Nachricht von dem Requiem kam ihm gerade recht. Er vermittelte mich an Rosenberg und ich konnte sichergehen, dass er über alles Weitere Stillschweigen bewahren würde. Außerdem bestätigte mir von Arnsberg nach unserem Sensationsfund in Wien, dass es sich bei den Notenskizzen um Originale handelte, die eindeutig von unserem großen Meister Beethovens stammten. Ich wollte schließlich nicht einer perfekten Fälschung aufsitzen, wie die Leute, die sich zum Narren gemacht haben, als sie glaubten, Hitlers Tagebücher entdeckt zu haben. Von Arnsberg war der einzige Experte, bei dem ich sicher sein konnte, dass niemand sonst jemals davon erfährt. Ansonsten hätte ich ja noch einen weiteren ‚Unfall' inszenieren müssen. Und, glauben Sie mir, das bereitet mir auch keine Freude."

Was für eine Biographie, ging es Karl durch den Kopf. Er musste an ihr Treffen mit von Arnsberg denken. Was war das für eine täuschende Fassade, wenn man die Abwege, auf denen er sich bewegte, kannte. Er war nicht nur ein unsympathischer Charakter, er steckte auch voller krimineller Energie. Der Betrug ist eine Sache, das Verschweigen eines Mordes eine andere. Karl hoffte, dass dieser Mensch, wie auch immer, dafür zur Rechenschaft gezogen oder er sich wenigstens selbst in den Ruin treiben würde.

Osaka fuhr unbeirrt fort: „Von Arnsberg ist ein verlässlicher Mann, Rosenberg war ein Problem. Und jetzt sind Sie drei zu einem Problem geworden."

„Warum drei?“, fragte Karl überrascht, dass Paula und er eine Gefahr für ihn darstellten, war ihm schon seit Längerem klar, aber wer sonst noch? „Für Ihren so sympathischen Doktoranden haben wir uns etwas Besonderes ausgedacht. Er klettert doch so gerne und so ein Sicherungshaken von minderer Qualität kann auch schon mal unter Materialermüdung leiden. The higher you'll try, the lower you fall.“ „Verdammt“, dachte Karl, „ich hätte ihn nicht in diese Sache mit hineinziehen dürfen. Er hat doch am wenigsten damit zu tun.“ Osaka schaute auf die Uhr. „Gleich ist es halb elf, er müsste sich jetzt gerade mit seinen Freunden in der Kletterhalle befinden.“ Paula und Karl ging es durch Mark und Bein. Sie gaben trotzdem die Hoffnung nicht auf, dass Ken nichts passieren würde. Karl versuchte den Gedanken daran zu verdrängen. Dieser Verrückte meinte es ernst und ging über Leichen, um seine Ziele zu erreichen. „Für Sie beide“, fuhr Osaka fort, „habe ich mir selbstverständlich auch etwas Passendes ausgedacht, aber dazu später. Jetzt brennen Sie wahrscheinlich darauf zu erfahren, wo sich die Kostbarkeit, das 200 Jahre verschollene Requiem, zum jetzigen Zeitpunkt befindet. Es ist Ihnen näher als Sie vielleicht denken. Ich werde es Ihnen sogar zeigen.“ Er ging zu einer Kommode und holte einen Lederfolianten aus einer Schublade. Als er ihn aufschlug, sah man, jeweils in einer Folie eingelegt, die Notenblätter mit der ihnen schon vertrauten schwer lesbaren Schrift Beethovens. Trotz ihrer Angst konnte Paula ein inneres Aufstöhnen nicht unterdrücken. Sie hoffte, dass sie diesem Irren entkommen würden, um irgendwann dieses Meisterwerk doch noch zu Gehör zu bekommen. „Wie gerne würden Sie dieses Requiem jetzt wohl hören und wie passend, wenn ich Ihnen dies, gewissermaßen als Erfüllung Ihres letzten Wunsches, gewähren würde. Immerhin passt zu Ihrer Situation ja nichts so gut wie ein Requiem.“ Er amüsierte sich über seinen eigenen Humor, der pechschwarzer nicht hätte sein können. „Ich habe das Werk schon einige Male gehört und war außer mir vor Verzückung. Etwas Schöneres, Traurigeres, Tröstenderes hat Beethoven nie komponiert. Er hätte den Vergleich mit Mozart niemals zu scheuen brauchen. Wenn Sie wollen, gehen wir gleich in meinen Konzertsaal. Ich könnte Ihnen eine Interpretation Karajans mit den Berliner Philharmonikern anbieten. Mein Computer hat die Noten bereits eingescannt und verarbeitet. Aber vergessen Sie doch bitte nicht das Essen. Genießen Sie das Dessert, es ist, wie Sie wissen, immer der letzte Gang.“ *Der letzte Gang*, auf solche zynischen Wortspiele konnte Karl im Moment getrost verzichten. Osaka machte ein paar Schritte Richtung Küche, da überschlugen sich die Ereignisse. Genau in dem Moment, als er um die Ecke bog, ertönte ein ohrenbetäubendes Scheppern. Paula und Karl sprangen schockiert auf und drückten sich mit dem Rücken an die Wand.

Die Tür zur Terrasse zerbarst und mehrere schwarz vermummte Gestalten stürmten herein. Osaka konnte jedoch gerade noch verhindern, dass sie ihn direkt überwältigten. Geistesgegenwärtig griff er nach dem Bunsenbrenner und richtete ihn demonstrativ auf Paula. Die beiden Wachleute waren nicht mehr zu sehen, sie hatten offenbar fluchtartig das Weite gesucht. Osaka machte seine Entschlossenheit deutlich, den Bunsenbrenner zu betätigen, sollte man sich ihm nähern. Dann erfolgte ein ohrenbetäubender Knall, der aus einer Pistole oder einem Gewehr stammen musste. Karl kam sofort das Wort „finaler Rettungsschuss" in den Sinn. Osaka krümmte sich von einer Kugel getroffen, Blut floss aus seinem Mund und er begann zu wanken. Den Bunsenbrenner noch fest im Griff torkelte er zum Tisch, und eine große Stichflamme leckte über die Oberfläche des Tisches. Der Foliant mit den Noten fing augenblicklich Feuer, was Osaka ein Lächeln der Befriedigung abrang. Mit einem irren Grinsen auf dem Gesicht keuchte er: „Wenn ich die Noten schon nicht haben kann, dann soll sie auch kein anderer je zu Gesicht bekommen. Immerhin habe ich meinem geliebten Beethoven seinen letzten Willen erfüllt, sein Requiem den Flammen zu übergeben." Seine letzten Worte sprudelten unverständlich zwischen seinen blutverschmierten Lippen hervor. Erneut öffnete er sie, doch war er nicht mehr in der Lage, etwas Verständliches herauszubringen. Osakas Grinsen erstarrte und er fiel rücklings zu Boden. Der Bunsenbrenner fiel ihm aus seiner Hand und rollte unter die Vorhänge, die blitzartig Feuer fingen. Der Versuch, die Flammen zu löschen, blieb ein erfolgloses Unterfangen. Paula und Karl waren bereits in den Garten gelaufen. Sie standen völlig schockiert vor dem Teich und sahen mit an, wie sich das Feuer rasch im Haus ausbreitete. Die Polizei konnte nicht mehr tun, als zuzusehen. Als Karl seine Exfrau aus dem Haus kommen sah, lächelte er, ging auf sie zu, nahm sie lange und fest in den Arm und bedankte sich. Die ganze Anspannung entlud sich, die Last der letzten Wochen fiel auf einmal von seinen Schultern und seine Augen wurden feucht. Anschließend kehrte er zu Paula zurück und die beiden verließen Arm in Arm das unheilvolle Anwesen. Sie würden in dieser Nacht und in den kommenden Tagen einiges zu verarbeiten haben.

Kapitel XLIII

Karl saß in seinem Büro am Schreibtisch und versuchte, sich wieder an den Alltag zu gewöhnen, den er in den letzten Wochen sehnlichst vermisst hatte, als plötzlich eine Gestalt durch die Tür tänzelte. Karl war überrascht und erleichtert zugleich. Er sprang auf, ging instinktiv auf seinen Doktoranden zu und drückte ihn fest an sich. Das hatte er noch nie gemacht, auch wenn sie sich sehr gut verstanden, hatte er ihm gegenüber immer eine gewisse Distanz gewahrt. Ken war perplex, freute sich aber, dass Karl ihn anscheinend vermisst und an ihn gedacht hatte.

„Mein Gott Ken, wir haben uns solche Sorgen gemacht. Ist dir bei dem Sturz etwas zugestoßen?"

„Ach was. Ich glaube, es ist nur eine kleine Stauchung im Halsbereich und ein Schleudertrauma."

„Was heißt hier, du glaubst. Warst du nicht beim Arzt?"

„Nicht direkt. Ich habe mir einen schönen Halswickel mit Butter gemacht und dazu einen irischen Single-Malt-Whisky getrunken. Ein irisches Sprichwort sagt: *An té nach leigheasam im nó uisce beatha, ní aon leigheas air.* Wer weder durch Butter noch durch Whisky geheilt wird, hat keine Heilung zu erwarten."

Nie hatte sich Karl so sehr über Kens neunmalkluge irische Weisheiten gefreut wie in diesem Moment. Sein unverwüstlicher Optimismus war genau das, was er jetzt gebrauchen konnte. Sie tauschten sich über all das, was ihnen am Tag zuvor fast zur selben Zeit widerfahren war, aus und sie stellten fest, dass sie beide dem Tod nur knapp entronnen waren. „Es tut mir übrigens unendlich leid, dass wir dich in eine solche Gefahr gebracht haben, das ist ganz allein meine Schuld." „Ich wusste ja, worauf ich mich da einlasse." Ken lächelte. „Aufregend war es allemal."

Da Karl sich mit Paula verabredet hatte, verabschiedete er sich von Ken und fand es mehr als angemessen, seinem Doktoranden heute frei zu geben. Dann machte er sich auf den Weg. Er nahm sein Handy und wählte Carlas Nummer. Sooft wie in letzter Zeit, dachte er, hatten sie die ganzen letzten Jahre keinen Kontakt gehabt. Am anderen Ende nahm jemand ab.

„Ja, hallo?"

„Hallo Carla, ich wollte mich nochmal für alles bedanken. Ohne deinen Einsatz wäre die Sache nicht gut ausgegangen." Carla war nicht von der sentimentalen Sorte und wenn die Ereignisse sie ebenfalls mitgenommen hatten, so ließ sie es sich zumindest nicht anmerken. Karl aber empfand, dass das Erlebnis sie menschlich einander wieder etwas nähergebracht hatte.

„Kein Problem. Wie kann ich dir noch helfen?“

„Ich wüsste gerne, wie die Sache mit Osaka letztlich ausgegangen ist.“

„Der hat seine gerechte Strafe bekommen. Er ist mitsamt seiner Villa in Flammen aufgegangen, am Ende stand kein Stein mehr auf dem anderen. Das Haus und mit ihm alle Dokumente sind verbrannt, es blieben nur noch die Kellerräume übrig. Die Feuerwehr hat dummerweise das Wasser aus dem Teich herausgepumpt. Die Schläuche verstopften in kürzester Zeit, und die Pumpe blockierte. Damit ging kostbare Zeit verloren, um noch etwas retten zu können. Es wäre zum Schmunzeln, wenn es nicht so ernst wäre, schuld daran waren die Fische, die sie mit angesaugt hatten. Verrückt, nicht wahr?“ Karl bedauerte, dass selbst die Kois wegen dieses Wahnsinnigen ihr Leben lassen mussten. „Was ist mit dem riesigen Computer, der in einem der Kellerräume gestanden hat?“

„Der ist zwar nicht unmittelbar den Flammen zum Opfer gefallen, aber die enorme Hitze hat er nicht so richtig vertragen. Es konnten auf jeden Fall keine brauchbaren Daten mehr gesichert werden.“

„Was ist mit dem Mord an Professor Rosenberg?“

„Die beiden Gorillas, die flüchten wollten, konnten wir schnell wieder einfangen. Sie haben bereitwillig gestanden, Rosenberg aus dem Fenster *„befördert“* zu haben, wie sie es nannten, sprich sie haben ihn umgebracht. Du hattest also den richtigen Riecher.“

„Der eigentliche Drahtzieher, Osaka, hat sich der Strafe ja auf gewisse Weise entzogen.“

„Naja, der irdischen Gerechtigkeit konnte er sich vielleicht entziehen, aber nicht der höheren Gewalt da oben.“

„Zumindest waren unsere Mühen nicht umsonst. Zu guter Letzt, was ist mit unserem dubiosen Herrn von Arnsberg aus dem Auktionshaus?“

„Der hat scheinbar nichts mit dem Mord zu tun. Um ihn kümmern sich die Kollegen vom Wirtschaftsdezernat. Ich habe gehört, dass er am Auktionshaus vorbei seine eigenen lukrativen Geschäfte gemacht hat. Er hatte sich einen kleinen, aber feinen Kundenstamm von schwerreichen Kunstliebhabern zugelegt, denen er wertvolle Objekte für eine ordentliche Provision vermittelte. Sie wurden erst gar nicht registriert und landeten damit auch nicht auf dem Auktionstisch. Sein Arbeitgeber hat ihm bereits fristlos gekündigt und Strafanzeige gegen ihn erstattet.“

„Ich nehme an, dass die steile Karriere unseres lieben Herrn von Arnsberg damit etwas ins Stocken gerät.“

„Die ist definitiv vorbei, davon kannst du getrost ausgehen. Die Kollegen von der Wirtschaftskriminalität sind bei ihren Ermittlungen nicht zimperlich, er wird sicherlich in absehbarer Zeit vor dem Kadi landen. Sonst noch was? Ich habe nämlich noch andere kriminelle Kundschaft, die dringend von mir versorgt werden muss. Das Verbrechen, wie du weißt, schläft nie."

„Nein, das ist alles, was ich wissen wollte, danke."

„Da du jetzt ja regelmäßig anrufst, stelle ich deine Telefonnummer ganz oben auf meine Liste: Nummern mit absoluter Priorität." Sie lachte. „Mach's gut."

Wie beschaulich und beruhigend wirkte doch das gute, alte Bonn auf ihn. Endlich konnte er wieder seinen alltäglichen Geschäften nachgehen. Man weiß die Normalität erst zu schätzen, wenn man sie zwischendurch verloren hat. Die letzten aufwühlenden und gefahrenreichen Wochen machten ihm wieder einmal klar, dass er nicht zum Held geboren war. Er war nun mal nicht Indiana Jones, der vormittags als Professor von den Studentinnen angebetet wurde, um nachmittags gegen eine ganze Horde Wilder oder Nazis zu kämpfen. Als Kind wäre er nichts lieber als solch ein Abenteurer geworden, diese Vorstellung trug sicherlich auch zu seinem Wunsch bei, Professor zu werden, aber die Gefahren in der Realität waren nun mal ebenfalls real. Im Film floss nur Kunstblut, die Gewehre enthielten Platzpatronen und die Leichen waren nur gut zurechtgemachte Statisten. Im Film konnte sich der Held relativ sicher sein, die Sache heil zu überstehen, insbesondere dann, wenn weitere Teile der Serie geplant waren. Und im Film bekam der Held immer die Frau, die er begehrte. Er musste an die Frau denken, die er begehrte und ein Gefühl der Schwermut überkam ihn. In der Realität war eben alles anders. Er seufzte laut auf.

Kapitel XLIV

Sie trafen sich, so war es Paulas Wunsch gewesen, in ihrer Lieblingsbar. Sie saß, wie zwei Wochen zuvor, auf der Bank, aber dieses Mal strahlte sie und versprühte ihren alten Charme. Er bestellte sich einen Espresso und ein Glas Wasser und setzte sich zu ihr.

„Das waren aufregende Wochen“, stellte sie fest. „Ich möchte mich bei dir dafür bedanken, dass du mir beigestanden hast. Es war schließlich meine Idee, eigene Nachforschungen anzustellen. Hätte ich gewusst, in was ich uns da reinreite, hätte ich das niemals gemacht. Also noch einmal: Danke.“ Karl war gerührt und nahm sie, statt etwas zu erwidern, einfach in den Arm.

„Richte bitte auch deiner Exfrau meinen Dank aus, ohne sie wäre die Sache vermutlich nicht so glimpflich ausgegangen. Was mir allerdings zu schaffen macht, ist der Gedanke, dass wir für die Musikwelt ‚Sensationelles‘ entdeckt und es sofort unwiederbringlich verloren haben.“

„Wenn nicht das ganze Haus abgebrannt wäre, hätte man vielleicht noch den Computer retten können, den er bereits mit den Noten des Requiems gefüttert hatte. Seine Erfindung, diese holografische Animation, war schon sehr beeindruckend. Er war eben Genie und Wahnsinniger in einer Person.“

„Ich hätte das Requiem zu gerne wenigstens einmal gehört. Aber Osaka hat diese Erfahrung leider mit ins Grab genommen. Immerhin erfüllte er damit Beethovens letzten Wunsch und so wurde es in gewisser Weise sein Requiem.“

„Trotz allem tut er mir irgendwie leid. Seine Lebensgeschichte ist mit gewissem Abstand betrachtet mehr als traurig. Er ist der beste Beweis dafür, dass bei vielen Kriminellen das Böse seinen Ursprung bereits in der Kindheit hat.“ Karl schaute beiläufig auf eine Zeitung auf dem Nachbartisch. Es war der Wirtschaftsteil der FAZ, für den er sich sonst eigentlich weniger interessierte. Er konnte aus der Entfernung eine fettgedruckte Überschrift lesen, die ihn brennend interessierte. Er fragte die ältere Dame höflich, ob er einmal kurz in ihre Zeitung hineinschauen dürfe. „Selbstverständlich.“ Sie bedeutete ihm mit der Hand, dass er sie sich doch bitte nehmen solle. Es war die aktuelle Forbesliste, die ihm flüchtig ins Auge gefallen war. Paula sah ihn überrascht an. Er ging die Liste von oben mit dem Finger durch und stoppte beim 17. Platz, der von keinem anderen belegt wurde als von Haito Osaka. Karl erinnerte sich, dass dies eines seiner ehrgeizigen Ziele gewesen war. Das war bitter, die Erfüllung des angestrebten Lebensziels selbst nicht mehr erleben zu können. Weil Paula immer noch verdutzt dreinschaute, zeigte er nur auf den Namen und sie wusste augenblicklich

Bescheid. Dann legte er die Zeitung wieder auf den Nachbartisch und bedankte sich bei der Frau.

„Wir hätten uns von vornherein viel Mühe ersparen können, wenn wir die Bedeutung seines Namens einmal gegoogelt hätten. Genau das habe ich heute nämlich getan", sagte Paula. „Und was genau hätte uns das verraten?", fragte Karl neugierig. „Eine Variation des Namens ist Haiton, und das bedeutet so viel wie: *der Räuber*. Nomen est Omen." Sie mussten beide lachen.

Paulas Handy vibrierte. Sie las die Nachricht. „Ken hat mir eine WhatsApp-Nachricht mit einem Link geschickt. Es ist ein Kommentar zu einem Video bei YouTube." Paula sah ihn prüfend an. „Der Link führt zu einem Video, in dem Bernstein die Leonoren-Ouvertüre von Beethoven interpretiert. Im ersten Kommentar dazu heißt es: 'It's hard for me to believe that Beethoven belongs to the human species. Where did he come from?' Die Antwort eines anderen Kommentators dazu lautet: ‚From Bonn, Germany. His genius? Directly from God' Wow!", Paula war beeindruckt.

„Dem bleibt nichts mehr hinzuzufügen. Ich denke, unser guter Beethoven wird auch noch das Computer- und Internetzeitalter überleben und wahrscheinlich auch noch in Erinnerung bleiben, wenn wir mit Warpgeschwindigkeit durch die unendlichen Weiten des Weltraums fliegen."

„Da bin ich mir ganz sicher."

Sie tranken ihren Espresso, schauten, ihre Gesichter von der Sonne beschienen, auf die Friedrichstraße und beobachteten die Menschen, die mehr oder weniger eilig ihre Geschäfte erledigten und ihren alltäglichen Gewohnheiten nachgingen. Was für eine Wohltat.

Letztes Kapitel

Er saß auf dem Bett und starrte gegen die Wand. Alles hatten sie ihm genommen: sein Geld, seine Karriere und jetzt schließlich seine Freiheit. Drei Jahre auf acht Quadratmetern ist eine endlos lange Zeit für jemanden, der noch kurz zuvor ein Leben in Luxus gewohnt gewesen war. Fast liebevoll strich er über den Deckel der schwarzen Mappe, die zu den wenigen Dingen gehörte, die er nicht zuvor hatte abgeben müssen. Mit ein bisschen Papier konnte er keine Flucht vorbereiten oder sich in der Zelle das Leben nehmen. Er öffnete sie vorsichtig und las: „*Requiem aeterna donna eis*." Seine Augen begannen zu leuchten und seine Gedanken beruhigten sich. Hatte dieser schwachsinnige Japaner doch geglaubt, dass er ihm das Original zurückgeben würde. Er kannte genug Leute, die ihm innerhalb weniger Tage ein Faksimile herstellen konnten, dass vom Original für einen Laien nicht zu unterscheiden war. Er hätte noch weiter Handel damit getrieben, um sich dann abzusetzen und irgendwo in der Karibik unterzutauchen, wo der lange Arm der deutschen Justiz nicht hinreichte. Jetzt war leider alles anders gekommen, dieser Idiot hatte alles vermasselt. So schnell wären sie ihm nicht auf die Schliche gekommen. „*Dies irae*"; die Worte fielen ihm ins Auge. „Der Tag der Rache", flüsterte er vor sich hin. Noch einmal befiel ihn die Wut, bis er sich schließlich wieder beruhigte. Vielleicht, so überlegte er, hatte er den falschen Weg beschritten. Er hatte sich von Geld und Anerkennung blenden lassen. Er hatte nicht maßhalten können und war auf Abwege gelangt, die er sich nie hätte vorstellen können. Das Geld, das Spiel, die Sucht, all das hatte ihn zu einem Menschen gemacht, den er im tiefsten Inneren verachtete. Er hatte sogar den Tod dieses Professors billigend in Kauf genommen. Er war ein angesehener Experte, jemand der seinen Beruf mit Herzblut ausübte, der sich für die Werke der Kunst hatte begeistern können. Und doch hatte er durch seine Machenschaften seine Leidenschaft für die Kunst, für die Musik Stück für Stück verraten. Dieses Werk, das er hier in Händen hielt, konnte ihn wieder zurückführen in die Zeit, in der er zwar fast mittellos, aber doch auf gewisse Weise zufrieden gewesen war. Seine Augen wanderten über die Noten, sie setzten sich nach und nach in seinem Kopf zu einem Tonintervall, zu einer Melodie und schließlich zu einem vollständigen Orchesterklang zusammen. Diese Gabe, die toten Zeichen auf dem Blatt in der Vorstellung zu etwas Lebendigem zu erwecken, besaßen nicht viele Menschen, Komponisten, Dirigenten und vielleicht ein paar hochbegabte Musikliebhaber waren dazu in der Lage. Wie bedrohlich klangen die Stimmen beim *Dies irae*, wie klagend und bettelnd beim *Recordare* und wie sanft und hoffnungsvoll beim *Agnus dei.* Mit geschlossenen Augen ließ er die Zeilen in seinem Kopf zu einem Konzert auferstehen. Dies würde ihm über die langen Jahre hinweghelfen, in denen er einsaß. Aber er beschloss, es ihnen heimzuzahlen, indem er sein Geheimnis für sich behalten würde. Er wäre der einzige, der von diesem genialen Meisterwerk wusste und davon profitieren würde. Er würde es nicht noch ein zweites Mal preisgeben.

So las er Note um Note, Takt um Takt und begab sich in eine andere Welt, voller wunderbarer Musik und unsterblichen Gesangs, in eine Welt voller Angst, Klage, Gnade und Hoffnung. Und wie eine Bitte, die an eine überirdische Kraft gerichtet schien, flüsterte er: „*Requiem aeternam dona nobis*."

„Der Unterschied zwischen einem treffenden Ausdruck und einem fast treffenden Ausdruck ist der zwischen einem Blitz und einem Glühwürmchen."
(Mark Twain)

Danksagung

Ich möchte mich bei allen Personen bedanken, die mich beim Verfassen des Romans unterstützt haben. Als Erstes habe ich meine Entwürfe erfahrenen Krimileserinnen zur Korrektur gegeben. Andrea Gurdon hat mir wertvolle Anregungen mit Blick auf die Romanhandlung gegeben. Ohne sie wären einige Kapitel so nicht entstanden. Brigitte Zenz hat den Text akribisch, besonders auf grammatische Fehler und stilistische Schwächen hin überprüft. Sie entlarvte an vielen Stellen „Glühwürmchen" und trug zu einer stilistischen wie dramaturgischen Optimierung bei. Christiane Brokoff hat den Text auf weitere Fehler hin korrigiert und verbessert. Birgit Würker war Probeleserin und hat mich mit ihrer Begeisterung zum Weiterschreiben ermuntert. Zwei gebürtige Wiener, Esther Zimmermann und Christian Gaberle, wiesen mich auf Fehler in den Wiener Kapiteln hin. Rainer Haid danke ich für seine fachliche Beratung.

Danken möchte ich auch Herrn Schneeberger, dem Leiter des agenda Verlags, der überraschend schnell auf die Einreichung des Manuskripts reagiert hat und mir mit seiner freundlichen Art sofort das Gefühl vermittelt hat, dass mein Erstlingswerk das Potential habe, veröffentlicht zu werden. Frau Ostrop, meine Verlags-Lektorin, hat die sich bis dahin entwickelte Romanfassung schließlich mit kritischem Blick gelesen und noch bestehende inhaltliche und sprachliche Schwachpunkte entdeckt sowie neue Kapitel angeregt. Den Änderungswünschen folgten stets konstruktive Vorschläge, was die Zusammenarbeit sehr angenehm gestaltete.

Ein besonderer Dank gilt meiner Familie, die mich bei der Verkündigung, einen Krimi schreiben zu wollen, nicht für verrückt erklärt, sondern von Anfang an unterstützt hat. Mein Sohn steuerte einen vielfach verbesserten Ausdruck und originelle inhaltliche Ideen bei. Meine Tochter hat die Endfassung noch einmal durchgesehen. Meine Frau hat den Text mehrmals korrigiert und so viele orthografische Fehler und inhaltliche Brüche aufgespürt. Sie hat mich bei meinem Vorhaben die ganze Zeit über moralisch unterstützt und ohne sie hätte ich auch letztlich nicht den Weg zum agenda Verlag gefunden.

Hubert Wippermann — Bonn, 1. August 2018